KB106008

파리의 클로딘

파리의 클로딘

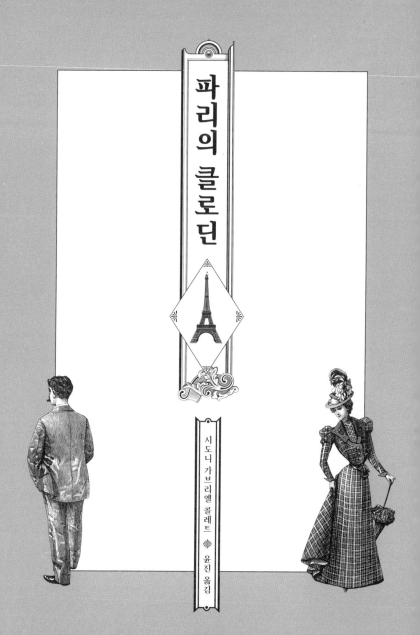

시도니 가브리엘 콜레트 ✻ 윤진 옮김

민음사

콜레트

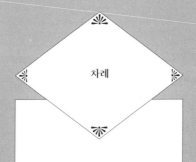

차례

파리의 클로딘 · 7

옮긴이의 말 : 투명한 감수성의 언어로

그려 낸 여성의 삶과 사랑 · 309

1

오늘부터 나는 다시 일기를 쓴다. 그동안 몸이 아파서, 너무 많이 아파서 중단할 수밖에 없었다. 정말, 많이 아팠다!

지금도 완쾌된 것은 아니지만, 도무지 열이 내리지 않고 절망적이던 단계는 지나간 것 같다. 여전히 나는 이곳 파리 사람들이 누군가 시키는 대로가 아니라 스스로의 즐거움을 위해 살아간다고 생각하지는 않지만, 그래도 이런 5층짜리 거대한 상자 속에서 일어나는 일에도 나름의 흥미가 있을 수 있다는 정도는 이해하게 되었다.

이 일기장에 우선 왜 내가 파리에 와서 살게 되었는지부터 이야기해야 할 것이다. 내가 어쩌다 몽티니[1]를, 너무도 소중하고 더없이 자유롭던 학교를, 교장 마드무아젤 세르장이 학생들이야 천방지축 난리를 치든 말든 오로지 보조 교사 에메만 애지중지하던 그곳을 떠나 왔는지 말이다.[2] 아빠가 그토록 좋

---

1 클로딘의 고향인 몽티니앙프레누아(Montigny-en-Fresnoy)는 가상의 지명으로, 콜레트의 고향인 부르고뉴 지방의 생소뵈르앙퓌제(Saint-Sauveur-en-Pusaye)를 연상시킨다.

2 전편에 해당하는 『학교의 클로딘(Claudine à l'école)』은 열다섯 살의 클로딘이 아버지와 함께 몽티니에서 살던 때의 이야기다. 학년 구별 없이 여학생들이

아하던 달팽이들을 두고 떠나오게 된 이유도 얘기해야 한다.[3] 할 말이 너무 많다! 다 끝나고 나면 지칠 것 같다! 나는 작년보다 더 말랐고, 키는 조금 더 자랐다. 그저께부로 열일곱 살이 되었지만, 기껏해야 열여섯 살밖에 안 되어 보인다. 거울을 보자. 정말 그렇다!

뾰족한 턱, 그래, 너는 참 착하지, 그래도 부탁할게, 너무 많이 뾰족해지지는 마. 옅은 갈색의 눈, 너는 영원히 이 빛깔이겠지. 그렇다고 욕할 순 없어. 하지만 속눈썹에 가려 자꾸 작아지지는 마. 그건 지나친 겸손이야. 나의 입, 너는 여전히 나의 입이지만 너무 창백해. 자꾸만 창가의 붉은 제라늄 꽃잎을 따서 작고 파리한 입술에 문지르게 돼. (그리고 나면 보라색이 된다. 곧바로 핥아 먹어 버리지만.) 오, 가엾은 나의 귀! 하얗고 창백한 작은 귀, 나는 늘 머리카락으로 너희를 가리지. 가끔씩 몰래 꺼내 꼬집어서 빨갛게 만들고…… 제일 심각한 건 나의 머리카락이다! 머리카락에 손이 닿을 때마다 울고 싶어진다. 멋지게 컬이 진 나의 아름다운 진한 밤색 머리카락을 이렇게

모두 한 교실에서 공부하는데, 마드무아젤 세르장은 학교의 교장이자 여학생반의 담임이다. 에메 랑트네가 보조 교사로 와서 처음에는 클로딘과 각별한 사이가 되지만, 마드무아젤 세르장이 에메를 가까이 하게 되면서 클로딘은 질투에 휩싸인다.

3 『학교의 클로딘』에서 클로딘의 아버지는 연체동물을 연구하는 학자로, 아내와 사별한 뒤 딸을 사랑하지만 교육에는 별다른 관심이 없이 달팽이 연구에 빠져 지낸다.

바짝 잘라 놓다니…… 귀밑에 남은 10센티미터의 머리카락은 제멋대로 뻗치고, 꼬불대고, 붕 뜨고…… 하는 수 없어. 금방 자라겠지! 그래도 아침마다 슬퍼진다. 특히 목에 비누칠하기 전 나도 모르게 머리카락을 들어 올리려고 할 때, 정말 슬프다.

수염이 멋진 아빠, 난 나 자신한테 화가 나는 것만큼이나 아빠한테도 화가 난다. 세상에 우리 아빠 같은 사람이 또 있을까? 이제 그 얘기를 해 보자.

프레누아의 연체동물에 관한 대작을 거의 완성한 아빠는 원고의 상당 부분을 파리에 있는 마송 출판사[4]에 보냈다. 그리고 그날 이후, 정말 뜨거운 불판 위에 올라선 사람처럼 초조해하며 난리법석이었다. 도대체 어쩌란 말인가! 아침에 생제르맹대로로 보낸 가쇄본 원고가 (기차로 여덟 시간이 걸리는데!) 그날 저녁 몽티니로 돌아와야 직성이 풀린단 말인가! 괜히 우체부 두신 씨만 터무니없는 욕을 먹었다.

"그자는 나폴레옹 지지자야,[5] 그 빌어먹을 우체부가 원고를 빼돌렸다고! 그 자식은 보나마나 바람난 마누라 때문에 징징 댈걸? 아주 고소하다!"

---

4 빅토르 마송(Victor Masson, 1807-1879)이 설립한 파리의 출판사로, 과학과 의학 분야의 전문서적을 출간했다.

5 나폴레옹이 실각한 이후 19세기 내내 프랑스에서는 나폴레옹파, 왕당파, 공화파의 대립이 이어졌다.

아빠는 식자공한테도 이유 없이 욕설을 퍼부었다! 멍청한 오식(誤植)을 저지르기만 하면 아예 머리 가죽을 벗겨 버리겠다고, 소똥에 처박아 버리겠다고 욕하면서 종일 으르렁댔다. 올바른 품성을 지닌 나의 아름다운 암고양이 팡셰트가 듣다 못해 화를 내며 눈썹을 치켜떴다. 그러는 사이 11월이라 비가 많이 왔고, 버려진 달팽이들이 하나씩 죽어 갔다. 결국 어느 날 저녁 아빠는 세 가지 빛깔의 수염 속에 한 손을 밀어 넣고는 선언했다.

"내 책이 잘 안 되고 있단다. 출판사 인간들이 내 책을 찍어 낼 생각을 아예 하지 않는구나. 가장 합리적인(아빠가 쓴 말 그대로다.) 방법은 우리가 파리로 옮겨 가는 거다."

나는 혼비백산했다. 어떻게 저토록 단순하고 저토록 황당한 생각을 할 수 있을까? 나는 미칠 듯이 화가 났다. 일주일만 생각할 시간을 달라고 했다.

"서두르렴."

그러면서 아빠는 이렇게 덧붙였다.

"집 문제는 잘 해결될 것 같구나. 세 들겠다는 사람이 나섰으니까."

아! 천진난만해 보이는 아버지들의 이중성이라니! 나한테는 몽티니를 떠날지 모른다는 낌새조차 느끼지 못하게 해 놓고서, 자기 혼자 이미 은밀하게 다 준비해 놓았다니!

사실 나는 마드무아젤 세르장의 조언대로 상급 과정[6]을 계속할까 막연히 생각하던 중이었는데, 이틀 후 학교에서 아나이스가 평소보다 더 고약하게 구는 바람에 참지 못하고 어깨를 으쓱거리며 내뱉고 말았다.

"가, 꺼지라고! 이제는 나를 이렇게 괴롭히지 못할 거야! 한 달 있다가 파리로 이사 가니까!"

아나이스는 놀란 표정을 감추지 못했고, 나는 더 의기양양해졌다. 아나이스는 곧장 뤼스에게 달려갔다.

"뤼스! 이제 제일 친한 친구가 없어지겠네! 클로딘이 파리로 간대. 넌 이제 어쩌냐? 빨리 가 봐! 빨리 가서 머리카락 한 줌 자르고 마지막 맹세를 주고받아! 시간이 없어!"

뤼스는 너무 놀라 넋이 나간 것 같았다. 녹색의 나른한 두 눈이 휘둥그레진 채로, 손가락을 종려나무 잎사귀처럼 쫙 벌리고, 부끄러움도 없이, 그야말로 대성통곡을 했다. 나는 짜증이 났다.

"그래, 맞아! 난 떠날 거야! 너희가 보고 싶을 일은 없을 거야!"

---

6 1833년에 개편되어 1941년까지 지속된 프랑스 교육 체계에 따르면, 주민 6000명 이상의 지역에는 초등부터 중고등교육까지를 담당하는 학교가 의무적으로 설립되었다. 초등과정(CEP) 이후 3년의 기본 과정(Brevet élémentaire)이 있고, 이후 교사를 양성하는 사범학교(Normale)나 2년의 상급 과정(Brevet supérieur)에 진학했다.

마음을 굳히고 집으로 돌아온 나는 아빠에게 엄숙하게 말했다.

"이사 가요!"

아빠는 수염을 빗질하며 흡족한 표정을 지었다.

"프라데론이 이미 우리가 살 아파트를 찾고 있단다. 어디냐고? 나야 모르지. 책을 가져다놓을 자리만 있으면 어느 동네든 상관없으니까. 넌 어때?"

"나도 그래요, 그러니까…… 상관없어요."

사실은 아는 게 없었다. 몽티니의 커다란 집과 정원을 떠나 본 적 없는 내가 파리에 가면 뭐가 있어야 하는지, 어떤 동네를 골라 살아야 하는지 어떻게 알겠는가? 팡셰트 역시 아는 게 없었다. 마음이 뒤숭숭해진 나는, 중요한 상황을 앞두고 늘 그랬듯이, 밖으로 나가 무턱대고 돌아다니기 시작했다. 그동안 아빠는 갑자기 실무적인 사람, 아니, 이 말은 지나치고, 적극적인 사람이 되어 시끌벅적하게 집 안을 오가며 짐을 꾸리기 시작했다.

나는 숲으로 도망가는 게 좋았다. 이유는 수없이 많았다. 화가 난 멜리가 마구 쏟아 내는 하소연도 듣지 않을 수 있었다.

멜리는 금발이고, 게으르고, 생기가 없다. 젊을 때는 아주 예뻤다고 한다. 멜리는 음식을 만들고, 나에게 물을 가져다주고, 우리 집 정원의 과일들을 누군지는 모르겠지만 아무튼 아는 사람들한테 가져다준다. 내가 아기일 때 멜리 덕분에 훌륭한 젖을 먹었고, 멜리는 지금도 날 아끼고 사랑한다고 아빠는 주장한다. 멜리는 노래를 자주 불렀고, 무엇보다 외설스럽기까지 할 정도로 자유분방한 노래들을 많이 알았다. 그중에 나도 아는 노래가 몇 곡 있다. (그런데도 나는 예능 실력을 키우지 않는다는 말을 듣는다!) 특히 좋은 노래가 하나 있다.

> 그는 다섯 잔 아니 여섯 잔을
> 숨 한 번 쉬지 않고 연거푸 들이켰지
> 트루 랄 라……
> 자기 좋아서 하는 일이니
> 힘들어도 상관없지
> 트루 랄 라……
> 등등, 등등.

멜리는 나의 단점과 장점을 그대로 받아주면서 정말 나를 아꼈다. 내가 매력적이라고, 몸이 아주 아름답다며 흥분했고, 그런 다음에는 쫓아다니는 남자가 없어서 아쉽다고 결론을 내렸다. 이렇게 모든 것을 욕정을 부추기고 채우는 관계로 엮고야 마는 사심 없이 순진한 시각을 멜리는 나뿐만 아니라 자연 속 만물에 그대로 적용했다. 봄이 와서 팡셰트가 야옹거리고 가르릉거리면서 정원 산책길에 드러누워 뒹굴면, 멜리는 생고기를 가득 채운 접시를 들고 와서 수고양이들을 다정하게 부르며 유혹했고, 그런 뒤 벌어지는 목가적인 풍경을 흐뭇한 표정으로 감상했다. 그러니까 지저분한 앞치마를 걸친 채정원에 서서, 부엌에서 송아지고기나 토끼고기 스튜가 눌어붙거나 말거나, 코르셋도 없이 늘어진 젖가슴을 무게라도 재려는 듯 손바닥으로 받치고서, 멍하니 몽상에 빠지곤 했다. 멜리가 그렇게 틈만 나면 손으로 젖가슴을 받치고 있는 것 때문에 나는 짜증이 났다. 어릴 때 저 젖을 빨았다는 생각을 하면 나도 모르게 흐릿한 욕지기가 일었다.

그건 그렇고, 어쨌든 멜리는 설사 내가 현명한 아이가 아니라 바보 같은 계집애였다 해도 내가 타락하는 데 필요한 일들을 기꺼이 나서서 해 주었을 것이다. 멜리가 애인 얘기를 꺼내면 나는 비웃듯이 "헛소리 관둬!" 하면서 때려 준다. 그러고는 이렇게 대꾸한다.

"아나이스한테 말해 봐. 나보단 반응이 좋을 테니까."

멜리는 자기 엄마의 피를 걸고 맹세한다고, 절대 파리로 가지 않겠다고 했다. 내가 "그러든지 말든지."라고 하자 멜리는 파리에 가게 되면 수많은 재앙이 닥칠 거라고 연신 떠들어 대면서 이사 준비를 시작했다.

나는 녹슨 쇠 빛깔을 띤 몽티니의 숲속을, 버섯과 젖은 이끼 냄새가 나는 진흙 길을 하염없이 돌아다녔다. 크림소스와 송아지 스튜에 곁들일 만한 노란 꾀꼬리버섯도 땄다. 그러는 동안 파리로 이사 간다는 결정은 미친 짓이나 다름없다는 사실을 깨달았다. 아빠에게 가지 말자고 애원하거나 절대 못 간다고 위협해 볼까? 하지만 이제 와서 안 가면 아나이스가 뭐라고 하겠는가? 게다가 뤼스는 보나마나 내가 자기 때문에 안 간 거라고 생각할 것이다. 그럴 수는 없다! 나는 일단 가 보기로, 갔다가 정말 안 좋거든 그때 다시 생각해 보기로 했다.

어느 날은 산 속의 숲 가장자리로 가서 발아래를 보았다. 내가 세상에서 제일 좋아하는 숲, 노란색의 목초지, 일구어 놓은 밭, 거의 분홍빛이 도는 새 흙, 그리고 위쪽으로, 해마다 조금씩 낮아지는 사라센 탑[7]…… 아, 이곳을 떠나다니, 너무도 어리석은, 너무도 불행한 일이다! 너무도 분명했기에 나는 곧장 집으로 달려 내려가 책 상자들을 다시 열라고, 싸 놓은 소파 다리를 당장 풀라고 애원할 뻔했다.

왜 그렇게 하지 않았을까? 나는 차가워진 두 손을 빨간 캐플린 모자[8]에 넣고서 머릿속이 텅 빈 채 멍하니 시간을 보냈

---

[7] 중세 사라센 양식으로 내리닫이 살문이 있는 탑. 콜레트의 고향인 생소뵈르에는 11~12세기에 지어진 것으로 추정되는 커다란 사라센 탑이 있다.

[8] 19세기 말에 유행한 여자 모자로, 챙이 부드럽고 아주 넓다.

다. 위에서 밤송이가 떨어지는 바람에 마치 깜빡 잊고 짜깁기 바늘을 그냥 꽂아 둔 털실 꾸러미에 찔린 것처럼 머리가 따끔거렸다.

더 길게 얘기하지 않겠다. 나는 학교와 작별했다. 마드무아젤 세르장에게는 냉정한 인사를 건넸다. (마드무아젤은 정말 대단했다! 예뻐하는 에메를 옆에 두고서, 마치 그날 저녁 돌아올 사람에게 인사하듯 나에게 "잘 가렴!"이라고 말했다.) 아나이스도 빈정거리며 작별인사를 건넸다.

"굳이 행운을 빌지는 않을게. 넌 어딜 가든 행운이 따라오잖아. 결혼 소식 전할 때 말고는 나한테 편지 보낼 일도 없겠지?"

그리고 뤼스…… 슬퍼하며 흐느끼던 뤼스는 노란색과 검은색이 섞인 실크 망사로 나에게 조잡하기 이를 데 없는 작은 주머니 하나를 만들어 주었다. 그리고 자기 머리카락을 조금 잘라 스파 나무[9] 바늘통에 넣어 주었다. 자기 선물을 내가 잃어버리지 않도록 주문을 걸어 두었다고 했다.

(주문 거는 법을 모르는 이들을 위해 말해 둔다. 주문을 걸 물

---

9 벨기에 리에주 지방 도시 스파(Spa)의 철분 함유량이 많은 물에 담근 목재로, 목공예품을 많이 만들었다.

건 O을 바닥에 놓고 괄호를 친다. 위아래 모두 양쪽 괄호가 만나 교차되도록 한 뒤 괄호 안에 놓인 물건 왼쪽에 십자가를 그린다. 그러고 나면 안심해도 된다. 주문은 절대 깨지지 않는다. 물건에 침을 뱉기도 하지만, 꼭 필요하지는 않다.)

뤼스는 가엾게도 이렇게 말했다.

"가! 네가 없다고 내가 불행해질 거라고 생각하진 마. 두고 봐, 두고 보면 알 거야, 내가 뭘 할 수 있는지. 난 언니가 지겹고,[10] 언니만 끼고 도는 마드무아젤도 지겨워. 이곳에 와서 나한텐 너밖에 없었어. 내가 마음 붙이고 산 건 네가 있었기 때문이라고. 그래, 어디 두고 봐!"

나는 슬퍼하는 뤼스에게 키스를 퍼부었다. 보들보들한 두 뺨에, 눈물에 젖은 속눈썹에, 그을린 흰 목덜미에, 보조개에, 살짝 비뚤어진 자그마한 코에 키스를 했다. 나로부터 그 정도의 애정 표시를 받아 본 게 처음이어서, 가련하게도 뤼스의 절망은 더 커졌다. 다시 말하면 지난 1년 동안 나는 뤼스를 행복하게 해 줄 수 있었던 거다. (겨우 이 정도면 되는 일이었잖아, 클로딘! 너란 애는 참!) 하지만 그렇게 하지 않은 걸 지금도 후회하지는 않는다.

가구를 들어내고 내 물건을 싸는 광경을 지켜보는 동안 나

---

10 보조 교사인 에메는 뤼스의 언니로, 시골에서 동생을 데려와 학교에 넣었다. 동생을 많이 때리고 괴롭힌다.

는 자꾸 몸이 아팠다. 비 맞은 고양이처럼 오한이 들고 도무지 힘을 쓸 수 없었다. 잉크 자국이 난 마호가니 책상, 폭이 좁고 배(船)처럼 생긴 호두나무 침대, 그리고 내 옷가지를 넣는 노르망디식 낮은 장을 실어 내는 걸 지켜보며 나는 거의 발작을 일으킬 뻔했다. 아빠는 그 어느 때보다 의기양양하게 재앙의 현장 가운데를 헤집고 다녔고, 심지어 노래까지 불렀다. "건방진 영국인들이 로리앙을 포위했다네. 바스브르타뉴[11] 사람들은……"[12] (아쉽게도 뒷부분은 옮길 수 없다.) 그날처럼 아빠가 미운 적은 없었다.

몽티니를 떠나기 직전에 하마터면 팡셰트를 잃어버릴 뻔했다. 나만큼이나 겁에 질린 팡셰트가 미친 듯이 정원으로 달아나 탄(炭) 창고에 숨어 버렸기 때문이다. 나는 새카매져서 침을 뱉어 대는 팡셰트를 붙잡아 여행용 바구니에 집어넣느라 애를 먹었다. 원래 팡셰트는 고기 바구니 외에 그 어떤 바구니도 거부하는 고양이였다.

---

11 프랑스의 브르타뉴 지방은 동쪽 오트브르타뉴와 서쪽 바스브르타뉴로 나뉜다. 항구 도시인 로리앙은 바스브르타뉴의 주도다.

12 18세기 오스트리아 왕위 계승 전쟁에서 프랑스는 프로이센, 스페인 등과 연합하였고, 영국은 오스트리아 편에 섰다. 1746년 영국군이 프랑스의 로리앙에 상륙하면서 대규모 교전이 벌어졌고, "건방진 영국인들이……"는 로리앙의 시민 민병대가 불렀던 노래다.

2

그렇게 슬픔의 안개 속을 헤매면서 고향을 떠났고, 파리로 왔고, 짐을 풀어 살림을 정리했다. 우울하고 초라한 자코브거리, 두 곳 안마당 사이에 있는 어두운 아파트에서 나는 무기력한 슬픔에 짓눌렸다. 책 상자들, 고향을 빼앗긴 가구들이 하나씩 들어오는 동안 꼼짝 않고 멍하니 쳐다보기만 했다. 아빠는 흥분해서 왔다 갔다 하느라 바빴다. 못질을 해서 선반을 달았고, 책상을 이쪽에 놓았다 저쪽에 놓았다 했으며, 아파트의 입지 조건에 대해 큰 소리로 찬사를 늘어놓았다.

"소르본대학교가 바로 옆이야! 지리학회도, 생트 즈느비에 브 도서관[13]도 정말 가까워!"

멜리는 부엌이 너무 작다고 투덜댔다. (하지만 층계참 너머에 있는 부엌은 이 아파트에서 가장 아름다운 방이었다.) 심지어 짐 정리가 아직 다 안 되어서 음식을 만들 수 없다는 핑계로 도저히 삼킬 수 없는, 그야말로 개밥이나 다름없는 음식을 내왔다. 내 머릿속엔 오로지 한 가지 생각뿐이었다. '내가 왜 여

---

13 1851년 파리 팡테옹 광장에 세워진 도서관. 생트 즈느비에브 수도원 장서에서 출발하여 17세기 라로슈푸코 추기경이 개인 장서를 기증하고 본격적인 도서관으로 만들었다.

기 있는 기지? 이런 말도 안 되는 미친 짓을 내가 왜 그냥 내버려 뒀지?' 나는 집 밖에 나가지 않았고, 그 어떤 쓸모 있는 일도 하지 않고 버텼다. 그저 집 안에 틀어박혀 이 방 저 방 돌아다니기만 했다. 그동안 목구멍이 많이 부었고 식욕도 없었다. 열흘이 지날 즈음 내 얼굴이 어찌나 엉망이었는지, 원래 뭐든 중간을 모르고 끝장을 보는 성격인 아빠는 나를 보자마자 난리가 났다. 아빠는 나를 자기 무릎에 앉혀 세 가지 빛깔의 풍성한 수염 쪽으로 끌어당기고는, 선반을 설치하느라 전나무 냄새가 밴 뼈마디 굵은 손으로 살살 흔들며 달래 주었다. 나는 아무 말도 하지 않고 이를 악물었다. 아빠가 너무 원망스러웠다. 마침내 곤두선 나의 신경이 제대로 발작을 일으켰다. 멜리가 몸이 불덩이가 된 나를 침대에 눕혔다.

그 뒤 긴 시간이 흘렀다. 증상이 티푸스와 비슷한 일종의 뇌척수염이었다. 헛소리를 그리 많이 한 것 같지는 않았지만, 아무튼 나는 힘겨운 암흑에 빠져 있었다. 머리가 너무 아팠다. 정말 지독한 두통이었다! 몇 시간이고 왼쪽으로 누워서 벽을 바라보며 손가락 끝으로 커튼에 그려진 신기한 과일들의 윤곽을 따라 그리던 게 생각난다. 일종의 길쭉한 사과에 눈이 달려 있었다. 지금도 그 사과를 바라보면 그때 악몽이, 소용돌이처럼 빙글빙글 돌던 꿈이 되살아난다. 그 꿈속에는 그야말로 모든 게 등장했다. 마드무아젤 세르장과 에메와 뤼스가 나오고, 벽이 내 위로 무너지고, 심술궂은 아나이스도 있고, 팡셰트가 당나귀만 해져서 내 가슴에 앉기도 했다. 내 위로 고개를 숙인 아빠의 수염과 얼굴이 엄청나게 커 보였던 것도 기억난다. 나는 힘없이 두 팔을 뻗어서 아빠를 밀어냈다. 아빠가 입고 있는 코트의 촉감이 너무 거칠어서 살에 닿는 게 싫었기 때문이다. 그리고 다정하던 의사 선생님도 기억난다. 키가 작고 금발인 의사 선생님은 목소리가 꼭 여자 같았고, 손이 차가워서 닿을 때마다 내 몸에 소름이 돋았다.

두 달 동안 머리카락도 빗지 못했다. 베개 위에서 고개를 뒤척일 때마다 엉킨 곱슬머리 때문에 힘들었다. 결국 멜리가 가위를 가져와 내 머리를 바싹 잘라 버렸다. 솜씨가 얼마나 엉터리인지, 쥐가 파먹은 꼴이었다! 세상에! 학교에서 탐스럽게 컬진 나의 밤색 머리카락을 샘내며 쉬는 시간이면 몰래 잡아당기던 아나이스가 지금 사내아이가 되어 버린 내 꼴을 못 보는 게 얼마나 다행인지!

나는 아주 서서히 삶의 의욕을 되찾았다. 어느 날 아침에 부축을 받아 간신히 침대에 앉았을 때, 드디어 방 안으로 스며드는 햇살이 눈에 들어오고 흰색과 붉은색 줄무늬 벽지의 밝은 기운이 느껴졌다. 그리고 처음으로 감자튀김을 떠올렸다.

"멜리, 나 배고파. 멜리, 부엌에서 나는 냄새 뭐야? 멜리, 거울 가져다줘. 멜리, 귀 좀 닦게 화장수 가져다줘. 멜리, 창문 밖에 뭐가 보여? 나 일어서고 싶어."

"세상에! 클로딘, 다시 수선스러워졌네! 이제 됐어, 나을 거야. 그래도 아직 일어나면 안 돼. 의사 선생님이 안 된다고 했어!"

"정말이야? 기다려, 좀 비켜 봐! 가만히 있어! 한번 일어나 볼래!"

으라차차! 옆에서 멜리가 그러다 바닥에 나자빠진다고, 의사 선생님한테 이르겠다고 애타게 말렸지만, 나는 온 힘을 다해 두 다리를 침대 밖으로 내렸다. 하지만…… 맙소사! 내 허벅지가 왜 이렇지? 내 무릎은 또 왜 이렇게 뚱뚱해 보이고? 겨우 그만큼 움직였다고 이미 힘이 빠진 나는 의기소침해서 다시 침대로 돌아갔다.

이제 나는 파리 사람들이 신선한 달걀이라고 먹는 것에서 인쇄된 종이 냄새가 나도 가만히 있는다. 내 방은 좋았다. 벽난로에 장작을 땠고, 흰색과 붉은색 줄무늬 벽지(이미 얘기했다.)가 괜찮았고, 내 옷가지를 넣어 둔 양쪽 여닫이문이 달린 낮은 노르망디 장이 좋았다. 모퉁이가 깨진 작은 탁자는 내가 홈도 파 놓고 잉크도 묻혀 놓은 낡은 것이다. 그 옆으로, 직사각형 모양의 방에서 긴 벽을 따라 침대가 놓여 있다. 흰 바탕에 빨간색과 노란색의 꽃과 열매 무늬가 있는 사라사 천[14] 커튼(구식이다.)이 달린 호두나무 침대다. 침대 앞쪽으로는 역시 유행이 지난 마호가니 책상이 있다. 양탄자는 없다. 침대 옆에는 바닥 깔개 대신 흰색 푸들 가죽이 있다. 그리고 팔걸이 천이 조금 낡은 크라포 의자,[15] 빨간색과 노란색의 짚방석이 있고, 오래된 나무로 만든 낮은 의자, 역시 낮은, 흰색 래커 칠을 한 다른 의자, 자연스러운 색조로 니스 칠이 된 정사각형의 작은 등나무 탁자…… 한마디로 뒤죽박죽이었다! 하지만 내 눈에는 그렇게 뒤섞인 내 방이 무척 아름다웠다. 짧은 벽 하나의 ㄷ자 공간이 내 화장방으로, 양쪽 여닫이문을 닫으면 낮에도 캄캄하다. 화장대는 루이 15세 때 유행하던 스타일에 상판은 분홍색 대리석이다. (이 정도면 진정 물건의 진가를 무시하는 바보 같은 일이다. 거실에 내다 놓으면 훨씬 잘 어울릴 거다. 나도 안다. 하지만 어쩌겠는가, 그 아빠의 그 딸인 것을!) 마저 다 열거해 보자. 흔히 볼 수 있는 커다란 세면대와 요란스러운 소리가 나는 물받이가 있다. 아연 목욕통은 없다. 하지만 연극 무대에 천둥이 칠 때처럼 시끄럽고 발이 얼어붙게 만드는 아연

---

14 면직물이나 견직물에 꽃이나 새 등의 무늬를 물들인 인도산 옷감.

15 등받이가 낮은 안락의자로('크라포'는 프랑스어로 '두꺼비'를 뜻한다.), 흔히 천을 늘어뜨려 다리까지 가렸다. 19세기 7월왕정, 이어 제2제정 시기에 유행했다.

목욕통 대신 나무로 된 목욕통이 있다! 그렇다, 포도주를 발효시킬 때 쓰는 것 같은 통이다! 몽티니에서 쓰던 것으로, 너도 밤나무로 만들고 구리 테를 둘러놓았다. 그 안에 책상다리를 하고 앉아 따뜻한 물에 몸을 담그면 엉덩이에 까끌까끌하게 닿은 느낌이 좋았다.

그러니까 나는 얌전히 달걀을 먹었고, 책은 거의 읽지 않았다. 절대 읽으면 안 된다고 했다. (사실 조금만 쳐다봐도 어지러웠다.) 아침에 잠에서 깨어날 때는 기분이 좋았다가 서서히 어두워져서 해가 질 때쯤 우울해지고, 결국 옆에서 팡셰트가 아무리 아양을 부려도 나 혼자만의 세계로 움츠러들기가 되풀이되었다. 왜 그러는지는 스스로도 납득할 수 없었다.

암고양이 팡셰트는 행복하게 실내 생활을 즐겼다. 내 침대와 벽 사이에 깔아 둔 배변용 톱밥도 군소리 없이 받아들였다. 팡셰트가 중요한 작전을 수행하는 단계에 따라 그 표정이 어떻게 변하는지 지켜보면 재미있다. 우선 뒷발 발가락 사이를 정성스레 닦는 것으로 시작한다. 그럴 때 팡셰트는 얌전하고 무표정한 얼굴이다. 그러다 갑자기 닦기를 멈춘다. 그때는 표정이 진지해지고 살짝 근심이 어린 것도 같다. 이어 갑자기 자세를 바꾸어 몸을 세운다. 그때는 눈빛이 냉정하고 준엄해 보이기까지 한다. 팡셰트는 일어서서 세 발자국 앞으로 나가 다시 앉는다. 그런 다음 최종 결정을 내리고, 침대에서 뛰어내려 톱밥으로 달려간다. 그리고 긁어 대지만…… 아무것도 안 나온다. 다시 무심한 표정…… 하지만 오래가지는 않는다. 양 눈썹에 근심이 어리면서 미간이 좁아진다. 다시 거칠게 톱밥을 긁기 시작하고, 제자리걸음을 하면서 마땅한 자리를 찾는다. 이어 약 3분 동안, 튀어나올 듯한 눈으로 한 곳을 뚫어져라 쳐다본다. 마치 험한 꿈을 꾸고 있는 듯하다. 일부러 변을 천천히 내보내는 것이다. 마침내 일을 마친 팡셰트는 서서히 몸을 일으키고, 장례 절차에 어울리는 진지한 태도로 조심스럽게 시신을 덮는다. 이어 이유 없이 톱밥 주위를 한 번 더 긁어 대고 나서 곧장 허리를 흔들며 정신없이 깡충거린다. 염소 같은 춤, 해방의 춤을 알리는 전주곡이다. 나는 웃으며 소리 지른다. "멜리! 빨리 와서 팡셰트 톱밥 갈아 줘!"

나는 안마당에서 들려오는 소리에도 관심을 갖기 시작했다. 건물로 둘러싸인 안마당은 넓고 음산했고, 한쪽 끝은 다른 건물의 뒷면에 닿았다. 안에는 시골에서 볼 수 있는 기와지붕을 얹은 작은 구조물들이 있었다. 어둡고 낮은 문이 있고, 밖은 비스콘티거리라고 했다. 내려다보면 작업복 차림의 인부들과 모자를 쓰지 않은, 걸음을 옮길 때마다 상체가 허리로 주저앉는 듯한 지친 사람 특유의 걸음걸이를 가진 처량한 여자들밖에 보이지 않았다. 아이도 하나 놀고 있었다. 늘 조용히 혼자 노는 그 아이는 아마도 이 을씨년스러운 건물의 관리인 아이일 것이다. 우리 집 아래층에서는(누구인지 알지도 못하는, 마음에 들지 않는 인간들이 모여 사는 이 네모난 건물을 '우리 집'이라고 부를 수 있다면) 아침마다 브르타뉴식 원통 모자를 쓴 지저분한 하녀 하나가 강아지를 마구 때렸다. 아마도 밤중에 부엌에서 무슨 저지레를 해 놓은 강아지가 혼나면서 캥캥거리는 것이리라. 저 하녀, 내가 다 낫기만 해봐! 꼭 내 손으로 죽여 버리고 말 테다! 그리고 또 목요일마다 10시부터 12시까지 떠돌이 악사가 와서 손풍금으로 추잡스러운 사랑 노래를 연주했고, 금요일이면 흰 수염을 기른 가난뱅이(몽티니에서는 그런 사람을 딱한 사람이라고 했는데 여기선 가난뱅이라고 불렀다.)가 나타나 비장한 목소리로 외쳤다.

"여러분 — 봐주십쇼 — 불쌍한 가난뱅이예요! — 앞도 잘 못 본답니다! — 제발요! — 제발 적선을! — 부탁입니다, 여러분! (하나, 둘, 셋…… 세고 나면)…… 부 부 부탁드려요!"

늘 단조로 이어지다가 장조로 끝나는 짧은 선율이었다. 나는 멜리에게 저 대단한 가난뱅이에게 빨리 동전 몇 푼 던져 주라고 했고, 그러면 멜리는 거지 버릇을 망쳐 놓는다면서 투덜거렸다.

마음을 놓아도 될 만큼 내가 회복되기 시작하자 아빠는 표정이 환해졌고, 어느 틈엔가 식사 시간 외에는 집에서 모습을 볼 수 없었다. 수염을 기르고 부르봉 왕가 사람들의 얼굴을 닮은 아빠는 온갖 도서관과 기록 보관소, 국립 도서관[16]과 생트 즈느비에브 도서관의 자료들을 휘젓고 다녔다!

아, 나의 아빠, 어느 날 아침에 아빠가 나에게 제비꽃 한 다발을 가져다주는 바람에 모든 게 허사가 될 뻔했다! 그동안 열에 시달리느라 장막에 가려 있던 몽티니의 추억이 아빠가 가져온 싱싱한 제비꽃의 향기, 그 상큼한 감촉과 함께 되살아난 것이다. 나뭇잎이 떨어져 안쪽까지 들여다보이던 숲, 푸른 열매가 시들어 버린 자두나무와 서리 맞은 들장미나무가 양옆으로 늘어선 길, 집들이 계단식으로 이어진 마을, 홀로 녹색을 간직한 담쟁이덩굴에 덮인 잿빛 사라센 탑, 날카로운 햇살 없이 부드럽기만 한 햇빛 아래 흰색으로 칠해진 학교…… 모든 게 다시 떠올랐다. 가득 쌓인 낙엽들이 부패하는 사향내가 코에 어른거렸고, 잉크와 종이와 젖은 나막신 냄새가 섞인 위생적이지 못한 교실의 냄새도 어른거렸다. 아빠는 어쩔 줄 몰라 하며 루이 14세를 닮은 코를 움켜쥐었고, 멜리는 노심초사하며 젖가슴을 만지작거렸다. 둘 다 내 병이 재발했다고 생각한

---

16 14세기 샤를 5세가 루브르궁에 만든 도서관에서 출발하여 17세기 루이 14세 때 리슐리외 거리에 본격적인 왕립 도서관(Bibliothèque du roi)이 대중에게 개방되었다. 이후 국립 도서관이 되었다.

것이다. 결국 여자 같은 고운 목소리의 의사 선생님이 4층까지 계단을 뛰어 올라와야 했다. 하지만 나를 살펴본 선생님은 걱정할 필요 없다고 단언했다.

(나는 얄팍한 안경을 쓴 그 금발 남자가 정말 싫다. 나를 잘 치료해 주는 것은 사실이지만, 그 사람이 나타나면 나는 두 손을 이불 안에 넣고 강아지처럼 몸을 웅크린다. 그리고 내가 발톱 좀 보자고 다가갈 때 팡셰트가 그러는 것처럼 발가락을 오므리게 된다. 내 감정이 부당하다는 것을 나도 안다. 하지만 바꾸려고 특별히 애쓸 생각은 없다. 나는 남이 내 몸에 손을 대고 만지작거리는 게, 제대로 숨 쉬는지 보기 위해 내 가슴에 자기 머리를 가져다 대는 게 정말 싫다. 정말로, 짜증 난다. 최소한 그 손이라도 좀 덥히고 나서 만지든지!)

의사 선생님 말대로 아무 문제가 없었다. 나는 곧 회복되었다. 그리고 그때부터 나의 관심은 다른 곳으로 향했다.

"멜리, 이제 내 옷은 어디서 해 입지?"

"내가 그걸 어찌 알까. 쾨르 부인한테 한번 물어보지 그래?"

그렇다, 멜리 말이 맞다!

그 생각을 못 하다니, 정말 멍청했다. 멜리가 말하는 쾨르 부인은 먼 친척도 아니고 바로 아빠의 누나였다. 하지만 훌륭하신 나의 아버지는 가족의 끈이나 의무를 아무렇지도 않게 벗어던진 사람이다. 지금까지 나는 쾨르 고모를 딱 한 번밖에 못봤다. 아홉 살 때 아빠를 따라 파리에 갔을 때였다. 쾨르 고모는 외제니 황후[17]를 닮았다. 아마도 태양왕 루이 14세를 닮은 아빠를 짜증 나게 만들기 위해서인지도 모르겠다. 아무튼 아빠의 가족은 일종의 왕가(王家)다! 고모는 지금 과부이고, 내가 아는 한 자녀도 없다.

어깨 주름이 잡힌 빛바랜 면벨벳 실내복이 헐렁해질 정도로 야윈 나는 여전히 정신이 멍했다. 그나마 집 안에서 매일매일 더 멀리까지 걸어 다녔다. 아빠는 몽티니의 흡연실과 거실에 있던 가구들을 빛이 잘 들지 않는 거실에 모두 옮겨 놓았다.

루이 16세 시절풍의 낮고 넓은 안락의자들은 군데군데 벌어져서 속이 드러나 있었고, 하필 그 옆에는 아랍풍의 탁자들, 목재에 상감 세공을 한 무어 양식의 안락의자, 동방의 융단을 깐 침대소파가 놓여 있었다. 그렇게 마구 뒤섞인 배치를 바라보며 나는 마음이 아팠다. 클로딘, 어서 바로잡아 놔야 해…….

나는 작은 장식품들의 자리를 옮겼고, 모로코 스툴을 당겨 놓았고, 성스러운 소 모양 장식품(아주 오래된 일본 골동품으로, 두 번이나 깨진 것을 다행히 멜리가 다시 붙였다.)을 다시 벽

---

17 외제니 드 몽티조(Eugénie de Montijo)는 프랑스 제2제정 나폴레옹 3세의 황후다.

난로 위에 가져다 놓았다. 하지만 곧 침대소파에 주저앉았다. 맞은편 거울에 비친 내 몰골이 눈만 너무 크고 볼은 홀쭉했던 것이다. 무엇보다, 무엇보다, 삐뚤삐뚤하게 잘린 머리카락은 봐줄 수가 없었다. 너무 슬펐다. 야! 이래 가지고 몽티니 정원의 굵은 호두나무에 올라가겠어? 얼마나 민첩했는데! 10초 만에 나무 꼭대기까지 올라가던 재빠른 두 다리와 원숭이처럼 이 가지 저 가지 옮겨 타던 손은 어디로 간 거야? 꼭 박해받은 열네 살 계집애 꼬락서니잖아.

어느 날 저녁 식사 자리에서 나는 아직 먹으면 안 되는 빵 껍질을 몰래 뜯어먹으면서 아빠에게 불쑥 물었다.

"왜 고모는 아직 안 만나요? 우리가 왔다고 연락 안 했어요? 찾아가 보지도 않았고?"

아빠는 눈을 반짝이면서, 예를 들면 미친 사람들을 한 수 접어 주며 상대할 때 같은 부자연스러운 호의가 담긴 부드러운 목소리로 조용히 되물었다.

"고모라니? 어떤 고모?"

아빠가 원래 천진난만한 어린애처럼 무슨 일이든 건성이라는 사실을 익히 알고 있던 나는 아빠의 누나 얘기라고 분명하게 알려 주었다. 그러자 아빠가 경탄스러워했다.

"이런 이런! 그런 생각까지 다 하다니! 고모야 우리가 파리에 온 걸 알면 당연히 좋아하겠지!"

하지만 곧바로 아빠의 표정이 어두워졌다.

"보나마나 굉장히 귀찮게 굴 테고……."

나는 집 안에서 돌아다니는 영역을 점점 넓혀서 마침내 토굴 같은 아빠의 서재까지 갔다. 아빠는 커다란 창문으로 햇빛이 들어오는 방의 세 벽을 책 선반으로 가득 채웠고(그래서 우리 집에서 그나마 밝은 곳은, 물론 멜리의 현란한 표현에 따르면 "어차피 얼굴인지 뒤통수인지도 분간 못 하게" 어둡지만, 어쨌든 부엌이 유일했다.) 한가운데 책상을 놓았다. 측백나무와 구리로 된 그 책상에는 옮겨 다닐 수 있도록 바퀴가 달려 있었고, 책상이 자리를 바꿀 때마다 양쪽 팔걸이 부분이 갈라지고 군데군데 허옇게 변색된 붉은 가죽 볼테르소파[18]가 힘겹게 따라다녔다. 그리고 서가 꼭대기에 놓인 사전들을 꺼내기 위한 도서실 사다리와 나무 다리에 상판만 얹은 테이블 하나, 이게 전부였다.

나날이 회복 속도가 빨라진 나는 그곳에 와서 아는 제목들을 찾아보았고, 베르탈[19]이 삽화로 망쳐 놓은 발자크의 책들

---

18 앉는 자리가 낮고 등받이가 높은 안락의자.

19 프랑스의 삽화가로 19세기에 출간된 발자크 전집의 삽화를 그렸다.

과 볼테르의 『불온한 철학사전』도 펼쳐 보았다. 그 사전이 어땠냐고? 지루했고, 그리고…… 상스러운, 거의 대부분 충격적인 내용이었다. (상스러운 것이 언제나 충격적이지는 않다. 오히려 그 반대다.) 사실 글을 배운 이후 나는 늘 생쥐처럼 아빠의 서재를 들락거렸다. 책에서 어떤 내용을 봐도 크게 놀라지 않았고, 어떤 것에 열정적으로 빠지는 일도 없었다.

아빠의 방 역시 잡동사니가 섞여 있었다. 아빠는 정말 대단하다! 벽지에는 (소녀들이 좋아할 만한!) 들꽃다발 무늬가 그려져 있었고, 침대도 내 것과 똑같이 배처럼 폭이 좁았다. 매트리스 한쪽을 어떻게 잘 수 있을까 싶을 정도로 높게 세워 놓았다. 아빠는 늘 그렇게 앉아서 잤다. 제정 시대풍의 가구들, 온갖 안내 책자들과 과학 잡지들이 널브러져 있는 버드나무 안락의자들이 있고, 벽에는 달팽이와 지네를 비롯해 지긋지긋한 작은 생명체들이 가득한 채색 널빤지들이 붙어 있었다. 벽난로 위에는 옛날 옛날에 살았던 연체동물 화석이 늘어서 있고, 아빠 침대 옆 바닥에는 자동차 바퀴만큼 큰 암모나이트 화석 두 개가 놓여 있었다. 연체동물학 만세! 우리 집은 멋진, 말하자면 더럽혀지지 않은 과학의 성소였다!

식당은 별로 흥미로울 게 없었다. 부르고뉴풍 식기장과 역시 부르고뉴풍의 커다란 의자들마저 없었더라면 완전히 진부할 뻔했다. 촌스럽기 이를 데 없는 찬장은 몽티니의 갈색 나무판 바닥이 떨어져 나갔다. 멜리는 다른 방에 자리가 없다면서 침구용 장도 식당에 가져다 놓았다. 여러 악기 모양을 목공으로 장식한 루이 15세 시대의 아름다운 장이었지만, 나머지 모두가 그렇듯이 원래 자리를 잃어버린 채 처량하게 그곳에 와 있었다. 저 장 역시 나처럼 몽티니를 그리워하리라.

도무지 좋아할 수 없는 나의 의사 선생님이 소박한 승리감이 담긴 목소리로 이제 집 밖에 나가도 된다고 말했을 때, 나는 악을 썼다.

"절대 안 나가요!"

내가 파르르 떨며 화를 내자 의사 선생님은 어리둥절해졌다.

"어째서?"

"머리를 다 잘랐잖아요! 머리가 다 자라기 전엔 안 나갈 거예요!"

"그랬다가는 병이 도져. 밖에 나가서 맑은 공기 좀 쐬어야 해."

"내 맘이에요! 짜증 나! 난 긴 머리가 필요하단 말이에요!"

내가 그렇게 심술을 부려도 의사 선생님은 우리 집을 나설 때까지 온화한 표정을 잃지 않았다. 화낼 줄 모르는 사람 같았다. 멋대로 막 퍼붓고 나면 내 마음이 좀 홀가분해질 것 같았는데…….

속상해진 나는 다시 거울을 보았다. 처량한 고양이 꼴이었다. 머리카락이 짧아서 그렇다기보다는 삐뚤빼뚤하기 때문이었다. 종이 자르는 가위! 아니, 그건 크기만 하고 날이 무디다.

내 반짇고리의 가위? 너무 짧다. 멜리의 가위가 있지만……
멜리가 닭 요리를 위해 내장을 자르고 모래주머니를 가를 때
쓰는 가위다. 절대 안 된다.

"멜리, 내일 아침에 재단 가위 하나만 사다 줘."

시간이 오래 걸리고 어려운 일이었다. 미용사라면 훨씬 빨
리 예쁘게 손질했을 테지만, 파리 사람은 누구도 보고 싶지 않
다는 내 신경질적인 심술이 여전히 힘차게 파득거렸다. 오, 불
쌍한 내 머리카락, 아예 귀 높이로 잘렸다! 희한하게도 앞머리
는 그나마 컬이 살아 있어서 완전히 밉지는 않았다. 하지만 거
울 하나를 머리 뒤에 대 뒷덜미를 보고 나니 너무 슬프고 화가
났다. 희고 앙상한 목덜미 위로 머리카락은 부드럽게 말리는
건 어림도 없고, 종자를 퍼트리고 난 뒤 서서히 달팽이처럼 오
그라들고 말라 버리는 봉선화 씨껍질처럼 뻣뻣했다.

내가 미처 집 밖으로 발을 내딛겠다고 결심하기 전, 바깥세
상의 인류를 대표하여 관리인 여자가 내 집에 발을 들여놓았
다. 밑에서 매일같이 브르타뉴식 모자를 쓴 하녀가 이유도 없
이 어린 강아지를 때리는 걸 지켜보던 내가 더 이상 참지 못하
고 물병에 든 물 절반을 그 머리 위에 쏟아 버렸기 때문이다.

5분 후, 예전에는 예뻤겠지만 지금은 지저분하고 장황하게 떠들기만 좋아하는 관리인 여자가 들어섰다. 아빠는 외출 중이었다. 창백한 얼굴에 더없이 거만한 소녀가 나오자 그녀는 좀 놀란 것 같았다.

　"밑에 하녀 말이 누가 위에서 물을 쏟았다는데……."

　"내가 그랬어요. 그런데요?"

　"고소하겠다고……."

　"참을 수가 있어야죠! 또다시 강아지를 때리면 그때는 물 말고 다른 걸 쏟아 버리겠다고 하세요. 주인한테 가서 말할 수도 있다고. 주인의 아침 식사 잔에 침을 뱉고 냅킨으로 코를 푼다는 것까지 다 말한다고 하세요. 그래도 좋다면 마음대로 하라 하고!"

　그날 이후 브르타뉴식 모자를 쓴 하녀가 강아지를 때리는 소리가 들리지 않았다. 사실 나는 그 하녀가 잔에 침을 뱉는 것도, 냅킨에 코를 푸는 것도 본 적이 없다. 하지만 생긴 게 꼭 그런 짓을 할 것 같았다. 몽티니에서 사람들이 잘 쓰는 말로, 난 그 하녀가 징글징글하게 싫었다. 그러니 이 정도면 흔히 말하는 너그러운 거짓말 아닌가.

　첫 외출은 3월이었다. 찌를 듯이 날카로운 햇살에 바람도 제법 매서웠다. 아빠와 나는 고무바퀴 승합마차를 탔다. 몽티니에서 입던 빨간 망토에 아스트라칸 모자[20]를 쓴 내 모습은 치마 입은 남자 아이 같았다. (전에 신던 신발마저 모두 헐렁해졌다!) 천천히 뤽상부르 공원을 산책하는 동안 고상한 나의 아버지는 국립 도서관과 생트 즈느비에브 도서관의 장점을 비교하며 들려주었다. 나는 바람 때문에, 그리고 또 햇빛 때문에 정신이 멍했다. 하지만 제일 놀라운 사실은 평평하고 넓은 길에 아이들이 너무 많고, 잡초는 없다는 것이었다.

"연체동물학 개론, 그래 내 대작의 가쇄본 원고를 다시 읽어 보니 아직 미진한 문제들이 보이더구나. 몇 가지는 너무 피상적이어서 놀랄 정도였지. 작은 종(種)들에 관한 몇 가지 중요한, 그리고 아주 흥미로운 주제들에 대해 어떻게 그렇게 수박 겉핥듯이 지나갔는지! 나처럼 정확한 사람이 말이야. 하기야 어린애가 좋아할 만한 얘기는 아니겠구나."

어린애라니! 아빠는 내가 매일매일 커 가고 있다는 걸, 내 뒤로 이미 열일곱 해가 흘러갔다는 사실을 외면하고 싶은 걸까? 작은 종들에 관한 거라고? 아! 아! 그게 나랑 무슨 상관이람! 커다란 종들도 이하동문!

말이 나온 김에 다 얘기하자면, 파리에는 어린애들이 많아도 너무 많았다! 나도 언젠가 저렇게 애를 많이 갖게 될까? 어떤 남자가 나타나서 나와 같이 저런 일을 벌이게 될까? 풋!

20 러시아의 아스트라칸 모피로 만든 테 없는 둥근 모자.

풋! 이상하게도 병을 앓은 뒤 나의 상상력과 느낌이 정숙해졌다. 아빠처럼 나도 대작을 하나 써 볼까? 뇌수막염이 소녀들에게 행하는 교화(教化)에 관하여? 파리의 나무들은 왜 이렇게 계절을 앞서가는 걸까? 라일락 나무의 보드라운 잎사귀가 하늘을 찌를 것 같았다. 그곳, 그곳에서는…… 지금쯤 윤기 흐르는 갈색 싹이 겨우 돋아날 거고, 아직 숲바람꽃밖에는 피어나지 않았을 텐데…….

집으로 돌아오는 길에 자코브거리는 늘 가래침이 가득한 더러운 길임을 확인했다. 멜리가 나를 보고 밖에 나갔다 오더니 볼이 발그레해진 게 예쁘다고 떠들어 댔지만(멜리는 원래 뻔뻔하게 거짓말을 잘한다.) 그 말도 귀에 들어오지 않았다. 파리의 봄을 보고 나니 자꾸 다른 곳의 봄, 진짜 봄이 생각나서 슬펐다. 피곤해서 잠시 침대에 누웠다가 곧 다시 일어나 뤼스에게 편지를 썼다. 편지를 다 써서 봉투에 넣고 난 뒤에야, 그러니까 너무 늦게야, 어차피 뤼스는 멍청해서 내 편지를 한 마디도 이해하지 못하리라는 것을 깨달았다. 몽티니의 우리 집에 새로 세든 사람이 굵은 호두나무의 가지가 바닥에 끌린다고 잘라 버렸거나 말거나, 학교에서 보이는 프르동 숲에 새싹이 잔뜩 돋아나면서 푸른 안개에 잠긴 것 같거나 말거나, 뤼스는 관심이 없을 것이다! 심지어 밀이 잘 자라고 있는지, 브림으로 가는 길 우묵하게 꺼진 곳 서쪽 경사면에 제비꽃이 때 이르게 피어났는지도 말해 주지 못할 것이다. 뤼스에게는 내 편지의 말투가 그다지 다정하지 않다는 것 정도만 보이고, 그동안 파리에서 내가 어떻게 지내는지에 대해 자세히 얘기하지 않고 있다는 것도, "두 달 동안 아팠어, 이젠 많이 나았어."라는 말밖에 내 건강 상태에 대해 별다른 언급을 하지 않는다는 것도 깨닫지 못할 것이다. 클레르, 차라리 첫 영성체를 함께 받은 나의 친구 클레르에게 편지를 써야 했는데! 클레르는 지금쯤 브림 들판에서 혹은 마티농 숲 근처에서 양 떼를 돌보고 있겠지. 커다란 망토를 어깨에 걸치고, 예쁘게 핀을 꽂아 만틸라[21]처럼 만든 삼각 숄이 자그마한 동그란 얼굴을, 그 부드러운 눈길을 감싸고 있으리라. 클레르의 양들은 하도 이리저리 쏘다녀서, 영리한 암캐 리제트도 제대로 지키기 힘들다. 클레르는 내가 떠나올 때 주고 온 책 중 노란색 표지의 소설을 읽고 있을 것이다.

나는 클레르에게 특별한 말은 없이 그냥 다정하고 착한 편지를 써서 보냈다. 마치 프랑스어 수업 때 작문 제목처럼 한 소녀가 친구에게 파리에 온 것을 알리기 위해 보낸 편지 같았다. 그리고, 마드무아젤! 앙심을 품으면 꼭 되갚고 마는 빨간 머리의 마드무아젤! 나는 아직도 열이 조금 나면 마드무아젤의 목소리가 귀에 들린다. 그래요, 당신의 그 날카로운 목소리, 아무리 시끌벅적하게 떠드는 아이들도 순식간에 조용해

지게 만드는 그 목소리가 아직 귀에 울린답니다. 마드무아젤 에메와 어떻게 지내나요? 알 것 같아요, 잘 알겠어요. 그 생각을 하다 보면, 다시 몸에서 열이 난답니다.

3

내가 고모 얘기를 물어보고 며칠이 지난 뒤 아빠가 나와 함께 고모 집에 가 봐야겠다고 했다.

나는 아빠가 질겁할 만큼 큰 소리로 악을 썼다.

"고모네 가자고요? 세상에! 어떻게 그런 생각을 할 수 있죠? 이 머리카락으로, 이 얼굴로 가자고? 하물며 입을 옷도 없는데! 아빠, 아예 내 장래를 망치고 혼삿길을 막고 싶은 거예요?"

(조금 심했다. 어쨌든 17세기를 호령했던 인물을 닮은 아빠의 얼굴이 차분해졌다.)

"이런이런! 머리가 짧아도 예쁘고 좋기만 한데 왜 그러니…… 아니, 그러니까, 내 말은…… 그래, 요즘 내가 아주 어려운 대목을 손보는 중이라서…… 아직도 일주일은 더 해야 한다."

(잘 되어 가고 있다.)

"멜리, 대체 뭐 하는 거야? 빨리 찾아봐야지! 왜 능장 부리는데? 옷 맞출 데를 알아보란 말이야!"

마침내 찾아낸 재봉사가 치수를 재러 집으로 왔다. 단독주택에 살고 있는, 나이가 꽤 든 풀랑스라는 이름의 여자였다. 조심스럽고, 소심하고, 꽉 끼는 치마를 싫어하고, 구닥다리 정직함을 과시하는 여자였다. 가슴 부분에 다트가 들어가고 목깃이 귀까지 닿을 정도로 목을 감싸는(목을 드러내는 건 나중에 다 나으면 할 것이다.) 그야말로 단순한 디자인의 파란색 원피스를 완성한 뒤, 그녀는 남은 옷감을 가져왔다. 재단하면서 잘라 낸 가늘고 긴 천 조각들을, 심지어 3센티미터짜리 작은 것까지 챙겨 왔다. 요즘 여자들이 즐겨 입는 옷, 그러니까 단정치 못한 옷을 질색하는 얀센주의자[22] 같은 고약한 여자였다.

새 옷이 생기니 그제야 외출하고 싶은 마음이 들었다! 문제는 아무리 부지런히 빗질을 해도 도무지 자랄 기미가 없는 머리카락이었다. 어쨌든 아프기 전의 일상이 서서히 돌아왔다. 파리에는 바나나가 아주 많다는 게 그나마 하루하루를 받아들일 수 있는 힘을 주었다. 잘 익은 걸로 사서 더 푹 익게 두면 맛이 끝내준다! 팡셰트는 그 냄새를 싫어했다.

그사이 (보름 전이다.) 뤼스의 답장을 받았다. 연필로 쓴 편지였다. 뤼스의 글을 읽어 내려가며, 고백하건대 나는 가슴이 철렁 내려앉는 기분이었다.

---

22 네덜란드의 신학자 얀세니우스가 주창한 가톨릭 교의로, 17세기 프랑스의 포르루아얄 수도원을 중심으로 전개되었다. 초기 교회의 엄격한 윤리로 되돌아갈 것을 촉구하였고, 인간의 자유의지에 대해 회의적이었다.

친구야, 왜 이렇게 늦게야 내 생각을 한 거야? 좀 더 일찍 생각해 주고, 내가 고통을 이겨 낼 수 있도록 힘을 주었어야지! 나는 사범학교 입학시험에 떨어졌어. 그래서 언니가 요즘 날 제대로 구박하고 있지. 자기 말에 알겠다고 해도 싫다고 해도 무조건 머리가 돌아갈 만큼 세게 따귀를 때리고, 심지어 신발도 안 사 줘. 엄마한테 연락해서 고향집으로 돌아가고도 싶은데 그것도 안 돼. 가 봐야 어차피 많이 맞을 테니까. 물론 마드무아젤이 내 편을 들어 줄 리도 없지. 마드무아젤은 여전히 언니만 끼고 돌아. 지금 이 편지도 언니한테 안 뺏기려고 대여섯 번에 나눠서 쓰고 있어. 마드무아젤과 언니가 너는 조금 어려워했으니까 그나마 네가 여기 있을 땐 괜찮았는데, 이젠 다 끝났어. 네가 떠날 때 전부 다 끝나 버렸어. 죽고 싶었는데 막상 죽으려니 무서워서 참았지, 그러지 않았으면 난 이미 이 세상과 작별했을 거야. 앞으로 어떻게 해야 할지 막막하기만 해. 아무튼 이런 식으로 계속되지는 않을 거야. 차라리 도망칠 생각이야. 아무 데나 가지 뭐. 비웃지 마, 클로딘. 네가 여기 같이 있다면 얼마나 좋을까. 이전처럼 너한테 맞아도 상관없는데. 오베르 자매와 아나이스는 사범학교에 붙었어. 마리 벨롬은 가게 점원으로 들어갔고. 학교에 네 명이 새로 왔는데, 서로 친구 사이에 아주 순진한 애들이야. 참, 제비꽃이 때 이르게 피어났는지는 나도 모르겠어. 들판을 돌아다니지 않은 지 한참 됐거든. 그럼 이제 안녕, 나의 클로딘. 혹시라도 내가 좀 덜 불행해질 수 있을 방법을 찾아내거나 날 만나러 와 줄 수 있다면 꼭 그렇게 해 줘, 나를 불쌍히 여겨서 꼭 그렇게 해 줘. 너의 아름다운 머리카락에, 나를 별로 사랑하지 않았지만 그래도 소중한 너의 두 눈에, 그리고 너의 온 얼굴에, 너의 하얀 목에 키스해 줄게. 날 비웃지 마. 나를 울게 만드는 이 슬픔을 비웃으면 안 돼.

뤼스

고약한 두 여자가 뤼스한테 무슨 짓을 한 거지? 뤼스는 원래 다부지지 못하다. 착하기에는 좀 심술궂고, 그렇다고 완전히 심술궂기에는 비겁하다. 뤼스, 그렇다고 널 데리고 함께 떠나올 수는 없잖아! (사실 그럴 마음이 든 적조차 없었다.) 너에게는 이제 박하 드롭프스도 초콜릿도 클로딘도 없지. 학교 건물을 개축하던 일, 장관이 참석한 개교식, 학교 의사 뒤테르트르[23]…… 모든 게 얼마나 아득한 일이 되었는지! 뒤테르트르…… 당신은 지금껏 감히 나에게 키스를 한, 그것도 입가에 한 유일한 사람이에요. 덕분에 난 달아올라 봤고, 조금 무섭기도 했죠. 나중에 나를 완전히 데리고 떠날 남자가 해 주게 될 것 역시, 조금 더 깊기야 하겠지만, 비슷할 테지? 뒤테르트르

---

23 『학교의 클로딘』에 등장하는 학교 의사이자 몽티니 군의회의 의원으로, 건강검진을 핑계로 클로딘에게 추근거렸다.

의 키스는 내가 사랑이 어떤 것인지 실제적으로 깨닫기에는 조금 짧았다. 다행히 나는 이론에는 제법 통달한 사람이다. 물론 군데군데 모호한 구석이 없지는 않다. 아빠의 서재가 모든 것을 가르쳐 주지는 못했으니까.

지금까지 파리에서의 첫 몇 달 동안 일어난 일을 요약했다. 학교에서 정서장(正書帳)이라고 부르던 내 노트는 밀린 것 없이 다 채워졌고, 앞으로도 써 나가는 데 어려움이 없을 것이다. 이곳에서는 할 일이 별로 없다. 여전히 부족한 옷장을 채우기 위해 예쁘장한 슈미즈[24]와 속바지를 만들고, 솔빗으로 머리를 빗는 게 전부다. (이젠 아주 빨리 끝난다.) 흰 고양이 팡셰트의 털을 빗겨 주었고(파리에 온 이후 팡셰트의 몸에는 이가 거의 없다.) 창틀에 올라가서 바깥 공기를 쏘일 수 있도록 쿠션을 얹어 주었다. 어제는 팡셰트가 다른 고양이를 보았다. 관리인이 키우는 커다란…… 그러니까, 어떻게 말해야 할까?…… 부실한 고양이였다. 4층 고양이가 된 팡셰트가 얼마 전까지 마당에서 살던 고양이다운 쉰 목소리로 알 수 없는 욕설을 아래에 대고 내뱉는 것 같았다. 멜리는 팡셰트를 잘 살폈고, 변비에 걸리지 않도록 고양이용 목초판도 사 왔다. 불쌍

---

24 얇은 모슬린이나 리넨으로 만든 여성용 속옷.

한 팡셰트는 그 풀을 허겁지겁 먹어 치웠다. 팡셰트도 몽티니의 정원을, 우리가 그토록 자주 함께 올라갔던 커다란 호두나무를 그리워하고 있을까? 그럴 것이다. 하지만 팡셰트는 나를 사랑하기 때문에, 아무리 초라한 집이라도 나와 함께 살기를 택할 것이다.

멜리와 함께 백화점이라는 매혹 넘치는 장소도 가 보았다. 거리에서 사람들이 자꾸 나를 쳐다보았다. 짧고 부스스한 머리카락에 안색이 창백하고 너무 말랐기 때문일 것이다. 멜리가 프레누아 농부 아낙들의 머리쓰개를 하고 있기도 했다. 책 속에 그토록 많이 등장하는 어린 여자를 쫓는 노신사들의 탐욕의 눈길이 마침내 나에게 향하게 될까? 두고 볼 일이다. 일단 지금은 할 일이 있다.

무엇보다 나는 루브르[25]와 봉마르셰[26]에서 다양한 냄새들을 연구했다. 옷감 중에도 리넨을 파는 곳을 지날 때는 정말 냄새 때문에 취할 것 같다. 오, 아나이스! 너는 시트와 손수건 조각을 먹기도 하니까 딱 여기 와서 살아야 해. 파란색 새 면직물에서 나는 달착지근한 냄새는 기분 좋게 만드는 걸까, 반대

---

25 파리에 있던 백화점. 1974년에 폐업했다.

26 19세기에 세워진 파리 최초의 백화점.

로 토하고 싶게 만드는 걸까? 둘 다 같다. 플란넬과 모직 담요
는 끔찍하다! 썩은 계란 냄새랄까, 아무튼 거의 비슷한 냄새가
난다. 새 구두와 가죽 지갑에서 나는 냄새는 제법 괜찮다. 하
지만 향수와 비누의 역겨운 냄새를 버틸 수 있게 해 주는 자수
도안용 파란색 기름종이와는 상대가 안 된다.

클레르의 답장도 받았다. 역시 클레르는 더없이 행복했다.
진정한 사랑을 찾았다고, 머지않아 결혼할 거라고 했다. 세상
에, 열일곱 살에 벌써 정착을 하다니! 나는 이유 없이 짜증이
나서 어깨를 들썩였다. (칫, 왜 이래, 클로딘, 치사하게!)

그 사람은 정말 잘생겼어, 어찌나 미남인지 보고 있으면 시
간 가는 줄 몰라. 두 눈은 반짝이는 별 같고, 턱수염도 보드라
워. 그리고, 힘도 아주 세. 그 품에 안기면 나는 마치 깃털이 된
것 같아! 언제 결혼할지는 아직 몰라. 엄마는 내가 너무 어리
다고 하셔. 하지만 최대한 빨리 하게 해 달라고 조르는 중이야.
그 사람의 아내가 되면 너무 행복할 거야!

사랑을 자랑하느라 여념이 없는 클레르의 편지에는 그 연
인의 사진도 들어 있었다. 서른다섯 살쯤 된 건장한 남자였다.
정직하고 온화한 인상에 눈이 선량하고 수염이 덥수룩했다.

클레르 역시, 사랑 얘기에 취해서, 브림으로 가는 길에 우묵하게 꺼진 곳 서쪽 경사면에 피어나는 제비꽃 이야기는 까맣게 잊어버렸다.

4

"안 되겠다, 안 되겠어, 쾨르 고모네 가 보자. 우리가 파리에 이사 온 지 한참 된 걸 나중에 알면 보나마나 화를 낼 텐데, 가족 간에 불화가 생기면 곤란하지."

아빠는 심지어 우리가 찾아간다는 걸 미리 알리자는 놀라운 생각까지 했다. 내가 극구 말렸다.

"아빠, 잘 생각해 봐요. 갑자기 찾아가야 고모도 더 기쁘죠. 우리가 파리에 온 지 이미 석 달째인데 아직 연락을 안 했잖아요. 이제 와서 바꾸기보다는 그냥 그대로 해요. 차라리 극적인 기쁨을 안겨 줄 수 있잖아요!"

(이렇게 하면 우리가 예고 없이 갔을 때 고모가 외출하고 없을 수 있고, 그 경우 우리는 의무를 행한 게 되고 시간을 벌 수 있다.)

아빠와 나는 4시경 집을 나섰다. 커다란 빨간 띠가 달린 큼직한 르댕고트,[27] 챙이 지나치게 넓은 실크해트,[28] 큰 코와 세 가지 빛깔의 수염으로 아빠는 모두의 이목을 끌었다. 진짜 왕

---

27   18세기부터 입었던 코트의 한 종류로, 본격적인 수트가 등장하기 전까지 프록코트와 함께 가장 일반적인 남성복이었다.

28   높이가 높고 꼭대기가 평평하며 넓은 테두리가 달린 남성용 정장 모자.

의 귀환을 기다리는 반급 장교[29] 차림으로 환한 안색에 천진난
만해 보이는 아빠의 모습에 거리의 아이들이 박수를 치며 좋
아했다. 그런 식의 인기에 관심이 없는 나는 단순한 디자인의
파란색 원피스를 입었고, 머리에는…… 그러니까 남아 있는
짧은 머리카락 위에는 컬진 앞머리를 관자놀이와 눈썹까지 닿
도록 당긴 뒤 깃털 장식이 달린 검은색 펠트 모자를 썼다. 나는
막상 고모 집에 찾아가려니까 마음이 불편해서 안색이 좋지
않았다. 아직은 대단치 않은 일로도 안색이 어두워졌다!

고모는 바그람대로[30]에 살고 있었다. 새 집이지만 내 눈에
는 몹시 거슬렸다. 승강기가 너무 빨리 올라가는 바람에 아빠
도 불안해했다. 나는 사방의 벽과 계단, 페인트칠이 모두 흰색
이라는 사실이 약간 화가 날 정도로 싫었다. 아무튼 마담 쾨르
는…… "집에 계십니다."였다. 운도 지지리도 없지!

우리는 응접실에서 잠시 기다렸는데, 절망적이게도 그곳
역시 계단과 마찬가지로 전부 흰색이었다. 흰색 벽에 역시 희
고 가벼운 가구들, 밝은색 꽃무늬가 있는 흰색 쿠션이 놓여 있

---

29 제1제정 시절의 장교들로, 나폴레옹의 실각 이후 왕정복고기에 봉급을 반
만 받은 데서 나온 이름이다. '반급 장교 르댕고트'는 그들이 퇴역군인의 대우
가 소멸된 이후에도 제정 때 군복 위에 레지옹 도뇌르 훈장 띠를 달고 허리가 들
어간 푸른색 혹은 회색의 긴 르댕고트를 입고 다닌 데서 나온 이름이다.

30 개선문이 있는 에투알 광장에서 방사선으로 퍼진 파리의 대로들 중 하나
다. 나폴레옹이 오스트리아 바그람에서 거둔 승전을 기념하는 이름이다.

고, 벽난로마저 흰색이었다. 맙소사! 어두운 구석은 눈 비비고 찾아봐도 없었다! 나는 원래 어두운 방에서, 짙은 색 나무로 만든 가구들 틈에서, 깊이 들어가는 묵직한 안락의자에 앉아 있어야 편하고 안도감을 느끼는데! 창문의 흰색 광폭 실크 커튼에서 아연을 구기는 소리가 났다.

드디어 쾨르 고모가 들어왔다. 갑자기 등장한 우리를 본 고모는 처음에는 아연실색한 표정이었지만, 이내 아주 반갑게 맞아 주었다. 고모는 스스로 존귀한 여인을 닮았다는 자부심이 상당히 컸다! 고모는 외제니 황후의 기품 있는 코, 가운데 가르마를 탄 희끗희끗한 머릿결, 살짝 아래로 처진 미소를 닮았다. 그러니 시뇽[31](부자연스럽다!)을 절대 포기하지 않을 테고, 주름이 잡히고 부풀어 오르는 실크 치마도, 어깨에 걸쳐 희롱하듯 펄럭이는(흠! 흠!), 고모의 미소처럼 살짝 아래로 처진 레이스 스카프도 포기하지 않을 것이다. 1870년[32] 이전의 왕후마마 같은 자태를 한 고모는 휘핑크림을 발라 놓은 듯 온전히 1900년대에 속한 응접실과 전혀 어울리지 않았다.

쾨르 고모는 매혹적인 사람이었다! 어찌나 엄격한 프랑스어를 구사하는지 조금 겁이 날 정도였다. 아무튼 고모는 우

---

31 머리카락을 뒷목에서 한데 모아 살짝 꼬아서 접어 올린 채로 고정한 헤어 스타일로, 1860년대에 크게 유행했다.

32 프러시아와의 전쟁에 패하면서 프랑스의 제2제정이 끝난 해다.

리가 갑작스럽게(갑작스럽기로 말하자면, 두말할 나위가 없었다!) 파리로 이사 온 것에 대해 놀라움을 금치 못했다. 그리고 계속 나를 쳐다보았다. 누군가 성을 붙이지 않는 이름만으로 아빠를 부르는 모습이 나에게는 너무 낯설었다. 고모는 동생에게 'vous'[33]를 사용해서 말했다.

"클로드, 클로딘은 매력적이고 개성이 강한 아이로구나. 아직 다 낫지 않았다니, 좀 제대로 신경 써서 간호했어야지! 나한테 미리 연락을 했으면 좋았을걸, 왜 그런 생각을 못 했는지 이해가 안 되는구나. 어찌 그리 변하지도 않는지……!"

아빠는 웬만해서 화를 내지 않는 편이지만, 고모의 지적은 잘 받아들이지 못했다. 아마도 남매간에 의견일치를 보는 일은 아주 드물고, 어긋나면 곧바로 서로를 공격하는 사이 같았다. 제법 흥미로웠다.

"빌렐민, 나도 나름 내 딸을 잘 간호했어요. 다른 일로 이미 머릿속이 꽉 차 있었다고요. 어떻게 전부 완벽하게 챙기겠어요?"

"자코브거리에 집을 구한 것도 그래! 새 동네가 훨씬 더 청결하고 공기도 좋은데…… 집도 잘 지었고. 그렇다고 더 비싸지도 않은데 왜…… 그래, 여기 바로 옆에 145-2번지에 아주

---

33   프랑스어에서 2인칭은 친근한 사이를 뜻하는 'tu'와 거리감을 나타내는 'vous'로 나뉜다. 이전에는 부부나 형제간에 'vous'를 사용하기도 했다.

괜찮은 아파트가 하나 있으니까 그리로 오렴. 그러면 언제든 가까이 있을 수 있잖니. 클로딘도 심심하지 않을 테고. 물론 클로드 너도……."

(아빠가 화들짝 놀라 일어섰다.)

"이 동네 살라고? 오, 그건 아니에요, 누님은 세상에서 가장 멋진 여자이지만, 난 죽으면 죽었지 누님과 같이 살 생각은 없어요!"

(대단하다! 내가 환하게 웃자 고모는 어른들이 다투는데도 아무렇지도 않은 내 모습에 놀라는 것 같았다.)

고모가 나에게 물었다.

"그래, 애야. 더럽기도 하고 드나드는 사람들도 급이 떨어지는 그 좌안[34]의 집보다 여기처럼 깨끗한 집이 더 좋지 않니?"

"전 자코브거리와 우리 집이 더 좋아요. 이렇게 환한 방에 있으면 우울해져요."

고모가 스페인 여인[35]마냥 활처럼 흰 눈썹을 치켜올렸다. 내가 아직 완쾌되지 않은 탓에 아무 말이나 한다고 생각하는 표정이었다. 고모와 아빠는 가족에 대해 이야기했다.

---

34 파리는 도시를 관통하는 센강을 중심으로 좌안(리브고슈)과 우안(리브드루아트)으로 나뉜다.

35 외제니 황후는 스페인의 귀족이었다.

"내 손자 마르셀이 여기 같이 산단다. 알지? 불쌍한 이다의 아들 말이다. (이다가 누굴까?) 철학 공부를 하고 있고, 클로딘 또래란다."

고모가 환하게 빛나는 얼굴로 마르셀 얘기를 이어 갔다.

"늘 할머니를 기쁘게 하는 소중한 보물 같은 아이지. 조금만 있으면 볼 수 있겠네. 5시에 들어오니까. 꼭 보고 가렴."

아빠는 자신만만한 표정으로 그러겠다고 대답했지만, 나는 알 수 있다. 아빠는 이다가 누군지, 마르셀이 누군지 모른다. 그리고 가족과 다시 얽힌 것 때문에 이미 짜증이 치솟고 있다. 아! 이렇게 재미있을 수가! 물론 마음속으로 신이 났을 뿐, 나는 대화에 끼어들지 않고 가만히 있었다. 아빠는 한시라도 빨리 그 집을 벗어나고 싶어 안달했지만, 그나마 연체동물학 저서 얘기 때문에 버티고 있었다. 마침내 문이 열리는 소리가 났다. 그리고 가벼운 발걸음 소리와 함께 마르셀이 들어왔다. 그런데…… 세상에, 남자가 어쩌면 저렇게 예쁠까!

말없이 손을 내밀어 악수하는 동안 나는 마르셀에게서 눈을 떼지 못했다. 이렇게 예쁘게 생긴 남자는 정말 처음 본다. 혹시 여자가 아닐까? 계집애가 남자 바지를 입고 있는 게 아닐까? 오른쪽 가르마를 탄 살짝 긴 금발에 안색은 뤼스와 똑같다. 영국 소녀 같은 파란 눈에, 콧수염은 나만큼도 없고, 얼굴은 발그스레하다. 마르셀은 고개를 비스듬하게 해서 바닥을 쳐다보며 조용조용 말했다. 어찌나 탐스러운지 그대로 먹어 버리고 싶었다! 하지만 아빠는 남성적인 면이 거의 없는 마르셀에게서 매력을 느끼지 못하는 것 같았다. 쾨르 고모는 손자를 눈에 넣기라도 할 기세로 꿀이 떨어질 듯 다정한 눈길로 바라보았다.

"늦었구나, 별일 없었니?"

"없었어요, 할머니."

쾨르 고모의 보물단지 손자가 순결한 두 눈을 들어 올리며 달콤하게 대답했다.

아빠는 여전히 건성으로 마르셀에게 어떤 공부를 하느냐고 물었다. 나는 깨물어 주고 싶을 정도로 예쁜 그에게서 여전히 눈길을 떼지 못했다. 하지만 정작 마르셀은 나를 거의 쳐다보지 않았다. 내가 별다른 사심 없이 그저 감탄하는 중이었으니 망정이지 그러지 않았더라면 굴욕감을 느낄 뻔했다. 쾨르 고모는 사랑하는 손자를 맞이하는 내 반응에 흡족했는지 우리를 조금 더 가깝게 만들어 주려고 애썼다.

"마르셀, 글쎄 클로딘이 너랑 나이가 같다는구나. 친구처럼 지내면 좋지 않겠니? 이제 곧 부활절 방학도 되니까."

나는 좋다고 말하려고 급히 몸을 앞으로 내밀었다. 놀란 마르셀이 공손한 표정으로 눈을 들어 나를 쳐다보았다. 그러더니 알맞게 밝은 목소리로 대답했다.

"좋아요, 할머니. 마드무…… 클로딘만 괜찮다면요."

쾨르 고모는 마르셀이 얼마나 착하고 얼마나 온순한지 그야말로 입이 마르도록 칭찬을 이어 갔다.

"키우는 동안 단 한 번도 목소리를 높여 본 적이 없단다."

고모는 나와 마르셀을 옆에 세워 두고 어깨 높이를 재 보기까지 했고, 마르셀이 이만큼이나 크다고 말했다. (이만큼이나……라니! 겨우 3센티미터 차이인데 웬 호들갑이람!) 고모의 보물은 이제 웃기도 하고 제법 씩씩해졌다. 거울 앞으로 가서 크라바트[36]를 매만지기도 했다. 마르셀은 패션 잡지에 나오는 것처럼 멋쟁이로 차려 입었다. 걸을 때는 몸을 양옆으로 살짝 흔들며 미끄러지듯이 나아갔고, 돌아설 때는 한쪽 엉덩이를 축으로 몸이 살짝 기울어졌다! 세상에! 정말 아름답다!

"클로드, 클로딘과 같이 저녁 식사하고 가렴, 괜찮지?"

마르셀의 모습을 멍하니 쳐다보던 나는 고모의 말에 깨어났다.

이미 지겨워서 몸살이 난 아빠가 큰 소리로 말했다.

"아니, 안 돼요! 집에서 약속이 있어요. 누가…… 그러니까…… 아무튼 자료 가져오기로 했어요. 내 책에 필요한 자-료-들이요. 자, 클로딘, 이제 그만 가자!"

"아쉽구나. 내일은 나도 집에서 식사를 하지 않는데…… 요즘은 약속이 아주 많단다. 여기저기 초대를 다 수락했더

---

36 남자 의상에서 실크, 레이스, 면직물들을 접어 띠처럼 목에 두른 장식으로, 19세기에는 가늘고 긴 넥타이와 함께 사용되었다.

니…… 그럼 목요일에 오겠니? 물론 다른 사람 더 안 부르고 우리끼리만 먹자꾸나. 클로드, 내 말 듣고 있지?"

"한 마디도 안 놓치고 듣고 있어요. 이제 정말 늦었어요. 목요일에 올게요, 빌렐민. 자, 잘 있거라, 폴…… 아니, 자크……."

나도 심드렁하게 작별 인사를 했다. 마르셀이 예의를 갖추어 우리를 문까지 배웅했고, 내 장갑에 키스를 했다.

아빠와 나는 가로등이 밝혀진 거리를 말없이 걸었다. 아직까지 나는 그렇게 늦은 시각에 집 밖에 있는 게 익숙하지 않았다. 불빛도 그렇거니와 행인들이 지나가면서 시커먼 그림자가 만들어질 때면 긴장해서 마른침을 삼켰다. 빨리 집에 들어가고 싶었다. 드디어 고모 집의 불편함에서 벗어난 아빠는 경쾌하게 제정시대(제1제정이다.)의 노래를 흥얼거렸다.

"아홉 달 후에는 사랑의 감미로운 징표가……."

집에 돌아온 나는 온화한 전등 불빛과 음식이 차려진 식탁을 보니 몸이 편안해지고 혀가 풀렸다.

"멜리, 오늘 고모 만났어. 멜리, 오늘 사촌도 봤어. 그런대로 괜찮던데? 가지런한 머릿결에 옆 가리마를 탔어. 이름은 마르셀이래."

"천천히, 좀 천천히 얘기해! 수선 떨지 말고! 우선 와서 수

프부터 좀 먹고. 그리고 아직 연애하기에는 너무 이르지 않아?"

"바보! 멍청하긴! 무슨 말도 안 되는 헛소리야? 애인은 무슨 애인? 아직 제대로 알지도 못하는 사이인데! 짜증 나게! 난방에 들어갈 거야!"

그러고는 정말 내 방으로 들어가 버렸다. 어떻게 저런 생각을 할 수 있단 말인가. 마르셀처럼 귀여운 남자가 어떻게 내연인이 될 수 있다고! 마르셀이 마음에 든 건 그가 뤼스나 마찬가지로 남자로 느껴지지 않았기 때문이었다.

평범한 사람들을 다시 만나고 팡셰트나 멜리가 아닌 다른 사람과 이야기를 나눈 탓인지 그날 나는 다시 열이 좀 났다. 하지만 기분 좋은 상태였고, 어쨌든 그러느라 한동안 잠들지 못했다. 밤이면 찾아오는 환상들이 머릿속에서 춤을 추었다. 빈터할터[37]의 그림에서 튀어나온 것 같은 쾨르 고모가 뭔가를 물으면 나는 어떻게 대답해야 할지 두려웠다. 바보라고 생각하면 어쩌지? 나는 왜 이럴까? 몽티니에서 열여섯 해를 살았고 그중 10년을 학교에 다녔는데, 재치 있게 대답하는 능력은 늘

---

37 프란츠 사버 빈터할터(Franz Xaver Winterhalter, 1805-1873)는 독일의 화가로, 프랑스의 외제니 황후를 비롯하여 유럽의 왕족, 귀족들의 초상화를 많이 그렸다.

제자리다. 학교에서 배운 말이라고는 아니아스를 욕하고 뤼스의 응석을 받아 줄 때 필요한 것들뿐이다. 제길, 예쁜 계집애 같은 마르셀은 이런 말은 안 쓰겠지? 목요일 저녁 식사 자리에서 내가 바나나를 입에 물고 이빨로 껍질을 벗기면 무시하겠지? 옷은 또 뭘 입고 간담! 도무지 입을 만한 옷이 없었다. 몽티니에서 학교 공사 끝나고 준공식 할 때 입었던 옷을 다시 입어야 할 판이다. 어깨에 삼각 레이스 숄이 달린 흰색 모슬린 원피스. 마르셀의 눈에는 형편없이 초라해 보일 텐데…….

그날 밤 나는 바지에 주름 하나 없이 말끔하게 차려입은 마르셀의 자태를 떠올리며 입 벌린 채 경탄하면서 잠이 들었다. 그래서인지 오늘 아침 잠에서 깼을 때는 당장 그에게 달려가 따귀라도 한 대 때려 주고 싶었다. 아나이스가 마르셀을 봤다면 그냥 두지 않고 겁탈이라도 했을 것이다! 얼굴이 누렇고 동작도 거친 꺽다리 아나이스가 마르셀을 겁탈하는 장면은 생각만 해도 웃겼다. 나도 모르게 웃음을 지으며 골방 같은 아빠의 서재로 들어갔다.

아빠는 혼자 있지 않았다. 사각 턱수염을 기르고 교양 있어 보이는 한 젊은 남자와 얘기 중이었다. '일류'에 속한 사람 같았다. X……의 지하 동굴을 발견했다는 마리아 씨였다. 두 사람이 처음 만난 것은 더없이 지루한 장소, 그러니까 지리학회 아니면 소르본대학교의 다른 어디일 것이다. 아빠는 마리아 씨가 찾아낸 동굴에 어쩌면 달팽이 화석이 있을지도 모른다면서 흥분했었다. 내가 들어가자 아빠가 나를 가리키며 마리아 씨에게 말했다. "클로딘이네." 흡사 "레오 3세[38]네. 누군지모르지 않지?"라고 말하는 것처럼 자연스러웠다. 마리아 씨는안다는 표정으로 고개를 숙이며 인사를 했다. 허구한 날 동굴속을 휘젓고 돌아다니는 사람이라니, 분명 몸에서 달팽이 냄새가 날 것이다.

점심 식사 후에 나는 나의 독립을 선언했다.

"아빠, 나 외출해요."

(생각만큼 잘 되지는 않았다.)

"외출한다고? 멜리와 같이 가는 거지?"

"아니, 멜리는 옷 바느질할 게 많대요."

"그러면, 혼자 나간다고?"

나는 두 눈을 휘둥그레 뜨고 아빠에게 되물었다.

"그럼, 당연히 혼자 나가죠. 그게 어때서요?"

"그야, 파리에선…… 여자애들이……."

"무슨 그런…… 아빠, 제발 말이 되는 소리를 해요. 몽티니에서 난 온종일 숲속을 돌아다녔다고요. 파리의 거리가 몽티니 숲보다 더 위험하겠어요?"

---

38 795-816년까지 재위한 96대 교황.

"그 말도 맞지. 하지만 파리에는 다른 종류의 위험이 있을 것 같구나. 신문 좀 읽어 보렴."

"참, 아빠도! 그런 추정을 받아들인다는 것 자체가 딸을 모욕하는 거예요! (아빠는 이런 세련된 암시를 전혀 이해하지 못하는 것 같았다. 사실 아빠에게는 몰리에르도 별로 중요한 인물이 아니다. 몰리에르는 달팽이에 관심이 없기 때문이다.) 어차피 나는 신문에 나는 사건 사고 소식 절대 안 읽어요. 아무튼 루브르 백화점에 갈 거예요. 쾨르 고모네 저녁 먹으러 가려면 복장을 갖추어야죠. 스타킹도 없고, 흰 구두도 너무 낡았어요. 지금 나한텐 6수[39]밖에 없으니까(프레누아에서는 6프랑까지 '수'로 센다. 60수는 예외로, 다른 곳에서처럼 3프랑이라고 부른다.) 좀 넉넉하게 줘요."

39　1수(sou)는 중세부터 사용되던 동전이다. 프랑이 사용된 이후에도 20세기 초반까지 5상팀짜리 동전을 1수라고 불렀다.

5

역시, 파리에서 혼자 외출하기는 그다지 힘든 일이 아니었다. 나는 우선 가까운 곳부터 걸어 보았고, 흥미로운 사실들을 파악했다. 첫째, 파리는 몽티니보다 훨씬 덥다. 둘째, 외출했다 돌아오면 코 안이 시커멓게 되어 있다. 셋째, 신문 판매대 앞에 혼자 서 있으면 사람들이 쳐다본다. 넷째, 길거리에서 무례한 일을 당하고 가만있지 않아도 사람들의 눈길을 끈다.

넷째와 관련된 일을 얘기해 보자. 생페르거리를 지날 때였다. 멀쩡하게 차려입은 아저씨 하나가 따라왔다. 처음 15분 동안은 기분이 아주 좋았다. 저렇게 말끔한 남자가 나를 따라오다니! 알베르 기욤[40]의 그림 같지 않은가! 다음 15분 동안 남자의 발걸음이 가까워지는 것 같아 더 빨리 걸었는데도 남자가 여전히 같은 거리에서 따라왔다. 그리고 15분, 남자가 앞질러 지나가면서 태연스레 내 엉덩이를 꼬집었다. 나는 곧장 달려가 프레누아에서 하는 식으로 우산을 치켜들어 남자의 머리에 힘껏 내리쳤다. 남자의 모자가 길 옆 도랑에 빠졌고, 지

---

40 알베르 기욤(Albert Guillaume, 1873~1942)은 프랑스의 화가로, 파리의 남녀 모습과 공연 포스터들을 그렸다.

나가던 사람들이 좋아라 함성을 질렀다. 나는 너무 큰 성공을 거둔 것에 당혹해서 그대로 도망쳤다.

쾨르 고모는 무척 친절했다. 나를 위해 가는 금줄에 10센티미터마다 작은 진주가 달린 목걸이를 다정한 쪽지와 함께 보내 주기까지 했다. 그런데 팡셰트의 눈에도 목걸이가 예뻤던 것 같다. 이미 고리 두 개를 납작하게 만들었고, 그 커다란 이빨이 보석 연마기라도 되는 양 진주알을 씹어 버렸다.

목요일 저녁 식사에 입고 갈 옷을 준비하다 보니 목이 좀 파인 것이 걸렸다. 그리 많이 파인 것은 아니었지만, 내가 너무 마른 것이 드러날까 봐 신경 쓰였다. 나무 목욕통에 발가벗고 앉아서 살펴보니 그동안 살이 붙기는 했다. 하지만 아직 멀었다. 그나마 목살은 많이 빠지지 않아 다행이었다. 덕분에 살았다. 그 아래쪽에 소금통처럼 달려 있는 두 개는 어찌할 수 없다! 나는 하염없이 따뜻한 물속에 앉아 손으로 등을 짚어 가며 등뼈가 전부 몇 개인지 세어 보았고, 사타구니에서 이마까지 길이와 발까지 길이가 같은지 재어 보았다. 그리고 오른쪽 장딴지도 꼬집어 보았는데, 매번 꼬집을 때마다 어깨가 침에 찔리는 것 같은 야릇한 느낌이 전해졌다. (원래 오른쪽 장딴지와 왼쪽 견갑골이 이어져 있다.) 다리를 들어 올려 목에 걸치는 데 성공하고 나서 얼마나 기뻤는지! 추잡한 아나이스가 잘 하던 말로, 이로 발톱을 뜯을 수 있으면 정말 재미있을 텐데!

맙소사, 가슴은 왜 이렇게 작을까! (학교에서 우리는 젖통이라고 불렀고, 멜리는 찌찌라고 부른다.) 문득 생각났다. 3년 전에 학교에서 산책을 하다가(어쩌다 목요일에 산책할 때가 있었다.) 누구 가슴이 더 큰지 시합이 벌어졌다.

숲 가장자리 한곳 우묵하게 꺼진 길에 둘러앉은 우리는(그러니까 고학년 네 명이다.) 한 명씩 가슴을 풀어헤쳤다. 우선 아나이스가 레몬처럼 노란 기운이 도는 맨살을 살짝 드러내 보인 뒤(뻔뻔스럽기도 하지!) 숨을 잔뜩 들이마시며 태연하게 말했다. "내 것은 지난달부터 커지는 중이야." 헛소리! 그냥 사하라 사막인데! 하얗고 볼그스레한 뤼스는 기숙사 학생들이 입던 투박한 옷감에 소맷부리가 달린(꽃줄 장식은 없었다. 없어야 하는 게 규칙이었다.) 셔츠를 벌려 막 모양을 잡아 가는 가운데 계곡과 팡셰트의 젖처럼 봉긋하게 솟은 작고 발그스레한 젖꼭지를 보여 주었다. 그리고 마리 벨롬…… 내 손등만 했다. 그럼 클로딘은? 볼록한 상자 같고, 하지만 크기는 살찐 남자애의 가슴과 거의 같았다. 이럴 수가! 열네 살인데…… 보여 주기가 끝난 뒤 우리는 서로 나머지 셋보다 자기 가슴이 더 크다고 확신하면서 웃옷을 여몄다.

멜리가 잘 다려 준 내 흰색 모슬린 원피스는 투덜대지 않고 입을 만했다. 옛날처럼 긴 머리카락이 허리께에서 출렁대지는 않았다. 나는 이제 내 짧은 머리카락도 이상하기는 하지만 그런대로 싫지 않았다. 어쨌든 그날 저녁에는 이전의 머리카락을 그리워하지 않았다. 이런 이런!(아빠가 잘 쓰는 말이다.) 금 목걸이도 잊지 말아야지.

"멜리! 아빠도 옷 입고 있어?"

"당연하지. 셔츠에 컬러 끼우다가 망쳐서 세 개째야. 가서 크라바트 묶는 것 좀 도와드려."

나는 아빠에게 달려갔다. 고상한 나의 아버지는 유행이 조금 지난, 아니 아주 많이 지난 검은색 정장 차림이었다. 물론 아빠는 어떤 옷을 입어도 위엄 있고 당당하다.

"빨리, 아빠, 서둘러요. 7시 반이야. 멜리, 팡셰트 밥 줘! 빨간색 케이프[41]도 찾아주고. 이제 가야 해!"

사방에 전구가 밝혀진 고모의 하얀 응접실 안에서 나는 그야말로 간질 환자가 되어 버릴 것 같았다. 아빠도 나와 생각이 같아서, 빌렐민 고모가 아끼는 크림 범벅 같은 흰색을 싫어했고, 심지어 노골적으로 지적하기도 했다.

---

41 소매 없이 걸치는 망토식 외투. 18~19세기 여성복 외투로 르댕고트와 함께 가장 즐겨 입었다.

"이런 생토노레[42] 같은 집에서 잠을 자느니, 나라면 차라리 사람들 다 보는 데서 볼기를 맞겠어."

하지만 마르셀이 들어서는 순간 모든 것이 아름다워졌다. 마르셀은 정말 매력적이었다! 스모킹[43]을 입은 훤칠하고 민첩한 자태라니! 달빛을 닮은 금발머리가 아름다웠고, 불빛 아래 드러난 반투명 피부가 메꽃 속살처럼 부드러워 보였다. 마르셀은 우리에게 인사를 건네면서 그 파랗고 맑은 두 눈으로 재빨리 나를 관찰했다.

마르셀을 따라가는 고모 역시 눈부시게 아름다웠다. 검은 팔각 그물 레이스가 달린 저 진주모 빛깔의 실크 드레스는 1867년의 것일까, 1900년의 것일까?[44] 1867년이 맞을 것이다. 단지 나폴레옹 3세 시절의 어느 근위 기병이 치마 속 크리놀

---

42 크림을 얹은 작은 케이크의 일종.

43 19세기 후반부터 유행한 남성복으로, 이전의 연미복보다 간편한 야회복으로 인기를 얻었다.

44 1867년은 나폴레옹 3세 시대, 1900년은 이 작품의 배경이 되는 시대로, 모두 파리에서 대규모 만국박람회가 열렸다. 프랑스 제2제정기는 정치적 불안에도 불구하고 산업혁명과 자본주의의 발달로 산업과 예술, 패션 등이 발전했고, 1867년 파리 샹드마르스에서 열린 만국박람회는 그 집대성이었다. 프로이센과의 전쟁에서 패한 뒤 수립된 프랑스 제3공화국은 다시 국가적 자부심을 고취하기 위해 파리에서 만국박람회를 개최했다. 1899년의 만국박람회에서는 에펠탑으로 기술력을 과시했고, 이어 1900년의 만국박람회에서는 많은 기계와 발명품, 그리고 아르누보 예술작품들을 선보였다.

린[45]에 주저앉는 바람에 조금 가라앉았을 것이다. 가운데 가르마에 살짝 부풀어 오른 희끗거리는 머리카락이 매끈했다. 조금 늘어지고 주름진 눈꺼풀 아래 연한 푸른빛 눈길은 고모가 젊었을 때 테바의 여백작[46]을 연구해서 따라하다가 마침내 자신의 것이 되어 버린 것이리라. 고모의 걸음걸이는 미끄러지듯 부드러웠고, 소매가 보통보다 낮게 붙어 있었고, 무언가…… 도회적인 분위기를 물씬 풍겼다. 어쨌든 도회적 분위기 역시 머리 가르마 못지않게 고모에게 어울리는 말이었다.

손님은 우리뿐이었다. 그런데 세상에, 어째서 옷을 저렇게 차려입는단 말인가! 몽티니에서 나는 학교에서 입던 옷 그대로도 식탁에 앉았고, 아빠는 달팽이들 풀을 뜯어 먹이려고 아침에 입고 나간 이름 붙이기 힘든 이상한 옷(우플랑드[47] 같기도 하고 르댕고트 같기도 하고 망토 같기도 한, 아무튼 마구잡이로 섞인 옷이다.) 차림 그대로 앉기도 했다. 가족 식사 자리에서 저렇게 목이 많이 파인 드레스를 입는다면, 제대로 된 연회에서 나는 도대체 뭘 입어야 한단 말인가. 소매 없이 분홍색 리본 어깨끈만 있는 슈미즈를 입어야 하는 걸까…….

---

45 치마를 부풀리기 위해 등나무 줄기나 고래수염으로 만든 새장처럼 생긴 보조물로, 19세기 후반에 유행했다.

46 외제니 왕후를 말한다. 외제니 드 몽티조는 나폴레옹 3세와의 결혼 전에 아버지로부터 테바 백작령을 상속했다.

47 중세 말기의 옷으로, 품이 넓고 소매 끝이 넓은 겉옷.

(클로딘, 멍청아, 잡생각 그만해! 예절에 어긋나지 않게 제대로 먹을 생각이나 하라고. 안 좋아하는 음식 나왔다고 "치워요, 나 이거 싫어해요!" 이런 헛소리하지 말고!)

물론 나는 마르셀의 옆자리에 앉았다. 아, 맙소사! 식당마저 흰색이었다! 노란색이 조금 섞이기는 했어도 전부 흰색이나 마찬가지였다. 게다가 크리스털 식기, 꽃, 전등불까지 식탁 위의 모든 것이, 만일 소리로 친다면, 그야말로 시끌벅적했다. 정말이다. 그 정신없는 반짝임은 나에게 소란스러운 소리로 들렸다.

마르셀은 여전히 쾨르 고모의 다정한 눈길을 받으면서 사교계 아가씨처럼 조신했다. 처음 나에게 파리에서 지내는 것이 재미있느냐고 물었을 때 그는 "아니!"라는 거친 대답밖에 얻지 못했다. 하지만 내 야만적인 상태는 다행히 오래가지 않았다. 가재 살에 송로버섯을 곁들여 찐 파이가 입에 들어가자 나는 좀 더 인간다워졌다. 어제 과부가 된 여자의 마음이라도 달래 줄 만큼 맛있었다. 여유를 찾은 나는 친절하게 설명해 주기로 했다.

"그러니까 내 말은, 나중에는 재미가 있을 수도 있겠지만 아무튼 지금까지는 나뭇잎이 없는 곳에 사는 게 힘이 든다는 거야. 파리의 아파트 4층에는 초록색 잎사구가 부족하니까."

"초록색 뭐라고……?"

내가 살짝 뿌듯해하며 대답했다.

"잎사구. 프레누아에서는 그렇게 불러."

"아! 몽티니에서 쓰는 말이야? 특이하군! 초로오옥색 입사구!"

그가 짓궂게 발음을 굴리면서 내 말을 따라 했다.

"놀리지 마! 목구멍 속에서 대충 굴리는 파리 사람들 발음이 더 우아하다고 생각해?"

"칫! 성격 꽤나 고약하네! 친구들도 전부 너와 비슷해?"

"친구 없어. 사귀고 싶지도 않고. 뤼스는 살결이 부드러웠지만, 그뿐이야."

"뤼스는 살결이 부드러웠다…… 사람을 아주 특이한 방식으로 평가하는군!"

"뭐가 특이해? 정신적인 측면에서 보자면 뤼스는 없는 거나 마찬가지였는걸. 나한테 뤼스는 육체적 관점에서만 존재해. 그러니까 눈이 초록빛이고 살결이 부드럽다고."

"서로 사랑한 거야?"

(사악한 얼굴이 너무도 곱다! 저 눈이 반짝이게 할 수 있다면 무슨 얘기든 못하겠는가. 참으로 야비한 자식이다. 좋아, 해보자!)

"별로, 난 사랑하지 않았어. 뤼스는 내가 떠날 때 울었지만."

"그러는 너는 뤼스 말고 누굴 더 사랑했는데?"

첫 질문에 내가 태연하게 대답하자 대담해진 마르셀은 나를 아예 바보 취급하고 있다. 이제 좀 더 구체적인 질문들을 던질 것이다. 때마침 사제를 떠올리게 하는 표정의 남자 하인이 테이블 접시를 바꾸는 바람에 어른들의 대화가 끊어졌다. 이미 어느 정도 공모자가 된 마르셀과 나는 잠시 조용히 있었다.

쾨르 고모가 마르셀에게, 이어 나에게 나른함이 담긴 그 푸른 눈빛을 던졌다. 그러고는 아빠에게 말했다.

"클로드, 이 두 아이는 서로 상대를 돋보이게 해 주는구나. 클로딘은 짙은 피부색에 머릿결은 청동 빛깔이지. 거기에 눈빛이 깊고. 완전히 브뤼네트[48]는 아니지만 그래도 그런 느낌이 들잖니. 그 옆에 있으니 우리 마르셀은 피부가 더 하얘 보이고 금발이 두드러지는구나. 그렇지?"

아빠가 단호하게 대답했다.

"맞아요. 마르셀이 클로딘보다 더 여자 같네요."

고모의 아기 천사와 나는 눈을 내리깔았다. 서로 뿌듯해했고, 당장 터져 나올 것 같은 웃음을 간신히 참아야 했다. 그렇게 더 이상 다른 속내 이야기는 없이 식사 자리가 이어졌다. 나는 너무도 맛있는 밀감 아이스크림에 정신이 팔려 다른 생각을 할 겨를이 없었다.

식사가 끝난 뒤 나는 마르셀의 팔짱을 끼고 함께 응접실로

---

48 백인 중에 피부나 머릿결이 갈색인 여자를 지칭하는 표현이다.

갔다. 이제부터 뭘 해야 하는 걸까 막막했다. 다행히 쾨르 고모가 아빠와 뭔가 심각한 이야기를 하고 싶은지 우리를 내보냈다.

"마르셀, 우리 아가, 클로딘 좀 데리고 다니면서 집 구경시켜 주지 않으련? 클로딘이 제 집처럼 편하게 있을 수 있도록 해 주고, 친절하게……."

고모의 아가가 나에게 말했다.

"가자! 내 방 보여 줄게."

마르셀의 방 역시, 아니나 다를까, 흰색이었다! 흰색 바탕에 가는 갈대들이 그려져 있으니, 정확히는 흰색과 녹색이었다. 사방이 흰색이라니! 잉크병을 쏟아 버리고 싶은 은밀한 욕망이 솟구쳤다. 잉크병을 통째로 부어 버리고, 목탄으로 마구 그려 대고, 손가락을 칼로 베어 흐르는 피를 벽에 걸린 템페라화(畵)[49]들에 칠하고 싶었다. 세상에! 이렇게 사방 흰색인 아파트에서 살다가는 아예 변태적인 인간이 되고 말지!

방에 들어선 나는 곧바로 사진이 놓인 벽난로를 향해 갔다. 마르셀이 재빨리 스위치를 돌리자 머리 위 전구에 불이 들어왔다.

"나와 가장 친한 친구야…… 샤를리, 형제나 마찬가지지. 잘생겼지?"

---

[49] 안료를 아교나 달걀 노른자로 녹여 만든 불투명 물감으로 그린 그림.

지나치게 잘생겼다. 긴 속눈썹이 휘어 올라간 짙은 빛깔의 눈, 부드러운 입매 위로 콧수염이라 부르기도 뭐한 아주 작은 수염, 마르셀과 같은 옆 가르마. 내가 진지하게 말했다.

"정말 잘생겼네! 둘이 막상막하인걸!"

마르셀이 열정이 실린 목소리로 다시 말했다.

"에이! 샤를리가 훨씬 잘생겼지! 사진에선 흰 피부와 검은 머릿결이 얼마나 아름다운지 잘 안 드러나잖아. 외모뿐 아니라 정신적으로도 아주 매력적인 친구지……."

그리고 이러쿵저러쿵, 마르셀이 계속 떠들었다! 도자기 인형처럼 귀여운 마르셀의 얼굴에 완전한 생기가 넘쳤다. 눈부신 샤를리에 대해 쏟아내는 찬사를 내가 잠자코 들어 주자 조금 머쓱한지 잠시 후에는 원래대로 침착해졌다. 나는 단호하게, 천연덕스럽게 말했다.

"알겠어. 그러니까 네가 샤를리의 뤼스인 거네."

마르셀이 한 걸음 뒤로 물러섰다. 불빛 아래에서 예쁘장한 표정이 굳어지고 아름다운 얼굴이 살짝 어두워졌다.

"내가 샤를리의 뤼스라고? 클로딘, 대체 무슨 말을 하는 거지?"

이미 마신 샴페인 두 잔의 힘으로 대담해진 내가 어깨를 흔들며 계속 말했다.

"그렇지, 샤를리의 뤼스, 샤를리의 귀염둥이, 샤를리에게 가장 소중한 사람 맞잖아! 자기 자신이 어떤지 보면 알지 않아? 누가 남자래? 이렇게 예쁜데!"

마르셀이 꼼짝 않고 서서 얼어붙은 듯 차가운 눈길을 던졌다. 나는 더 다가서서 똑바로 얼굴을 응시하며 웃었다.

"마르셀, 지금 보니 정말 예쁘네. 정말이야. 설마 내가 번거롭게 만들고 괴롭힐 사람으로 보여? 그냥 좀 놀리는 거야. 나는 심술궂지 않아. 그냥 아주 많은 것들을 소리 없이 혼자 바라볼 줄 아는 거지. 혼자 들을 줄도 알고. 설마 소설책에 나오는 것처럼 우리가 친척으로 만났는데 네가 남자이고 그래서 내 마음을 얻어야 한다고 생각하는 건 아니지? 나는 그런 사람 아니야. 너는 내 고모의 손자이고, 그러니까 브르타뉴식으로 따지면[50] 너는 내 5촌 조카야. 마르셀, 우리 사이는 거의 근친상간이라고."

나의 조카의 얼굴에 마침내 웃음기가 돌았지만, 그리 웃고 싶어 하는 것 같지는 않았다.

"클로딘, 네가 소설 속에 나오는 여자 친척들과 같지 않다는 건 나도 알겠어. 하지만 몽티니에서 하던 농담을 그대로 하는 건 조금…… 위험해. 혹시라도 누가, 그러니까 할머니나 네아버지가 우리 얘기를 들었다면……."

내가 아주 다정하게 말했다.

---

50 일반적으로 프랑스어의 'cousin'과 'neveu'은 우리식 사촌형제와 조카보다 광범위한 방계혈족까지 지칭한다. '브르타뉴식 친족 체계'는 구체제하에서 브르타뉴와 부르고뉴 지방에서 사용되던 것으로 우리의 촌수 개념에 더 가깝다.

"나는 받은 대로 돌려준 것뿐이야. 네가 집요하게 뤼스에 대해 물을 때 나는 어른들의 주의를 끌어도 상관없다고 생각했을 것 같아?"

"그래도 어른들한테 들키면 넌 나보다 잃을 게 많을걸?"

"그렇게 생각해? 아닐걸? 여자애들은 그런 식으로 장난을 치면서 그걸 학교 놀이라고 불러. 하지만 열일곱 살짜리 남자애들은 경우가 다르지. 그건 말하자면 병 같은 거……."

마르셀이 거친 손짓을 했다.

"소설책을 지나치게 많이 읽었군! 여자애들은 상상력이 너무 풍부해서 책을 제대로 읽지도 못하지. 몽티니에서 와도 똑같군."

작전 실패다. 내가 원한 건 이런 게 아니었다.

"내 말에 화난 거야, 마르셀? 그래, 알아. 내가 좀 서툴지! 나는 그냥 내가 바보가 아니라는 걸 말해 주고 싶던 거야…… 나도 이해할 수 있다고, 그러니까…… 나도 그런 걸 인정할 수 있다고…… 그래, 마르셀, 설마 내가 너를 뼈대 굵고 사지 건장한 남자, 언젠가 멋진 하사관이 될 그런 남자로 보기를 바라는 건 아니지? 스스로를 보면 알잖아. 내 학교 친구들 중에 제일 예쁜 애한테도 밀리지 않을 만큼 예쁜걸. 어디, 손 좀 줘 봐……."

아! 역시 마르셀은 여자나 다름없었다. 격정적인 나의 칭송을 듣고 난 뒤에야 비로소 살짝 미소를 지어 보였다. 그러고는 고운 손을 우아하게 움직여 내 앞에 내밀었다.

"클로딘, 심술쟁이 클로딘. 빨리 할머니 방도 가 보고 응접실로 돌아가자. 나 화 안 났어. 조금 놀란 거지. 나도 좀 생각해 볼게. 내가 보기에 넌 많이 나쁜 소년은 아닌 것 같아……."

마르셀이 소년이라고 부르며 빈정거려도 나는 아무렇지도 않았다. 오히려 그가 토라졌다가 금방 미소 짓는 모습을 보는 게 좋았다. 속눈썹 끝이 휘어 올라간 그의 친구도 전혀 불쌍하지 않았다. 둘이 자주 싸우기를!

우리는 아무 일도 없었다는 듯(오! 정말로 천연덕스러웠다.) 계속해서 집 안을 둘러보았다. 다행히 쾨르 고모의 방은 주인에게 적합했다. (이런 형편없는 단어라니!) 고모는 그곳에 처녀 시절에 쓰던 가구와 아름답던 그 시절의 추억들을 모아, 아니 유배시켜 놓았다. 목공예로 장식된 자단나무 침대가 있고, 담홍색 다마스크[51]가 덥힌 안락의자들은 황실 옥좌를 닮았다. 그리고 융단이 덮이고 참나무 조각상들이 있는 의자 기도대, 모조품임이 분명하게 드러나는 불 탁자[52]가 있고, 콘솔들은 흔히 볼 수 있는 것들이었다. 천장에서 침대 위로 다마스크 커튼이 드리워져 있었고, 벽난로에는 금도금 청동으로 큐피드와

---

51 견, 면, 모, 아마 등으로 일정한 유형의 무늬를 넣어 짠 직물. 중국에서 시리아의 다마스쿠스를 거쳐 유럽에 전해진 데서 붙은 이름으로, 플랑드르 지역에서 많이 생산되었다. 드레스, 블라우스, 실내 장식 등에 사용되었다.

52 루이 17세, 18세 시절의 왕실 가구 세공사 앙드레 셰니에 불이 만든 것으로, 처음으로 가구 세공에 금도금한 청동이 사용되었다.

아칸더스와 소용돌이 장식이 복잡하게 엉켜 있었다. 그 모든 걸 바라보며 나는 정말 감탄했다. 하지만 옆에서 마르셀은 이 방이 마음에 들지 않는다고 했고, 결국 우리는 달걀 흰자를 휘저어 놓은 듯한 현대식 스타일에 대해 논쟁했다. 서로 지지 않고 주장을 펼치며 열띤 토론을 하다가 응접실로 돌아와서야 좀 차분해졌다. 응접실에서 아빠는 쾨르 고모가 다정한 목소리로 집요하게 온갖 조언을 쏟아내는 동안 우리에 갇힌 사자처럼 하품만 하고 있었다.

"할머니! 클로딘은 정말 별나요! 이 아파트에서 할머니 방이 제일 좋대요."

마르셀이 말하자, 쾨르 고모가 역시 나른한 미소를 지으며 나에게 다정한 눈길을 던졌다.

"얘야, 내 방은 정말 안 예쁜데……."

"아뇨, 고모하고 잘 어울려요. 고모의 그 머리 모양이 이 응접실하고 잘 어울린다고 생각하세요? 다행히 고모도 아시잖아요. 그러니까 진짜 고모의 공간을 따로 만들어 놓으신 거고요."

아무래도 칭송으로 듣기는 힘들었을 것이다. 하지만 고모는 몸을 일으켜 더없이 상냥하게 나를 안아 주었다. 아빠도 벌떡 일어서며 회중시계를 꺼냈다.

"이런 이런……! 자, 빌렐민, 미안하지만 어느새 10시 5분 전이네. 클로딘은 앓고 난 뒤 첫 외출이에요. 자, 우리 젊은이,

가서 마차 좀 불러 주지."

마르셀이 밖으로 나갔다가 곧 돌아왔다. 문턱에서 되돌아 왔다고 해도 믿을 만큼 유연하고 민첩했다. 이어 그는 내 빨간 색 케이프를 들고 와 능숙하게 어깨에 걸쳐 주었다.

"안녕히 계세요, 고모."

"그래, 클로딘. 나는 일요일에 집에서 손님들을 맞는데, 5시에 와서 마르셀과 함께 차 내오는 일 좀 도와줄 수 있겠니? 괜찮지?"

나는 마치 털을 세운 고슴도치처럼 신경이 곤두섰다.

"잘 모르겠어요, 고모. 저는 한 번도……."

"그건 괜찮아, 꼭 오렴. 나는 네가 예쁜 만큼 사랑스럽기도 한 아가씨로 만들어 주고 싶구나. 자, 이제 가 보렴, 클로드! 너무 혼자 방에서만 파묻혀 지내지 말고 늙은 누이 생각도 좀 하고!"

나의 조카가 현관에 서서 내 손목에 조금 세게 입을 맞추었고, 짓궂은 미소를 띠고 입을 우아하게 삐죽거리며 "일요일에 봐!"라고 또박또박 말했다.

오늘 자칫하면 마르셀과 다툴 뻔했다. 정신 차려, 클로딘! 남의 일 꼬치꼬치 캐묻는 그 버릇은 언제 고칠래? 눈치 빠르고 나이에 비해 많이 안다는 걸 보여 주고 싶어 안달 난 잘난 척 좀 어떻게 해 보지? 누구든 놀라게 만들고 싶고, 조용히 잘 있는 사람을 흔들어 놓고 싶고, 지나치게 평온한 사람은 무조건 휘젓고 싶어지지. 그러다 분명 큰 코 다칠 거야.

집으로 돌아와 내 침대 위에 몸을 웅크리고 팡셰트를 쓰다듬고 있으니 마음이 한결 편안해졌다. 팡셰트는 나를 기다리지도 않고 이미 팔자 좋게 배를 드러낸 채 잠들어 있었다. 그런데…… 어? 이게 뭐지? 미소 어린 표정으로 잠든 저 모습, 행복에 젖은 가르릉 소리…… 아 팡셰트! 나는 저게 뭘 뜻하는지 안다. 볼록한 옆구리, 평소보다 훨씬 잘 핥아 놓은 배, 그리고 발그레하게 부풀어 오른 젖꼭지…… 저것도 안다. 그런데대체 누구하고? 벽에 머리라도 박아 버릴 만큼 미치도록 답답했다! 팡셰트는 집 밖으로는 나가지 않고, 관리실 고양이는 수컷 구실을 못하는데…… 그렇다면 누구, 대체 누구란 말인가? 뭐 상관없다. 나야 어쨌든 좋다. 새끼 고양이들이 태어날 테니! 즐거운 미래를 생각하며 기분이 좋아지자 나의 머릿속에서 마르셀의 존재는 그 위력이 흐려졌다.

나는 멜리에게 팡셰트가 임신한 것 같다고, 어떻게 된 거냐고 물었다. 멜리가 다 말해 주었다.

"그게 말이야. 한동안 우리 팡셰트가 발정이 났었잖아! 사흘 동안 난리가 났지. 그래서 이웃에게 부탁했지 뭐. 아래 사는 하녀가 팡셰트의 남편이 될 고양이, 그래 잘생긴 줄무늬 회색 고양이를 구해 줬고. 그 수컷을 안심시키느라 내가 우유를 아주 많이 줬어. 우리 팡셰트는 빼지도 않던걸. 곧바로 둘이 붙었다니까."

누군가의 짝을 맺어 준다는 건, 설사 그게 우리 암고양이 팡셰트라 해도, 무척 힘든 일이다! 아무튼 멜리가 아주 잘 해냈다.

그사이 우리 집은 몽티니에서보다 더 특별하고 과학적인 사람들의 만남의 장소가 되었다. 수염을 기른 소심한 남자, 그러니까 캉탈의 동굴을 발견했다는 마리아 씨도 자주 왔다. 그는 아빠의 서재에서 나와 마주치면 서툰 인사를 건네고 더듬거리면서 건강이 좀 어떠냐고 물었다. 그러면 나는 음울한 표정으로 "엉망이에요, 엉망진창이에요, 마리아 씨!"라고 대답했다. 어쨌든 파리에 온 뒤 나는 훈장을 탄, 대부분 복장에 신경쓰지 않는, 화석밖에 모르는 사람들을 많이 알게 되었다. 아빠를 찾아오는 사람들은 하나같이 재미없는 사람들이었다!

6

4시에 마르셀이 우리 집에 왔다. 멜리의 말을 그대로 옮기자면, 그야말로 꽃단장을 하고 왔다. 나는 태양을 맞이하는 기분으로 그를 거실로 안내했다. 마르셀은 우리 집 거실의 가구 배치를 흥미로워했고, 커튼으로 가짜 벽을 만들어 놓은 것도 신기해했다.

"자, 조카님, 제 방도 구경시켜 드릴게요."

내 방에서 마르셀은 침대를 비롯하여 여러 가지 작은 가구들을 보면서 쾨르 고모 방에 같이 들어갔을 때와 비슷하게 약간 무시하는 듯한 즐거운 표정을 지었다. 다만 팡셰트에 대해서만은 환한 얼굴로 좋아했다.

"어떻게 이렇게 하얗지?"

"내가 매일 솔질을 해 주거든."

"뚱뚱한 건?"

"그야, 임신했으니까."

"아! 지금……."

"맞아. 정신 나간 멜리가 수고양이를 구해 줬거든. 내가 아파 누워 있는 동안 팡셰트가 발정이 났고. 아무튼 짝짓기를 했고, 그래서 결실을 맺을 거야!"

그런 종류의 일에 대해 스스럼없이 말하는 나를 보며 마르셀은 눈에 띄게 거북해했다. 내가 웃음을 터뜨리자 의아하다는 눈빛을 던졌다.

"내가 정숙하지 못한 얘기를 한다고 그런 눈으로 쳐다보는 거야? 시골에서는 소나 개, 염소, 고양이 할 것 없이 순식간에 달라붙어서 짝짓기 하는 광경을 매일 보게 돼! 시골에서는 나처럼 말해도 저속한 게 아니야!"

"아, 저속하지 않다고! 나도 졸라의 『대지』[53]에서 다 봤어. 시골에서도 언제나 그렇게 농부의 눈으로만 보지는 않지!"

"그 졸라라는 인간은 잘난 척만 하고 시골에 대해 아무것도 몰라! 나는 그 사람이 하는 거 다 싫어!"

마르셀은 방 안 구석구석을 살피며 돌아다녔는데, 발이 정말 작았다! 마르셀은 내 책상 위에 놓인 소설 『이중 정부(情婦)』[54]를 보고는 나를 향해 위협적으로 손가락을 뻗었다.

"클로딘, 클로딘, 내가 다 이른다!"

"그러든지, 우리 아빠는 신경도 안 쓸걸?"

"아주 만만한 아빠로군! 할머니도 그렇게 좀 쉽게 넘어가 주면 좋을 텐데!"

---

53 에밀 졸라(Emile Zola, 1840-1902)의 '루공 마카르 총서' 중 15권으로 19세기 말 농촌 사회에 대한 자연주의적 묘사가 뛰어나다.

54 앙리 드 레니에(Henri de Régnier, 1864-1936)의 소설.

내가 의아하다는 듯 턱을 들어 올리자 마르셀이 설명했다.

"오! 물론 그렇다고 내가 책을 못 읽지는 않아! 다만 일을 크게 안 만들려면 밤에 무섭다고, 그래서 불을 켜 놔야 한다고 우겨야 하니까 짜증이 나지."

나는 웃음을 터뜨렸다.

"무섭다고? 정말 무섭다고 했어? 창피하지 않아?"

"아! 그럼 어쩌라고? 할머니는 날 계집애처럼 키웠고, 지금도 똑같은걸."

계집애라는 말에 그저께 저녁의 일이 생생하게 떠오르는 바람에 우리는 얼굴을 붉혔다. (마르셀이 나보다 더 심했다. 얼굴이 워낙 하야니까!) 우리는 똑같은 걸 생각했을 것이다. 역시 마르셀이 물었다.

"뤼스 사진 없어?"

"없어, 한 장도."

"거짓말."

"정말이야! 어차피 별로라고 할 거야. 난 뤼스에 대해 숨기는 거 없어. 여기, 뤼스한테 온 편지 한 장밖에 없어."

마르셀은 연필로 쓴 보잘것없는 편지를 게걸스레 읽어 내려갔다. 그러더니 신문 사회면을 좋아하는 파리 청년답게 흥분했다.

"어떻게 이런 일이 있어? 감금당한 거잖아! 고발해야 하는 거 아냐?"

"발도 안 돼! 게다가 무슨 상관인데?"

"나랑 무슨 상관이냐고? 이봐, 클로딘, 이건 잔혹한 일이라고! 다시 읽어 보란 말이야!"

나는 편지를 읽기 위해 마르셀의 가냘픈 어깨에 머리를 기댔다. 내 머리카락이 그의 귓구멍을 간지럽혔다. 그가 빙그레 웃었다. 나는 몸을 더 숙이지 않고 대신 그에게 물었다.

"화 풀린 거야?"

내 말이 떨어지자마자 마르셀이 기다렸다는 듯 대답했다.

"물론이지. 그래도 뤼스 얘기 좀 해 봐. 그러면 내가 아주 잘해 줄게. 그래, 팡셰트 목걸이도 가져다주고."

"핏! 어차피 팡셰트가 뜯어먹을걸? 정말 할 얘기 없어. 그리고 그런 속내 얘기는 서로 주고받는 거야. 한쪽에서 주면 다른 쪽에서도 줘야 하는 거라고."

마르셀은 이마를 내밀고 입을 부풀려 계집애처럼 삐죽거렸다.

"말해 봐, 마르셀. 그런 얼굴을 자주 보여 줘? 그러니까 그 친구한테…… 이름이 뭐였지?"

나의 조카가 잠시 망설였다.

"샤를리."

"나이는? 자, 빨리, 전부 털어놔!"

"열여덟. 하지만 나이에 비해 아주 진지하고 성숙해…… 이상한 생각은 하지 말고……."

"뭐야! 왜 자꾸 짜증 나게 해? 처음부터 다시 시작하자는 거야? 넌 그냥 샤를리 애인 하면 돼. 나하고는 친구 하면 되고. 네가 좋다고 하면 뤼스 얘기도 해 줄 수 있어!"

마르셀은 상대를 무장해제시키는 우아한 동작으로 부드럽게 내 손목을 잡았다.

"넌 참 착해! 오래전부터 난 정말 여자애들이 털어놓는 진짜 속내 이야기를 들어 보고 싶었거든! 이곳 파리에서는 아가씨들도 나이 든 여자들과 똑같아. 아니면 아무것도 모르는 쑥맥이거나. 자, 내 친구 클로딘, 이제 말해 봐. 내가 다 들어 줄게."

처음 만난 날 빈틈없이 차갑기만 하던 그 아이가 맞나 싶었다. 마르셀은 내게서 속내 이야기를 끌어내기 위해 내 두 손을 잡은 채 두 눈으로, 입으로, 온 얼굴로 말했다. 상대와 다툰 뒤 다정한 손길과 화해를 끌어낼 때도 분명 이렇게 할 것이다. 결국 내가 하지 않은 파렴치한 짓을 지어내서 말하기라도 해야겠다는 생각이 들었다. 그러면 마르셀이 자신이 진짜로 저지른 파렴치한 짓들을 털어놓을 수 있지 않을까. 야비한 짓이라는 건 나도 안다. 하지만 어쩌겠는가? 나는 마르셀과 함께 있는 동안 남자와 같이 있다는 생각이 눈곱만큼도 들지 않았다. 만일 마르셀이 내 허리를 잡거나 키스를 했다면 이미 내 손이 그의 얼굴로 날아갔을 테고, 그대로 다 끝났을 것이다. 원래 악(惡)은 위험하지 않다는 데서 비롯된다.

마르셀은 내게 생각할 여유를 줄 만한 상태가 아니었다. 곧바로 내 손목을 잡아당겨서 낮은 안락의자에 앉혔고, 그런 다음 밀기울을 넣은 쿠션을 바닥에 내려놓은 뒤 무릎이 끼지 않도록 바지를 잡아당기면서 그 위에 앉았다.

"이렇게 앉으니 딱 좋네. 아! 창밖으로 보이는 음침한 안마당이 별로야! 커튼을 쳐야겠어. 괜찮지? 자, 이제, 그 일이 어떻게 시작됐는지 처음부터 말해 봐."

나는 긴 거울에 비친 우리의 모습을 보았다. 말하건대, 우리는 추하지 않았다. 훨씬 심한 경우도 많으니까. 눈동자 속에 보랏빛 어린 푸른색과 청회색이 모두 보일 정도로 바짝 다가앉아 기다리고 있는 금발의 청년에게 어떤 이야기를 지어내서 들려주어야 할까? 자, 클로딘, 어서 몽티니의 학교 생활을 떠올려 봐. 거기다 살짝 이야기를 보태기만 하면 되잖아.

"글쎄, 잘 모르겠어. 딱히 언제 시작된다고 말할 수 있는 종류의 일이 아니니까. 말하자면…… 일상적인 일들이 그냥 조금씩……."

"배어드는 거로군……."

"맞아, 고마워. 잘 아네."

"클로딘, 클로딘, 일반적인 얘기는 필요 없어. 그런 건 맥 빠지지. 약속을 지켜야 할 거 아냐! 제대로 얘기해 줘. 우선 뤼스가 어떻게 생겼는지부터 말해 봐. 서론인 셈이지, 하지만 짧게!"

"뤼스? 간단해. 자그마하고, 밤색 머리, 피부는 발그스레하게 희고, 옆으로 살짝 찢어진 초록색 눈, 속눈썹은 너처럼 길고 끝이 들려 올라갔고, 코는 너무 작고, 얼굴은 살짝 칼미키야[55] 사람 같아. 그러니까…… 아마 네 마음에 들지 않을 거야. 또 뭐가 있지? 발, 손, 발목은 가늘고. 말투는 나와 비슷하지. 프레누아 사투리인데, 나보다 좀 더 길게 끄는 소리야. 거짓말을 잘하고, 먹는 거 좋아하고, 아양도 잘 떨어. 하루라도 잡도리를 안 하면 그냥 있지를 못해."

"잡도리? 네가 때렸다는 거야?"

"맞아. 내 말 자르지 마. '저학년 조용히, 아니면 내일 숙제 두 배로 낸다!' 애지중지하는 에메가 저학년 숙제 검사를 하다 힘들어하면 마드무아젤이 하던 말이야."

"에메가 누군데?"

"마드무아젤의…… 그러니까 교장 선생님의 뤼스."

"그렇군. 계속해 봐."

"좋아. 우리가 아침 당번으로 헛간에서 장작을 팰 때였는데……."

"뭘 한다고?"

"아침 당번으로……."

---

[55] 카스피해 북쪽에 위치한 러시아의 공화국으로, 칼미키야인들은 유목 생활을 하던 몽골계 민족이다.

"정말 기숙사에서 장작을 팬 거야? 그러니까 장작을 패서……."

"기숙사가 아니고 교실에서 쓸 거야. 겨울엔 매일 아침 당번을 정해서 장작을 팼어. 얼마나 추운지 모르지? 꽁꽁 언 장작을 팰 때 손은 또 얼마나 아픈데! 난 늘 밤을 따뜻하게 구워서 주머니에 넣고 다녔어. 교실에서 먹을 수도 있고 손을 따뜻하게 덥힐 수도 있으니까. 당번을 맡은 애들은 다들 일찍 오려고 애썼지. 헛간 근처 펌프에 매달린 고드름을 빨려고 말이야. 나는 밤송이를 그대로 가져오기도 했어. 난로에 넣고 구우면 마드무아젤을 화나게 만들 수 있거든!"

"세상에! 그런 학교가 어디 있담? 일단, 뤼스 얘기부터, 뤼스는?"

"뤼스는 당번을 맡은 날이면 힘들다고 제일 징징대는 애였고, 그럴 때마다 나한테 와서 하소연을 했어. '클로딘, 나 추워. 손이 벗겨져 나간 것 같아. 엄지손가락 좀 봐, 다 까졌어. 좀 만져 줘, 클로딘, 클로딘.' 내 후드 밑으로 막 손을 밀어 넣으면서 키스도 했지."

입을 반쯤 벌린 채 두 뺨이 발그스레해져서 내 말을 듣던 마르셀이 바짝 긴장했다.

"뭐? 뭐라고? 어떻게 입을 맞…… 어떻게 키스를 할 수가 있어?"

"뺨에다, 목에다 하는 거야."

이런 대답을 하다니, 갑자기 바보가 된 기분이었다.

"시시해, 너도 다른 여자들이랑 똑같아."

나는 마르셀을 달래기 위해 두 손을 그의 어깨에 얹었다.

"뤼스는 그렇게 생각하지 않았는걸. 화내지 마, 진짜가 남았어, 대단한 게!"

"클로딘, 잠깐만. 뤼스가 사투리를 쓰는 게 싫진 않았어?"

"사투리? 이봐요, 젊은 파리 양반. 뤼스는 말할 때 우는 것 같기도 하고 노래하는 것 같기도 해. 그 입에서 나오는 사투리를 들으면 너도 기분이 아주 좋아질걸? 이마와 귀는 후드에 가리고, 불그스레한 입하고 복숭아처럼 보드라운 두 뺨, 아무리 추워도 생기를 잃지 않는 얼굴로 뤼스가 말하면 얼마나 예쁜데! 사투리가 어때서?"

"왜 그렇게 흥분하고 그래? 아직 뤼스를 못 잊은 거 아냐? 못 잊었네."

"어느 날 아침 뤼스가 나한테 편지 한 통을 건네줬어."

"아! 드디어! 그 편지 어디 있는데?"

"찢어서 뤼스한테 돌려줬어."

"거짓말!"

"그래? 그럼 이제 바그람거리로 돌아가서 네 요리는 다 준비되었는지 확인하고 와."

"미안! 내 말은 그냥, 그럴 것 같지 않았다는 거야."

"답답해 죽겠네. 그랬다니까, 정말 뤼스한테 돌려줬어. 왜

냐하면 뤼스가 나더러 하자는 게…… 그러니까…… 그다지 바람직하지 않은…… 그런 거라서…….”

"클로딘, 제발, 애 좀 그만 태워!"

"좋아, 이렇게 쓰여 있었어. '클로딘, 네가 나의 제일 소중한 친구가 되어 준다면 난 더 이상 바랄 게 없을 거야. 우린 우리 언니 에메와 마드무아젤만큼 행복할 거고, 난 평생 동안 너한 테 고마워할 거야. 그 정도로 널 사랑해. 넌 너무 예쁘고, 네 살 결은 백합 꽃잎 속 노란 꽃가루보다 더 보드라워. 너한테 따귀 를 맞아도 난 좋아. 네 차가운 손톱도 좋아.' 뭐, 이런 것들이었 어."

"아!…… 그렇게 순수하게 자기 자신을 낮추다니…… 정말 아름답군!"

내 조카의 상태는 가관이었다. 아무리 감수성이 예민하다 지만, 그래도 너무 심했다! 그의 눈길마저 이미 나를 떠났다. 속눈썹이 파르르 떨리면서 광대뼈가 진홍빛으로 달아올랐고, 아름다운 코는 창백해졌다. 지금껏 뤼스에게서밖에 본 적 없 는 흥분 상태였다. 그리고 마르셀이 뤼스보다 훨씬 아름다웠 다! 나는 문득 궁금해졌다. 만일 마르셀이 지금 눈을 들고 두 팔로 나를 감싸 안는다면, 바로 그 순간에 나는 어떻게 할까? 그 순간 애벌레가 등줄기를 따라 기어가는 느낌이 들었다. 마 르셀이 눈을 들었고, 고개를 더 내밀고는 애타는 목소리로 졸 랐다.

"그다음에, 클로딘, 그다음에 어떻게 됐어?"

제길, 마르셀은 지금 나 때문이 아니라 내가 하는 이야기 때문에 흥분한 거다! 대체 왜 저렇게 시시콜콜 듣고 싶어 하는 걸까? 자, 자, 클로딘, 아직은 누군가 너를 범하는 그런 순간이 아니야.

문이 열렸다. 멜리가 조심스럽게 들어왔다. 멜리는 분명 마르셀에 대해 큰 기대를 품고 있을 것이다. 다시 말하면, 마르셀이 바로 내가 아직 갖지 못한 애인이라고 생각했을 것이다. 멜리는 작은 등잔을 내려놓은 뒤 차양을 닫고 커튼을 쳤다. 우리는 훈훈한 여명 속에 마주 앉았다. 그런데 갑자기 마르셀이 벌떡 일어섰다.

"벌써 등잔 켤 때가 된 거야? 몇 시지?"

"5시 반."

"아! 할머니가 난리 나겠네! 이제 가 봐야 해. 5시까지 집에 들어갈 거라고 했거든."

"쾨르 고모는 어차피 손자가 뭘 하든 다 받아 주잖아!"

"그렇기도 하고 아니기도 해. 할머니는 내게 아주 잘 해주지만, 과보호도 많거든. 집에 들어간다고 말한 시간보다 30분만 늦으면 벌써 눈에 눈물이 그렁그렁해져서 기다린단 말이야. 정말 귀찮지! 매번 나갈 때마다 '조심해라! 네가 밖에 있는 동안 나는 정말 어쩔 줄 모르겠단다! 무엇보다 카르디네거리 쪽으로는 가지 말거라, 거긴 이상한 사람들이 많다더구나. 에

투알[56]도 마찬가지고. 차가 너무 많이 다니잖니. 특히 날이 어두워지기 시작하면 조심하렴!……' 정말 아, 랄, 라! 그렇게 새장 속의 새처럼 키워진다는 게 어떤 건지 넌 절대 모를 거야. 클로딘!"

마르셀은 얼굴을 가까이 들이밀며 나지막하게 속삭였다.

"나머지 얘기 다음에 계속해 줄 거지? 믿을게. 그래도 되지?"

"나 역시 믿어도 된다면."

내가 웃음기 없는 얼굴로 대답했다.

"심술쟁이 같으니! 자, 손에 입을 맞춰야 할 때로군. 앞으로는 사랑하는 조카를 힘들게 만들지 말고. 자, 안녕, 클로딘! 곧 만나!"

문을 나서며 마르셀은 장난스럽게 손가락 끝으로 내게 키스를 전했고, 그런 다음 조용히 밖으로 나갔다. 즐거운 오후였다! 머리가 후끈 달아올랐다. 자! 팡셰트! 운동 좀 할까? 와서 태어날 아기들 춤 좀 추게 해 주자!

---

56 파리 샹젤리제의 중심 광장.

7

즐거운 기분은 오래가지 않았다. 갑자기 향수병이 도져서 나는 다시 프레누아와 학교가 그리워졌다. 이유가 뭐냐고? 베리옹 때문이다. 머저리 같은 베리옹, 멍청이 베리옹 때문에. 그러니까 학교에서 정성스럽게 챙겨 온 책상 안의 책들을 정리하다 루이 외젠 베리옹의『훌륭한 농촌 주부: 여학교에서 배워야 할 농촌 가내 경제의 기본 개념들』을 나도 모르게 펼쳐 본 탓이었다. 고학년 여학생 모두에게 순수한 즐거움을 주었고(물론 이미 다른 순수한 즐거움이 넘쳐 났지만), 특히 아나이스와 내가 지치지도 않고 목청껏 낭송하던 책이었다. 학교에서 비가 와 구슬치기도 땅따먹기도 할 수 없는 날이면 우리는 새로 지붕을 덮은 정사각형 모양의 안뜰에서 그 놀라운 책의 내용에 대해 묻고 대답하며 놀았다.

"아나이스,『훌륭한 농촌 주부』에서 말하는 기발한 분뇨 처리법에 대해 말해 봐."

아나이스는 대답하기 위해 손가락을 허공으로 올리고 더없이 우아하게 얼굴을 샐쭉거리면서 평평한 입을 오므렸다. 어찌나 표정이 심각한지, 보고 있자면 웃음을 참기 힘들 정도였다.

"훌륭한 주부는 남편에게 부탁하든 스스로 하든 정원 북쪽

외진 곳에 장대와 널빤지, 밀짚과 금작화 몇 줌으로 오두막 같은 작은 공간을 만들어 변소로 써야 한다. (정말로 내가 지금 말하는 그대로다…….) 감아 오르는 덩굴잎과 꽃, 그리고 덩굴 소관목들로 완전히 가려진 그곳은 변소라기보다는 녹색 지붕이 덮인 정자처럼 보일 것이다."

"멋져! 착상과 문체가 아주 시적이야! 그렇게 꽃이 만발하고 향내가 나는 정자로 걸어가면서 몽상에 젖어 보면 좋겠네!…… 하지만 일단 실용적인 사항을 다뤄 봅시다! 자, 아나이스, 계속해. 마저 하라고."

"1년 동안 대여섯 명의 분변을 모으면 땅 1헥타르의 비료를 충당할 수 있고, 빠짐없이……."

"쉿! 쉿! 그 얘긴 그만!

"빠짐없이 비료로 쓰여야 한다. 땅에 구멍을 파서 다진 점토로 덮어도 좋고, 커다란 항아리나 안 쓰는 드럼통을 사용해도 된다."

"자, 이제 끝, 분변 처리는 됐어! 완벽해. 나머지도 다 알고 있지? 인분은 두 배 분량의 흙과 찰지게 잘 섞어야 하고, 그렇게 5킬로그램이면 1아르 면적의 땅에 비료를 줄 수 있고, 그 냄새가 200아르까지 풍긴다. 자, 아나이스, 대답 잘했으니까 상을 줄게. 군위회 의원이기도 한 우리의 의사 뒤테르트르 선생님한테 다섯 번 키스하도록 허락하겠어."

그러면 아나이스는 아련한 목소리로 말했다.

"칫! 네 허락만 받으면 되는 일이면 좋지⋯⋯."

오, 베리옹. 우리는 당신 때문에 아주 재밌었어요. 당신이 책머리에 한 말이 있죠. 그것도 흉내 내면서 큰 소리로 낭송했답니다. 순박한 마리 벨롬이 산파의 손[57]을 벌려 하늘로 들어 올리며 가슴 찡한 확신이 담긴 떨리는 목소리로 시골 처녀에게 말을 건넸죠.

"안 된다! 그런 뼈아픈 실수를 하지 말기를! 아! 네 삶을 위해, 네 행복을 위해 하는 말이니, 부모님을 떠나고 싶다는, 태어난 집을 떠나고 싶다는 나쁜 생각은 기필코 멀리하기를! 화려한 삶을 사는 여자들이 부럽겠지만, 그 여자들이 비단과 보석으로 치장하기 위해 얼마가 들었는지 알아야 한다!"

아나이스가 끼어들었다.

"하룻밤에 10프랑! 파리에선 아마 그럴 거야."

심술궂은 베리옹! 낡은 표지, 데칼코마니로 장식된 속지를 보는 순간 몽티니의 학교와 그곳에서 함께했던 친구들의 모습이 생생하게 되살아났다. 그래, 뤼스한테 편지를 쓰자. 소식을 못 받은 지 오래되었다. 뤼스는 몽티니를 떠났을까?

57　『학교의 클로딘』에서 아나이스가 중요한 순간에 늘 두 손을 벌려 하늘로 들어 올리는 마리 벨롬에게 "산파의 손"이라는 별명을 붙였다.

요 며칠은 재미있는 일이 별로 없었다. 나는 밖에 나가서 옷과 모자를 구경하며 돌아다녔다. 한번은 남자가 따라왔는데, 내가 그만 바보같이 그 남자를 향해 혀를 내밀었다. 그랬더니 곧바로 남자가 외쳤다. "오! 그 혀 나한테 주지 그래?" 뭐, 이렇게 배워 가는 거다. 쾨르 고모 집에 가서 손님들에게 차를 내오라고? 아나이스처럼 해 보자면, "우웩!"이다. 아나이스는 정말로 구역질 흉내를 잘 냈다. 다행히 마르셀이 있을 테지만…… 상관없다. 이곳 파리에서는 조금 지겨운 일이라도 잘 해내고 싶으니까.

8

    나는 다시 단순한 디자인의 파란색 원피스를 입고 쾨르 고모네로 갔다. 아직 적당한 옷이 없었고, 그렇다고 급하게 새 옷을 살 수도 없었다. 살이 붙는 중이라 공연히 새로 샀다가는 금방 꽉 끼어 못 입게 될 터였다. (살이 삐져나오는 모습을 상상해 보라!) 할 수 없지. 생제르맹데프레 광장에 있는 저울에 올라서니 아직은 몸무게가 50킬로그램밖에 되지 않았다.

    나는 고모 집에 4시 반에 도착했다. 아직 손님은 오지 않았다. 눈 밑에 연보랏빛이 돌고 얼굴이 이전보다 창백해 보이는 마르셀이 응접실에서 조용히 오가고 있었다. 왠지 피곤해 보이고 더 매력적이었다. 그는 꽃병에 꽃을 꽂으면서 나지막하게 노래를 흥얼거렸다.

    "우리 조카님, 영국식 자수를 수놓은 앞치마까지 걸치면 어떨까요?"

    "넌, 내 바지 줄까?"

    "나도 있으니까 안 줘도 돼! 그런데 이게 뭐야! 어떻게 해 놨는지 좀 봐! 전부 들쑥들쑥하잖아!"

    "들쑥 뭐라고?"

    내 말에 마르셀이 웃음을 터뜨렸다.

"들쑥날쑥이라고. 정말 할 줄 알기는 알아? 이런 건 다 어디서 배웠어?"

"이 집이지 어디겠어. 그런데 클로딘, 왜 맞춤 정장 옷을 안 입어? 아주 잘 어울릴 텐데."

"몽티니에는 양장점이 없었거든."

"파리에는 있잖아. 내가 데려가 줄까? 큰 데는 안 갈 거니 걱정하지 말고. 같이 가자. 사실 나는 옷감 만지고 바느질하는 것도 좋아해."

"그래 주면 고맙지…… 그런데 오늘 어떤 손님들이 와? 설마 나를 계속 흘겨 보지는 않겠지? 사실 그냥 집에 가 버리고 싶어."

"그럴 필요 없어. 사람들이 모여서 너를 흘겨…… 널 계속 쳐다보는 일은 없을 거야. 우선 바르만 부인은 확실히 올 텐데, 늙은 거북이같이 생겼어. 어쩌면…… 샤를리도."

그가 시선을 돌리며 계속 말했다.

"확실하지는 않아. 그리고 판 랑겐동크 부인이 올 거고……."

"벨기에 사람이야?"

"아니, 키프로스."

"그리스 사람들은 이름이 참 이상해. 내가 만일 플랑드르 사람이라도 나우시카라는 이름을 갖지는 않을 거야!"

"뭐, 어쩌겠어!…… 바르만 부인 집에 드나드는 젊은 남자 몇 명이 더 올 거고, 거기에 엄마가 좋아하던 부인이 하나 있는데, 다들 그냥 아멜리 부인이라고 불러. 성(姓)은 아무도 모르고. 거의 알려진 게 없거든…….”

“좋아, 맘에 드네.”

“클로딘…… 뤼스는?”

“쉿! 조용해. 고모 온다.”

정말 마르셀의 할머니가 실크 드레스를 바스락거리며 들어왔다.

“아! 우리 예쁜 조카 왔구나! 이따 집에 갈 때는 데리러 올 사람 있지? 마르셀더러 데려다주라고 할까?”

“아뇨, 혼자 갈 수 있어요, 고모. 올 때도 혼자 왔는걸요.”

파우더 아래 고모의 얼굴이 벌게졌다.

“혼자 왔다고? 걸어서? 마차 불러서?”

“팡테옹-쿠르셀[58] 승합마차 탔어요.”

“세상에, 세상에, 클로드는 어쩌자고…….”

고모는 더 이상 말을 잇지 못했다. 옆에서 마르셀이 혀를 살짝 씹으며 곁눈질로 나를 쳐다보았다. 지금 내가 웃어 버리면 끝장이다. 마르셀이 전등을 켰고, 퀴르 고모는 긴 한숨을 내뱉고 나서야 망연자실한 상태에서 벗어났다.

“애들아, 이번 주는 손님이 안 오시려나…….”

---

58 당시 파리의 대중교통으로, 팡테옹 광장에서 쿠르셀대로까지 오가던 승합마차를 말한다.

찌르릉…… 그럴 리가, 손님이 왔다. 여자였다. 내가 도망치듯 차 테이블 뒤로 가는 것을 보고 마르셀이 환하게 웃었다. 들어온 여자는 잘게 컬진 머리카락이 약솜 뭉치들처럼 보슬거렸다. 그녀는 곱사등이 공이 구르듯 고모를 향해 달려갔다.

바르만 부인이었다. 계절에 안 맞게 검은담비 모피를 걸친 탓에 땀을 흘렸고, 머리에는 날개를 펼친 올빼미 같은 모자를 썼다. 그런데 위쪽만 올빼미가 아니라 아래쪽 얼굴도 올빼미였다. 매부리코가 딸기코처럼 붉었지만 그래도 위엄이 없지 않았고, 회색 구슬 같은 눈동자가 정신없이 움직였다. 그녀가 귀에 거슬리는 센 목소리로 떠들기 시작했다.

"진이 다 빠졌네요. 전부 11킬로미터나 걸었답니다. 그래도 몽루주[59]에 노처녀 둘이 하는 상점에서 기막힌 가구들을 찾았죠. 멀긴 정말 멀더라고요! 위스망스[60]라면 허름한 집들이 옹기종기 늘어선 그런 기이한 광경을 좋아했으려나…… 요즘 저는 우리의 저명한 벗 그레뷔유의 새 저택을 아름답게 장식할 가구를 골라 주느라 그야말로 사방팔방으로 돌아다닌답니다. 그레뷔유는 어린아이처럼 저를 전폭적으로 신뢰하거든요…… 그리고 3주 후에 우리 집에서 그동안 사들인 것들을

---

59 파리 북쪽 교외 지역.

60 조리스 카를 위스망스(Joris Karl Huysmans, 1848-1907)는 프랑스의 작가로, 자연주의적인 글에서 출발하여 도피와 반항을 통해 행복을 추구하는 주인공들을 등장시킨 심미적인 작품들을 썼다.

다 같이 볼 수 있을 거예요. 이 아이를 데려오셔……."

마르셀을 쳐다보던 바르만 부인의 눈이 말없이 나를 향했다. 쾨르 고모가 서둘러 나를 소개했다.

"아, 내 조카 클로딘이랍니다. 파리에 이사 온 지 얼마 안 됐어요."

도무지 움직일 생각 없이 버티고 서 있는 나를 향해 고모가 빨리 다가오라고 손짓했다.

저명한 벗을 위해 가구를 구하는 일을 맡은 여자가 가까이 온 나를 거침없이 훑어보았다. 그 눈길이 어찌나 무례한지, 그 딸기코에 당장 주먹을 날려 버리고 싶었다. 마침내 그녀의 눈길이 다시 고모를 향하면서 무뚝뚝한 목소리가 들렸다.

"매력적인 아이네요. 수요일에 한번 우리 집에 데려오시지 않으시겠어요? 수요일은 괜찮으니까……."

쾨르 고모가 나 대신 고맙다고 했다. 나는 여전히 이를 꽉 물고 있었고, 경박스러운 늙은 올빼미가 마실 차를 따르는 동안 옆에 있던 마르셀이 우스워할 정도로 내 손이 떨렸다. 마르셀은 초롱초롱한 눈으로 나를 빤히 쳐다보며 놀리면서 속삭였다.

"클로딘, 그렇게 표를 내면 어떡해? 자, 자, 그렇게 다 드러내지 말고 조금만 참아 봐!"

화를 삭이지 못한 내가 나지막하게 말했다.

"입 다물어! 아예 대놓고 훑어보는 걸 어떻게 참으라는 거야?"

내가 차 쟁반을 들고 나섰고, 마르셀이 샌드위치를 들고 따라왔다. 상냥한 마르셀이 나보다 더 여자 같았다.

찌르릉…… 다른 부인이 왔다. 이번에는 눈이 관자놀이까지 닿을 듯 찢어지고 머리카락을 눈 위까지 내린 아름다운 여자였다. 마르셀이 조용히 알려 주었다.

"판 랑겐동크 부인이야. 키프로스 사람……."

"이름 그대로네."

"인상적이지?"

"맞아. 신이 난 영양(羚羊) 같아."

그녀는 정말 매력적이었다! 머리카락이 휘날렸고, 깃털 장식이 달린 커다란 모자가 앞뒤로 흔들렸다. 몽롱해 보이는 근시의 눈이었고, 모든 걸 감싸 안을 만큼 부드럽게 움직이는 자그마한 오른손에서 반지가 반짝였다. 무엇보다 그녀는 뭐든 맞다고 맞장구치는 동조의 화신이었다. 쾨르 고모의 말에도, 바르만 부인의 말에도, 계속 "그렇네요!", "맞아요!", "정말이에요!"라고 했다. 그러니까 남과 불화를 만들지 않는 성격이었다. 하지만 매번 동조하다 보니 앞뒤가 안 맞을 때도 있었다. 그녀의 말을 그대로 옮겨 보면, "어제 5시에 저는 봉마르셰 백화점에 갔어요." 그리고 "어제 5시에 정말 재미있는 공연을 보고 있었답니다." 하지만 사람들은 개의치 않았다. 그녀 역시 그랬다.

쾨르 고모가 나를 불렀다.

나는 우아한 걸음으로 다가갔고, 고모가 소개해 주는 상냥한 얼굴을 향해 미소를 지었다. 그 순간 순진한 나의 머리 위로 과도한 칭송이 홍수처럼 쏟아져 내렸다.

"어쩜 이리 예쁠까! 정말 개성이 강하네요. 세상에, 몸매도 좀 봐요! 열일곱 살이라고요? 열여덟 살은 되어 보이는데……."

올빼미 바르만 부인은 생각이 달랐다.

"아니죠. 오히려 나이보다 어려 보이는 걸요."

"그렇네요, 열다섯 살밖에 안 된 것 같아요."

짜증 난다! 옆에서 짐짓 근엄한 척하고 있는 마르셀이 거슬리기 시작했을 때, 다시 초인종이 울렸다. 이번에는 남자였다. 키가 크고 늘씬하고 매력적이었다. 짙은 피부색, 막 희끗희끗해진 숱 많은 밤색 머리, 피로해 보이는 눈꺼풀 아래 젊은 눈, 잘 다듬은 은빛 섞인 금발의 수염…… 남자는 마치 제 집에 온 사람처럼 자연스럽게 들어서더니 쾨르 고모의 손에 입을 맞추었고, 쏟아져 내리는 샹들리에 불빛 아래서 빈정거리듯 말했다.

"그것 참, 요즘 아파트들의 부드러운 불빛은 눈을 편하게 해 주는군요."

재미있는 농담에 끌린 나는 고개를 돌려 마르셀을 보았다. 나의 조카의 얼굴에는 웃음기가 사라져 있었다. 그는 막 들어

온 남자에게 별로 너그럽지 않은 눈길을 던졌다.

"누구야?"

"우리 아버지."

대답이 무척 차가웠다. 그때 남자가 마르셀을 손짓으로 불렀다. 부드럽기는 하지만, 마치 키우는 사냥개의 귀를 잡아당기듯 건성으로 하는 듯한 손짓이었다.

아버지라고? 정말 짜증 난다! 내가 얼마나 멍청해 보였을까? 마르셀은 아버지와 사이가 좋지 않은 거다. 별로 닮아 보이지도 않았다. 기껏해야 고집스러운 인상을 풍기는 눈썹 모서리? 하지만 마르셀의 얼굴이 선이 워낙 고운 탓에 얼핏 봐서는 분명히 말하기 힘들었다. 내 조카는 어째서 자기 아버지에게 저런 표정을 짓는 걸까? 무뚝뚝하면서 유순해 보이는 이상한 표정이었다. 사실 마르셀이 나에게 자기 아버지 얘기를 한 적은 없다. 그의 아버지는 그리 나빠 보이지 않았다. 어쨌든 흔히 피가 물보다 진하다고 말하는 그런 사이는 아닌 게 분명했다.

"별일 없지? 공부는 잘하고 있고?"

"네, 아버지."

"좀 피곤해 보이는구나."

"아니에요."

"오늘 경마장에 같이 갔으면 좋았을걸. 아주 짜릿한 경험을 했을 텐데 말이다."

"아버지, 저는 가서 차를 내와야 해요."

"그렇구나. 차를 내와야지. 그런 중요한 임무를 방해할 수는 없지."

올빼미 베르만과 키프로스의 영양, 즉 한쪽은 근엄하고 다른 한쪽은 뾰족한 모든 것을 무디게 만들 만큼 부드러운 두 여자가 대화에 몰두하는 동안, 고모가 평소의 부드러움이 사라진 목소리로 마르셀의 아버지에게 질문을 던졌다.

"르노, 정말 경마장이 저 아이에게 어울리는 장소라고 생각하나?"

"어때서요? 거기 가면 점잖은 사람들 많아요."

그는 바르만 부인 쪽을 쳐다보며 덧붙였다.

"이스라엘 사람은 더 많고요."

좋아! 좋아! 나는 마음속에서 솟구치는 기쁨을 간신히 억눌렀다. 이대로 조금만 더 계속되면 내가 지금 조심스럽게 다루고 있는 영국 자기 잔이 곧 바닥 양탄자에 나뒹굴게 될 것이다. 쾨르 고모는 시선을 떨군 채 보일락 말락 하게 얼굴을 붉혔다. 그렇다, 마르셀의 아버지는 예절 따위에 얽매이지 않는 사람이다. 아주 재미있다! (오! 만일 뤼스가 봤다면 "내 입맛에 맞아!"라고 했을 것이다.) 마르셀은 마치 춤을 청하는 남자가 없어서 혼자 앉아 있는 아가씨 같은 표정으로 꽃무늬 바닥 양탄자의 꽃을 세고 있었다.

"경마장에서 내기도 했을 테지?"

고모가 근심 가득한 얼굴로 묻자, 마르셀의 아버지도 우울한 표정으로 고개를 끄덕였다.

"좀 잃었어요. 그래서 여기 타고 온 마차의 마부한테 20프랑을 줬죠."

"뭣 때문에요?"

질문하는 아들의 눈썹 끝이 올라갔다.

"그러면 잃은 돈하고 더해서 우수리 없이 딱 떨어지거든."

흡…… 서툰 클로딘이 결국 웃음을 터뜨리고 말았다. 나의 사촌 형부…… (가만가만, 조카의 아버지니까 사촌이 맞지? 잘 모르겠다.) 아무튼 나의 사촌뻘이 되는 마르셀의 아버지가 무례한 웃음소리가 나는 곳으로 고개를 돌렸다.

"아, 르노, 내 조카 클로딘이라네. 내 동생 클로드의 딸이지. 얼마 전 파리로 이사 왔고. 마르셀하고 둘도 없이 친한 사이가 되었다네."

"마르셀이 좋겠군요."

나는 이미 그에게 손을 내밀고 있었다. 그는 아주 잠시 나를 훑어보았지만, 제대로 볼 줄 아는 사람임에 분명했다. 그의 눈길이 지그재그로 이동하며 나의 머리카락, 눈, 얼굴 아래쪽과 손에서 잠시 멈췄다. 마르셀이 차 테이블로 가자 나도 따라갈 준비를 했다.

"클로드의 딸이라면…… (마르셀의 아버지가 할 말을 찾는다.) 오! 잠깐, 내가 워낙 족보 따지는 데 서툴러서…… 그러니까, 이 아가씨가 마르셀의 이모뻘이 되는 건가요? 좀 당혹스러운 상황이로군, 그렇죠, 아가씨?"

"그렇죠."

내가 망설이지 않고 대답했다.

"그렇군! 서커스에 데려갈 애가 이제 둘이 됐어! 물론, 아가씨 아빠의 허락을 받고 나서. 나이가…… 열다섯, 열여섯?"

기분이 상한 내가 답을 고쳐 주었다.

"열일곱!"

"열일곱이라…… 그래, 두 눈이…… 마르셀, 여자 친구가 생기니까 좀 달라진 게 있니?"

내가 웃으며 마르셀 대신 대답했다.

"마르셀한테 저는 너무 남자 같죠."

나에게 사촌 형부가 되는 아저씨는 차 테이블까지 따라와서 호기심 가득한 눈길로 나를 살폈다. 그래 봐야 나는 더없이 착한 소녀처럼 보이는걸!

마르셀의 아버지가 놀리듯 말했다.

"마르셀한테 너무 남자 같다고? 아니, 전혀 그렇지 않은데."

마르셀은 도금한 은제 차 스푼이 휘어지는 바람에 젓는 게 영 서툴렀다. 이어 그는 우아한 두 어깨를 세운 뒤 고요하고 사랑스러운 발걸음으로 식당을 나서며 문을 닫았다. 잠시 후 베르만 부인이 "자, 그럼 이제 안녕, 아가씨!"라고 우스꽝스러운 인사와 함께 응접실을 나섰다. 그녀는 밖으로 나가는 길에 나이 든 여자들에게서 흔히 볼 수 있는 가운데 가르마의 흰 머리 노부인과 마주쳤다. 새 손님은 두 동작에 걸쳐 자리에 앉았고, 차는 괜찮다고 사양했다. 이런 행운이라니!

올빼미 베르만 부인을 배웅한 뒤 차 테이블로 돌아온 마르셀의 아버지가 자기도 차를 마시겠다고 했다. 크림을 넣어 달라고, 설탕도 두 조각 달라고 했다. 그러면서 샌드위치는 위쪽에 놓인 것은 말랐을 테니 아래쪽 것으로 달라고 했다. 그리고 또 뭐가 있었지? 아무튼 먹을 것을 까다롭게 따지는 취향은 나와 비슷했기 때문에 그다지 거슬리지 않았다. 무엇보다 그는 나에게 아주 친절했다. 나는 정말 궁금했다. 대체 아들과의 사이에 무슨 일이 있었던 걸까? 그 역시 같은 문제를 생각하고 있는 것 같았고, 아니나 다를까, 사블레[61]를 차에 적시면서 나에게 나지막한 목소리로 물었다.

"마르셀이 내 얘기를 하던가?"

낭패다! 어떻게 하지? 뭐라고 대답하지? 나는 옛날 학교에서 시간을 벌기 위해 일부러 펜대를 떨어뜨리던 것처럼 스푼을 바닥에 떨어뜨렸다.

"아뇨, 기억나는 게 없어요."

그다지 훌륭한 대답은 아니었다. 하지만 어쩌란 말인가. 그는 놀라는 것 같지 않았다. 계속 먹기만 했다. 그것도 아주 깔

---

61 버터를 많이 사용해서 식감이 부드러운 과자의 한 종류.

끔하게 먹었다. 마르셀의 아버지는 늙지 않았다. 아직 젊은 아버지다. 콧구멍의 곡선이 움직이는 모습이 재미있었고, 검고 짙은 눈썹 아래로 진한 회청색 눈이 반짝이기도 했다. 남자 치고는 귀도 예뻤다. 관자놀이에 양털처럼 뭉친 머리카락이 희끗거렸다. 몽티니에 저런 잿빛 털을 가진 강아지가 있었는데…… 쿵! 그가 갑자기 고개를 든 순간, 계속 쳐다보고 있던 나와 눈이 마주쳤다.

"내가 못생긴 것 같아?"

"아니에요, 절대 아니에요."

"마르셀처럼 잘생기긴 않았지. 그렇지?"

"아, 그야, 그렇죠! 마르셀만큼 예쁜 남자는 드물어요. 여자들도 저렇게 예쁘기는 힘들죠."

"그렇지! 아버지로서는 무척 듣기 좋은 말이로군…… 마르셀이 별로 사교적이지 못하지?"

"아뇨, 안 그래요! 어제 혼자 절 찾아오기도 했는걸요. 우리 집에서 한참 얘기를 나눴어요. 예의도 바르고, 저보다 훨씬 나아요."

"나보다도 낫지. 그래도 마르셀이 벌써 집까지 찾아갔다니 놀랍군. 대단한 일이야. 참, 나를 아버지에게 소…… 소개시켜 줄 수 있을까? 나의 사촌 처제가 되는 아가씨. 가족이니까! 나는 가족을 존경하거든. 오래된 전통들을 열렬히 지지하는 사람이지."

"경마장도 지지하고요……."

"오! 그야 그렇지. 좀 전에 한 말이 맞네, 예의가 부족한 아가씨야! 내가 언제 가야 아버지를 만날 수 있지?"

"아빠는 오전에는 거의 아무 데도 안 나가요. 오후엔 훈장 받은 사람들을 만나거나 도서관 먼지를 휘저으러 다니고요. 매일은 아니지만요. 그리고 정말 오실 거면 아빠더러 나가지 말라고 말해 둘게요. 그런 사소한 일은 제 말 잘 들어요."

"아, 사소한 일! 사소한 일이 중요하지. 원래 사소한 일이 자리를 다 차지하고, 큰일은 별로 갈 데가 없는 법이거든. 자…… 지금까지 파리에서 뭘 봤지?"

"뤽상부르 공원하고 백화점들이요."

"그 정도면 나쁘진 않군. 일요일에 내가 마르셀과 함께 연주회에 데려가도 될까? 올해 연주회들이 꽤 고급이라 아무리 내 아들이라도 가끔은 가겠다고 해 줄 것 같거든."

"연주회요? 좋아요! 감사합니다. 잘 모르지만, 정말 가고 싶었어요. 좋은 오케스트라 음악을 들은 적이 거의 없거든요."

"좋아, 그렇게 하기로 하고. 또 뭐가 있을까? 내가 보기에 우리 아가씨는 즐겁게 해 주기 그리 힘들 것 같지 않은데. 아, 나도 딸이 있으면 좋을걸. 내 방식대로 아주 잘 키웠을 텐데! 자, 뭘 좋아하는지 말해 줄 수 있을까?"

나는 기쁨으로 달아올랐다.

"너무 많죠! 푹 익은 바나나, 초콜릿사탕, 보리수의 싹, 아티초크[62] 밑둥, 과실수에 앉은 뻐꾸기, 새 책, 그리고 날이 여러 개인 주머니칼……."

나는 숨차게 열거하다 말고 웃음을 터뜨렸다. 마르셀의 아버지가 짐짓 심각한 표정으로 주머니 수첩을 꺼내 들고 내가 부르는 걸 적고 있었기 때문이다.

"잠깐, 잠시만 쉽시다. 제발! 초콜릿사탕, 푹 익은 바나나, 나는 싫은데! 그래, 아티초크 밑둥이야 원래 아이들이 잘 가지고 노는 거고. 그런데 보리수의 싹, 그리고 다른 데는 안 되고 꼭 과실수에 앉은 뻐꾸기, 이런 건 파리 어느 가게에서 파는지 모르겠네. 공장에 직접 문의해 봐야 할까?"

그렇다, 이거다! 아이들을 즐겁게 해 줄 줄 아는 사람이다! 이런 아버지가 어째서 아들과 사이가 안 좋은 걸까? 때마침 마르셀의 고운 얼굴이 지나치게 무심한 표정으로 다가왔다. 나의 사촌 형부이자 마르셀의 아버지인 사람이 일어섰고, 흰머리의 노부인이 일어섰고, 아름다운 키프로스 여인 판 랑겐동크 부인이 일어섰다. 이제 전부 퇴장하려는 것이다. 부인들이 모두 가고 나자 고모가 물었다.

"클로딘, 누가 집에 데려다줘야 할 텐데…… 내 하녀한테 시킬까?"

---

62 국화과의 여러해살이풀로 잎은 깃처럼 갈라져 톱니 모양이다. 서양 요리 재료로 많이 쓰인다.

고맙게도 마르셀이 나서 주었다.

"제가 갈게요, 할머니."

"네가……? 그래, 하지만 꼭 시간당 지불하는 마차를 불러서 타고 가렴."

"웬일이에요? 이 시간에 마르셀이 마차를 타게 두다니!"

마르셀의 아버지는 고모가 알아챌 만큼 표 나게 빈정거리는 말투였다.

"이보게, 이 아이가 잘 지내도록 보살피는 게 내 일이야. 나 말고 누가 더 챙긴다고 그러나?"

뒷이야기는 더 들을 것도 없었다. 나는 모자를 찾아 쓰고 스펜서재킷[63]을 걸치고 왔다. 응접실로 돌아와 보니 마르셀의 아버지는 이미 보이지 않았고, 쾨르 고모는 튈르리궁전[64]에 살았던 여인을 닮은 미소를 조금씩 되찾았다.

작별 인사 후 우리는 문이 닫힌 포근한 응접실을 뒤로한 채 쌀쌀한 거리로 나섰다.

주프루아거리의 정류소에서 고무바퀴 마차를 탔다. 나는 여전히 고무바퀴의 느낌이 신기했다. 내 말을 들으며 마르셀이 조용히 미소를 지었다.

---

63 19세기에 르댕고트, 케이프와 함께 여성용 외투로 많이 입던 짧은 재킷.

64 중세 왕가의 궁전이던 루브르궁 옆에 16세기에 지어졌고, 나폴레옹이 공식 관저로 격상시켜 황궁으로 사용했다. 제2제정의 나폴레옹 3세도 이곳을 관저로 사용했다. 1871년 파리코뮌 때 화재가 났고, 1883년에 파괴되었다.

내가 곧 공격을 개시했다.

"아버지가 좋으신 분 같아."

"좋지."

"이 세상에서 가장 열정적인 아들이여, 미칠 듯한 애정을 눌러 두라!"

"나더러 어쩌라고? 내가 아버지를 오늘 처음 만나는 것도 아니잖아? 이미 17년 동안 봐 왔다고."

나는 마르셀의 날선 대답에 마음이 상해 입을 다물었다.

"토라지지 마, 클로딘. 설명하자면 너무 복잡해."

"알아, 그럴 거야. 나랑 전혀 상관없는 일이지. 아버지 이야기를 하는 게 싫다면 다 이유가 있겠지."

"물론이야, 이유가 있어. 어머니를 많이 불행하게 했어."

"오랫동안?"

"응…… 1년 반 동안."

"어머니를 때린 거야?"

"그렇진 않아! 하지만 집에 있은 적이 거의 없었어."

"너도 아버지 때문에 불행했어?"

나의 조카가 분노를 억누르며 대답했다.

"아니, 그건 아니야. 하지만 아버지는 사람에게 상처 주는 법을 알아! 우린 성격이 너무 달라."

마르셀은 성격이 다르다는 말을 환멸에 휩싸인 문학적 어조로 말했다. 그 말을 들으며 나는 마음이 쓰렸다.

"클로딘!…… 지난번에 뤼스 편지 얘기까지 했지. 계속하면 안 될까? 시시콜콜 지저분한 가정사 말고 그런 게 재미있어."

아! 마르셀이 원래 모습으로 되돌아왔다. 가스등 아래를 지날 때마다 그의 갸름한 얼굴이 나타났다 사라지고 빛났다 지워지기를 계속했다. 3초마다 그의 고집스럽고 선이 고운 턱의 보조개가 보였다. 오후 시간을 힘들게 보내기도 했고, 밖이 어둡기도 했고, 새로운 얼굴을 많이 만나고 진한 차를 마신 탓에 신경이 곤두서고 흥분 상태였던 나는 차가운 손을 마르셀의 손 안에 밀어 넣었다. 그의 손은 열에 들뜬 듯 따뜻했다. 이제까지 마르셀에게 해 준 얘기는 거짓말이 아니었지만, 오늘만큼은 멋진 걸 지어내서 말해 주고 싶었다. 거짓말이면 어떤가! 멜리 말대로 새빨간 거짓말이라도 해보자!

"그래서 편지를 발겨서 뤼스한테 돌려줬어."

"찢었다고?"

"응, 찢어발겼어."

"그랬더니 뤼스가 뭐래?"

"막무가내로 소리 내서 울었지."

"또…… 다른 말은 안 했고?"

모호한, 약간 부끄러워하는 듯한 클로딘의 침묵…… 옆에서 마르셀이 예쁜 얼굴을 탐욕스럽게 내밀었다.

"없었어…… 뤼스가 자기 말을 들어 달라고 별짓을 다 하긴 했지만…… 내가 물 당번일 때였는데…… 그게, 한 사람씩 번

갈아 물을 올려 놔야 했거든…… 뤼스가 기숙사 방에서 날 기다렸어. 나하고 조용히 얘기하려고 다른 애들이 다 내려갈 때까지 기다린 거야. 그러더니 날 곤란하게 만들려고 큰 소리로 울어 버리겠다고 협박까지 했어. 하도 짜증 나게 구니까, 결국 침대에 걸터앉아 뤼스를 내 무릎에 앉힐 수밖에 없었어. 그랬더니 뤼스가 손을 내 목에 감고 머리를 내 어깨에 파묻고 나서 안마당 반대쪽 남학생 기숙사를 가리켰어. 저녁마다 남자애들이 옷 벗는 걸 봤거든."

"옷 벗는 걸……."

"맞아, 남자애들이 미리 신호도 했어. 뤼스는 내 목에 머리를 파묻고 웃었고, 발뒤꿈치로 내 다리를 툭툭 찼어. 그만하고 빨리 일어서라고, 마드무아젤이 오고 있다고 말했는데도 와락 달려들더니 미친 듯이 키스까지 하길래……."

"미친 듯이……."

마르셀이 메아리처럼 내 말을 따라 했다. 내 손에 닿은 그의 손이 서서히 차가워졌다.

"내가 벌떡 일어서면서 땅으로 밀쳐 버렸지. 그랬더니 '나빠! 나빠! 인정머리 없어!' 하고 조그맣게 소리 지르더라고."

"그래서?"

"그래서 두 팔에 멍이 들고 머리 가죽에 열이 날 정도로 흠씬 두들겨 패줬지. 난 마음먹으면 아주 잘 때리거든. 뤼스도 그걸 아주 좋아했어. 얼굴만 가리고, 긴 한숨을 내쉬면서, 그냥 맞고 있었어…… (이제 센강의 다리들이 보이네, 마르셀, 다 와 간다고.) 지금 너처럼 아주 긴 한숨이었어."

"클로딘, 더 얘기해 주지 않을 거지? 난…… 나는 네 얘기가 정말 좋아."

목이 멘 듯한 소리였지만 감미롭게 들렸다.

"그래 보여…… 하지만, 조건은 알고 있겠지?"

"그만! 알지, 안다고. 주고받기…… 하지만……."

마르셀이 눈을 크게 뜨고 발그레하게 마른 입술을 내밀면서 말했다.

"열정적인, 온 마음을 바치는 순결한 우정 얘기는 하기가 더 힘들단 말이야. 내가 말을 잘 못하기도 하고, 길게 할 것도 없을 것 같고……."

"그만둬! 무슨 거짓말을 하려는 거야? 그러면 나도 얘기 안 해!"

"안 돼, 안 돼! 꼭 해야 해! 다 왔네…… 내려서 초인종 누를 게."

문이 열렸고, 마르셀이 촉촉하게 젖은 손가락으로 내 두 손을 꼭 잡고는 한 손씩 입을 맞췄다.

"아버지께도 인사 전해 드려, 클로딘. 팡셰트한테도 내가 바치는 경의를 전해 주고. 오, 클로딘, 정말 생각지도 못했어! 몽티니가 나에게 이런 기쁨을 줄지 누가 알았겠어?"

맞는 말이었다.

흥분이 조금 가라앉은 나는 저녁 식탁에서 아빠에게 오후에 있었던 일과 나의 사촌 형부 이야기를 했다. 아빠는 당연히 내 얘기를 듣는 둥 마는 둥 했다. 팡셰트는 내가 어디에 다녀왔는지 알아내려고 치마 밑단을 코로 킁킁거렸다. 배가 불룩해졌어도 여전히 태평스러웠고, 등잔 주위를 맴도는 나방을 잡느라 뛰는 것도 아직은 그리 힘들어 보이지 않았다.

"팡셰트, 임신했을 땐 앞발을 그렇게 들어 올리는 거 아니야!"

아무리 말해도 소용없었다. 팡셰트는 내 말을 들을 생각도 하지 않았다.

체스터 치즈를 먹을 때였다. 갑자기 성령이 찾아오기라도 한 듯 아빠가 갑자기 고함을 쳤다.

"왜 그래요? 아빠, 새 달팽이 찾았어요?"

"알았어! 누군지 알았다고! 다 기억났어. 중요한 것들에 전념하며 살다 보면 그런 사소한 것들은 잊어버리게 되거든. 가엾은 이다, 마르셀, 르노, 그래! 이런이런! 빌렐민의 딸이 어린 나이에 르노와 결혼을 했지, 르노도 나이가 그렇게 많지는 않았고, 아마 이다가 남편을 따분하게 했을 테지. 그래, 빌렐민의 딸이잖아!…… 그러다 아들을 낳았고. 그게 마르셀이지. 아이가 태어난 뒤 둘이 많이 다퉜을 거야. 이다가 원칙주의자이고 자존심이 강했거든. 어느 날 이다가 '어머니 집으로 돌아갈래요.'라고 했는데, 르노가 '마차를 불러 주겠소.'라고 했다

디군. 그러고 얼마 안 되어 무슨 일이 있었는지 아무튼 갑자기 이다가 죽었어. 맞아."

저녁에 내가 잠들기 전에 멜리가 덧창을 닫아 주러 내 방에 들어왔다.

"멜리, 나 이제 아저씨가 생겼어. 아냐, 정확히는, 사촌 형부와 조카가 생겼어. 알아?"

"이 시간엔 변덕도 생기거든. 그나저나 팡셰트는 어쩔까? 만삭이 된 뒤로는 온통 서랍이고 장롱이고 들어가서 다 헤쳐 놓네."

"바구니를 챙겨 줘야 해. 이제 얼마 안 남았지?"

"보름도 안 남았지."

"몽티니에서 쓰던 건초 바구니를 가져올걸……."

"그러게! 하는 수 없지. 방석 깔린 강아지용 바구니라도 하나 사 와야지 뭐."

"싫어할걸? 파리식이라 팡셰트한텐 안 맞아."

"무슨 소리? 그럼 아래 사는 수고양이는? 파리 고양이라 팡셰트한테 안 맞기라도 했어?"

9

빌렐민 고모가 나를 찾아왔다. 내가 집에 없을 때였다. 멜리 말에 따르면 고모는 아빠와 이야기하다 갔는데, 내가 혼자 외출했다는 얘기를 들었을 때 모습이 몽티니 사람들이 잘 쓰는 말로 맛이 간 사람 같았다고 했다. (아마도 고모는 우리 동네에 보자르 미술학교 학생들이 많이 다닌다는 것을 모르지 않을 것이다.)

내가 외출한 건 나뭇잎을 보기 위해서였다.

아아! 푸른 잎! 이곳에서는 푸른 잎이 일찍 나온다!

몽티니에서는 지금쯤 멀리 가시나무 생울타리나 잔가지에 대롱거리는 보드라운 작은 잎사귀들이 녹색 안개처럼 펼쳐질 텐데…… 뤽상부르 공원에서도 몽티니에서처럼 나뭇가지에 새로 움튼 싹을 먹어 보고 싶었지만, 파리에서는 새싹도 석탄가루투성이에 씹으면 와작거린다. 이제 다시는 썩은 나뭇잎과 갈대 우거진 늪의 축축한 냄새, 숲속 숯 굽는 곳에서 불어온 바람에 실린 살짝 매캐한 공기를 맛볼 수 없으리라. 지금쯤 제비꽃의 첫 새싹이 돋아났을 텐데…… 그 모습이 눈에 어른거렸다! 정원의 서쪽 담 옆 포석을 덮은 제비꽃은 발육이 부실해서 못생기고 허약하지만 향기만은 최고였다. 아, 슬퍼라! 파리의 봄은 너무도 미적지근하고 무기력했다. 나는 동물원에 갇힌 가련한 한 마리 들짐승이 된 것 같았다. 파리에서는 앵초, 노란 데이지, 수선화를 수레에 잔뜩 싣고 와서 팔았다. 나는 작은 데이지꽃을 둥글게 엮어서 공처럼 만들었다. 하지만 재미있어 하는 건 팡셰트뿐이다. 배가 팽팽하게 불렀어도 여전히 움직임이 민첩한 팡셰트가 스푼처럼 생긴 앞발로 내가 만든 데이지꽃 공들을 요리조리 움직였다. 내 마음 상태는 완전 엉망이었다. 몸 상태는 다행히 괜찮았다. 나는 목욕통의 따뜻한 물속에 앉아서 내 몸을 쳐다보는 게 좋았다. 탄력 있고 유연하고 늘씬하다. 지방은 별로 없지만 그런대로 근육이 있어서 너무 말라 보이지는 않았다.

이제는 더 이상 올라갈 만한 나무가 없지만, 그래도 유연성을 유지해 보자! 목욕통 안에서 일어나 최대한 몸을 뒤로 젖힌다. 오른 팔을 뻗어 균형을 잡으면서 왼손을 목 뒤에 얹고 역시 왼쪽 다리를 높이 들어 올린다. 별로 힘들 것 같지 않지만, 한번 해 보시라. 웁! 뒤로 나자빠진다. 몸을 닦지 않았으니 바닥에 젖은 원이 그려진다. 내 엉덩이 자국이다. (팡셰트는 침대에 앉아 경멸하는 차가운 눈길로 나를 빤히 쳐다본다. 내 서툰 솜씨를 비웃고, 틈만 나면 목욕통 속에 들어가 앉는 버릇을 비웃는 것이리라.) 하지만 다른 동작은 다 성공했다. 두 발을 번갈아 가며 목덜미에 대기, 혹은 몸을 활처럼 굽혀 머리가 장딴지에 닿게 하기. 멜리는 내가 너무 잘한다고 감탄했다. 그러면서도 너무 심하게 하지는 말라고 했다.

"그러다 몸 상할라!"

이렇게 혼자서 이것저것 해 보고 나면 다시 초연해지기도 하고 반대로 흥분 상태가 되기도 했다. 손은 너무 뜨겁지 않으면 너무 찼고, 눈은 반짝이면서 나른했다. 게다가 나는 모든 일에 발끈했다. 컬진 짧은 머리카락은 흡사 모자를 뒤집어 쓴 것 같고, 얼굴은 짜증 난 고양이를 닮았다. 그래도 밉지는 않다. 전혀 아니다. 나에게 부족한 것…… 나에게 필요한 것은…… 곧 알게 되겠지. 아무래도 무언가 모욕적인 일이…….

지금까지 이 모든 일의 결과는 뜬금없이 프랑시스 잠[65]이 너무 좋아졌다는 것이다. 그는 시골과 짐승들을 알고, 유행 지난 정원과 인생에서 어리석은 사소한 것들의 중요성을 아는 이상한 시인이다.

65　프랑시스 잠(Francis Jammes, 1868-1938)은 프랑스의 시인으로 자연, 일상생활, 단순함의 시를 추구했다.

10

마르셀의 아버지이자 나의 사촌 형부인 르노 아저씨가 오늘 아침에 아빠를 찾아왔다. 아침 시간에 방해를 받은 것에 화가 난 아빠는 처음에는 야생마처럼 씩씩거렸지만, 상대의 마음을 즐겁게 하고 무장해제시키는 그의 재주가 이내 아빠를 문명화된 인간의 모습으로 바꾸어 놓았다. 밝은 데서 보니 르노는 흰머리가 더 많았다. 하지만 처음 만났을 때보다 더 젊고 청회색 눈빛도 개성이 강해 보였다. 르노는 아빠를 연체동물학의 세계에 빠뜨렸고, 당연히 나의 고귀한 아빠는 마르지 않는 샘처럼 말을 쏟아 냈다. 폭포처럼 쏟아지는 말의 홍수에 겁이 난 내가 결국 둑을 쌓아 막기로 결정했다.

"아빠, 아저씨한테 팡셰트를 보여 드리고 싶어요."

나는 르노를 내 방으로 안내했다. 그가 긴 배처럼 생기고 옛날식 꽃무니 천 커튼이 달린 침대와 초라한 작은 책상을 마음에 들어 해서 나는 무척 기뻤다. 그는 팡셰트의 민감한 배를 능숙하게 어루만지며 긁어 주었고, 천진난만한 아이처럼 고양이가 되어 팡셰트에게 말을 건넸다. 그렇다, 마르셀이 뭐라고 하든, 그 아버지는 좋은 사람임에 분명하다!

"그래, 흰 고양이와 두꺼비 의자는 아가씨 방에 꼭 필요한 두 가지 동물이지. 하나가 빠졌군, 좋은 소설책…… 아니, 여기 있네. 이런, 앙드레 투레트라니…… 이런 걸 왜 읽지?"

"다른 것도 많아요! 익숙해지도록 해 보세요. 전 가리지 않고 전부 다 읽어요."

"전부? 그렇게 다 읽는다는 건 안 읽는 것과 같은데…… 굳이 날 놀래 주려고 애쓸 필요는 없어. 우스워."

"우습다고요?…… 나도 마음대로 골라 읽을 만큼 컸어요!"

나는 화가 나서 숨이 막히는 것 같았다.

"그래! 네 아버지는, 맞아, 매력적인 사람이야. 하지만 평범한 아버지는 아니지. 아무리 그래도…… 그래, 몰라도 좋은 것이 있어!"

내가 막 울먹이려고 하자 르노가 다시 덧붙였다.

"괴롭히려는 건 아닌데…… 어쩌자고 내가 잔소리를 늘어놓았을까? 이상한 아저씨가 되었네. 아무리 책을 안 가리고 다 좋아한다 해도, 그래도 친척 아가씨들 중 제일 예쁘고 귀여운데…… 자, 화해하는 뜻으로 그 작은 손을 좀 내밀어 볼까?"

나는 손을 내밀었다. 하지만 갑자기 마음이 아팠다. 기껏 괜찮은 사람이라고 생각하기로 결심했더니!

그가 내 손에 입을 맞췄다. 내 손에 입을 맞춘 두 번째 남자였다. 차이가 있었다. 마르셀의 입맞춤은 빠르게, 너무도 가볍게, 바람처럼 순식간에, 입술이 와 닿은 건지 손가락으로 누른 건지 알 수 없을 정도였다. 그런데 그 아버지의 입맞춤에서는 내 손에 닿는 입술 모양이 느껴졌다.

그가 갔다. 연주회에 가는 일요일에 다시 올 것이다. 그렇다, 그가 갔다…….

이봐요, 아저씨! 그렇게 고리타분해 보이지는 않는데! 내가 뭐 그리 대단한 걸 바라는 것도 아니잖아요? 수시로 경마장에서 돈을 잃는다고 뭐라고 참견하지도 않고! 내가 이렇게 말하면 그는 아마도 자기는 열일곱 살이 아니지 않느냐고, 자기 이름은 클로딘이 아니라고 대답할 것이다.

그 와중에 뤼스한테는 전혀 소식이 없었다.

클로딘은 귀부인 놀이를 했다. 새 옷을 주문하고 또 하고, 늙고 한물간 재봉사 풀랑스 부인과 모자를 파는 아브라암 레비 부인을 괴롭혔다. 르노가 단언한 바에 따르면, 파리에서 모자를 만들어 파는 여자는 전부 유대인들이다. 레비 부인의 가게는 센강 좌안이기는 하지만 무척이나 세련된 취향의 모자가 많았다. 그녀는 부풀어 오른 머리카락에 얼굴이 뾰족한 나에게 어울리는 모자를 찾아주면서 좋아했다. 처음 모자를 써보기 전에 우선 내 앞머리를 완전히 이마로 빗겨 내리고 양옆을 부풀어 오르게 하더니, 그런 다음 두 걸음 물러서서 환하게 기뻐했다. “폴레르[66]하고 똑같네!” 하지만 나는 클로딘하고 똑같은 게 좋다. 이곳 파리에서는 2월이면 벌써 여자들이 머리에 화초를 장식하고 다닌다. 나는 여름 모자 두 개를 골랐다. 하나는 검은색 깃털 장식이 달려 있고 챙이 넓은 부드러운 인공 말총 모자였다. "통통한 애기 같네!" 코밑 갈색 잔털 아래 입술이 도톰한 레비 부인이 말했다. 또 하나는 검은 벨벳이 섞인 적갈색 모자였다. 무엇보다 나는 어느 옷에나 잘 어울리는 모자가 필요했다. 고개가 꺾일 정도로 3킬로그램의 장미를 머리에 얹지 않으면 성이 안 차는 아나이스와는 달랐다.

파란색 원피스도 하나 더 맞추었다. 나는 파란색을 좋아한다. 색 자체가 좋은 게 아니라 은줄표범나비 같은 내 눈의 색깔을 두드러지게 해 주는 게 좋다.

마르셀에게는 연락이 없었다. 어렴풋이 느끼건대, 삐친 것이다. 삐쳤다고 하면 심한 말일지도 모른다. 아무튼 마르셀은 나에게 섭섭한 것이다. 오늘은 비까지 내렸고, 나는 이 책 저 책 넘겨 보면서 특히 발자크의 책들로 마음을 달랬다. 책장 사이에 옛날 간식을 먹다 흘린 부스러기가 남아 있었다. 몽티니에서 온 거야, 냄새 맡아 봐, 팡셰트. 감성이 메마른 고양이 같

---

66 에밀리 마리 부쇼(Émilie Marie Bouchaud, 1874-1939)는 프랑스의 가수이자 배우로, 허리를 꽉 조인 코르셋을 착용한 채 공연을 했고 옆으로 부풀어 오른 단발이었다. 폴레르(Polaire)라는 예명으로 불렸고, 1902년 연극 무대에 오른 「파리의 클로딘」에서 클로딘 역을 맡기도 했다.

으니, 팡셰트는 반응이 없었다. 온 정신이 부엌 프라이팬에서 지글대는 소리에 빠져 있으니까! 끈처럼 늘어뜨린 크라바트를 매고 지나가던 아빠가 내 머리를 쓰다듬었다. 아빠는 달팽이들로부터 삶의 충만함을, 마르지 않고 되살아나는 수다를 찾았다. 아빠는 지금 행복하다! 아빠의 달팽이 역할을 나에게는 누가 해 줄까?

클레르의 편지. 맞다!

안녕, 너에게 이 편지를 쓰고 있는 지금 나는 너무 행복해. 지난번에 사진을 보낸 그 사람과 한 달 후 결혼해. 그 사람은 나보다 부자야. 걱정 없는 사람이지. 어쨌든 괜찮아. 난 정말 행복해! 그 사람은 멕시코(!!!)에 있는 공장의 관리자로 간대. 나도 함께 떠날 거야. 소설 속 일들이 내 삶에 일어났어! 내가 이런 얘기를 하면 너는 비웃곤 했지. 네가 내 결혼식에 와 주면 좋겠어. 이하 등등 등등…….

한 말을 하고 또 하고, 행복에 취한 소녀의 수다는 끝없이 이어졌다. 어쨌든 클레르는 이 정도의 기쁨을 누릴 자격이 있다! 클레르는 낙관적인 데다 온화하고, 무엇보다 정직하다. 그 낙관적인 성격과 온화함이 경이로운 우연의 힘을 발휘해서 클레르를 가장 영악한 술수보다 더 잘 지켜 준 것이다. 스스로 해낸 일은 아니었지만, 아무튼 이루어졌다. 나는 곧바로 답장을 썼다. 무조건 상냥하고 부드러운 말로 썼다. 그런 다음 비가 내릴 때부터 시작된 미열에 들뜬 채 울적하고 의기소침한 기분을 삼키며 벽난로 장작불 앞에 앉아 날이 저물기를, 저녁 식사 시간이 오기를 기다렸다.

클레르가 결혼한다. 열일곱 살. 그런데 나는?…… 오! 몽티니로 돌아가고 싶다! 작년으로, 재작년으로, 조심성 같은 건 집어던지고 마음대로 헤치고 다니던 그 시절로 돌아가고 싶다! 마드무아젤이 총애하는 에메에게 배신당한 나의 사랑까지, 뤼스에게 휘두르던 나의 관능적인 심술까지 그리웠다. 여기는 아무도 없지 않은가. 그러니 여기서는 나쁜 짓을 하려는 마음조차 생기지 않는다!

클로딘이 침실 가운 차림으로 벽난로의 대리석 맨틀피스 앞에 앉아 이렇게 서글픈 생각을 하고 있다면 누가 믿을까? 부젓가락으로 판초콜릿을 굽느라 열심히 뒤집고 있다면? 불에 닿은 부분이 물렁해져 검게 변하고, 따닥따닥 소리를 내며 부풀어 오른다. 그러면 작은 칼로 얇게 썬다. 구운 아몬드와 바닐라그라탱 비슷한 아주 좋은 맛이 난다! 나는 아빠가 쓰는 붉은색 잉크에 담근 헝겊으로 발가락을 물들이면서 부젓가락에 잡힌 초콜릿을 입에 넣었다.

다시 낮이 되자 전날 저녁의 슬픔이 우스꽝스럽게 느껴졌다. 5시 반에 마르셀도 찾아왔다. 생기 있고 아름다운 그 모습은 마치…… 아니, 다른 누구와도 닮지 않았다. 오직 마르셀만의 아름다움이다. 목에 두른 부드러운 청록색 퐁지[67] 크라바트 덕에 그의 입술에는 월계화 같은 붉은 생기가 돌았다. 세상에! 코와 윗입술 사이에 홈처럼 파인 저 작은 주름, 그 위로 보일락 말락 한 은빛 솜털! 15프랑 90상팀짜리 실크 벨벳도 저렇게 보드랍지는 않을 것이다.

"아, 조카님이 오셨네, 좋아라! 내가 아직 이런 학생복 입고 있는 거 보고 놀라지 않았어?"

"예뻐. 계속 입고 있어. 그걸 보면 생각…… (뭐야? 벌써 시작하는 건가?) 그래, 몽티니가 생각나."

"몽티니 생각하려고 입은 거 아냐. 어느 때는 얼마나 마음이 아픈데……."

"오! 그러지 마! 향수병으로 마음 약해지고 그러지 말라고! 클로딘하고 안 어울려!"

마르셀의 가벼운 태도가 잔인하게 느껴졌고, 그래서 나도 모르게 심술궂은 눈길을 던졌을 것이다. 그가 다시 온순하고 매력적인 모습으로 되돌아왔다.

"조금만 기다려 봐. 향수병! 내가 눈에다 입김 불어 줄게. 그

---

67 작잠사를 사용하여 평직으로 짠 견직물.

러면 병도 사라질 거야!"

그가 우아하게, 놀랍도록 정확한 동작으로 나의 허리를 감싸 안고 반쯤 감은 내 눈에 부드럽게 입김을 불었다. 잠시 그러고 있다가 한 마디 덧붙였다.

"너한테…… 계피 냄새가 나, 클로딘."

그의 가벼운 숨결에 나는 잠시 정신이 아득했다.

"계피 냄새가 왜 나지?"

"나야 모르지. 뜨거운 냄새, 낯선 나라의 과자 냄새 같아."

"아! 터키 과자 냄새 같은 거?"

"아니, 비엔나타르트랑 비슷해. 먹고 싶게 만드는 냄새. 나는 어때? 나한텐 무슨 냄새가 나?"

그가 보드라운 뺨을 내 입 옆에 가져다 댔고, 나는 그의 냄새를 맡았다.

"잘라 놓은 건초."

나는 내 대답 뒤에도 그가 계속 내밀고 있는 뺨에 살짝 입을 맞췄다. 하지만 그것은 꽃다발에 혹은 잘 익은 복숭아에 입을 맞추는 것과 비슷한 일이었다. 어떤 향기들은 코보다 입으로 더 잘 맡을 수 있으니까.

마르셀도 알아차린 것 같았다. 내 입맞춤을 받기만 하고 뾰로통한 표정으로 고개를 뒤로 빼면서 웃었다.

"건초라고? 너무 빈약한 냄새인걸…… 내일 연주회에 올 거지?"

"가야지. 얼마 전 오전에 네 아버지가 우리 아빠를 만나러 왔었어. 알고 있었어?"

마르셀이 심드렁하게 대답했다.

"아니. 어차피 우린 매일 보지도 않아…… 아빤 늘 바쁘지. 아, 가야겠다. 급해. 알고나 있어! 지금 내가 이 방에 와 있느라 누굴 기다리게 하는지! 샤를리!"

마르셀이 짓궂은 표정으로 웃음을 터뜨린 뒤 우리 집을 나섰다.

어쨌든 나는 그가 이 선택을 위해 치른 대가를 생각하며 고마웠다.

11

"아빠, 나 연주회 때문에 곧 나가야 해요. 조금만 서둘러 봐요. 달걀 프라이가 식어 버리면 신(神)들밖에 못 먹는다는 걸 알지만, 그래도 좀 빨리 봐 달라고요……."

아빠가 어깨를 들썩이며 큰 소리로 말했다.

"참으로 열등한 피조물이야! 여자들은 다 똑같다니까. 지금 한창 사색 중인데!"

"아빠! 그렇게 팔 휘젓다 물병 넘어져요. 어때요? 이 옷 잘 어울려요?"

"어…… 그래…… 작년에 산 건가?"

"아뇨! 이틀 전에 아빠가 사 줬잖아요!"

"그렇구나. 이 집에 온 뒤로 뭐가 뭔지 모르겠어. 고모는 잘 계시지?"

"고모 왔었잖아요. 못 만났어요?"

"응, 아니…… 전부 뒤죽박죽이네. 네 고모가 어찌나 날 성가시게 하는지. 그래도 그 자식은 훨씬 낫더구나. 아주 똑똑해. 여러 가지로 식견도 넓고, 그래, 연체동물학에 대해서도 무지몽매한 인간은 아니고."

"누구 얘기예요? 마르셀?"

"아니, 그 덜떨어진 애 말고, 이름이 뭐더라? 왜 빌렐민의 사위 말이야."

덜떨어진 애! 덜떨어진 애라니! 오히려 사람들이 아빠더러 덜떨어진 사람이라고 할 텐데! 물론 나도 마르셀의 아버지가 싫지는 않았다. 왠지 나도 그 사람에게 끌렸고, 같이 있으면 기분이 좋았다. 그리고…….

초인종 소리, 멜리가 서두르지만 움직임이 느리다. 나의 사촌 형부 뻘인 아저씨와 나의 조카가 들어왔다. 둘 다 멋지게 차려입었고, 특히 마르셀의 옷은 지나치게 새것이라 내 취향에는 거슬렸다. 아버지 옆에 서니 조금 왜소해 보이기도 했다.

"저희 왔습니다. 따님이 정말 예쁘군요! 커다란 검은 모자가 너무 잘 어울려요!"

"그런대로 괜찮지."

아빠는 자기도 감탄하고 있으면서 일부러 심드렁하게 대답했다.

마르셀은 늘 그렇듯이 내 모습을 자세히 살폈다.

"담회색 말고 스웨이드 장갑을 껴. 파란색 옷과 더 잘 어울려."

맞는 말이다. 나는 다른 장갑을 가져왔다.

셋이 함께 마차를 탔다. 앉아 있기 고역인 접이식 의자는 마르셀에게 돌아갔다. 마차는 샤틀레[68]로 향했다. 나는 두근거리는 마음으로 말없이 얌전히 있었다. 부자간의 대화가 격앙될 위험은 없었다.

"안내문 보여 줄까? 자, 여기. 「파우스트의 영벌」.[69] 초연은
아니지만……."

"저에게는 어차피 초연이에요."

샤틀레 광장의 팔미에 분수[70]에서 물을 내뿜은 스핑크스들
을 보면서 나는 몽티니에서 하던 놀이를 떠올렸다. 다소 더럽
기는 하지만 우리가 무척 좋아했던 놀이로, 여자애 대여섯 명
이 꾀죄죄하게 한 줄로 서서 입이 미어터지도록 머금고 있던
물을 내뱉는 것이다. 개암 열매를 걸고 시합을 해서 물이 제일
멀리 나간 사람이 이기는 것이다.

계단에서 표 검사를 할 때부터 르노는 이 사람 저 사람과 인
사를 주고받거나 악수를 했다. 이곳에 자주 오는 게 분명했다.

조명이 상당히 어두웠다. 말똥 냄새도 났다. 왜 말똥 냄새가

---

68 파리 샤틀레 광장에 위치한 극장으로, 1862년에 연극 극장으로 세워진 이
후 오페라와 연주회도 열렸다.

69 루이 엑토르 베를리오즈가 괴테의 『파우스트』를 바탕으로 만든 연주회용
악곡이다. 오페라와 칸타타 사이의 파격적인 형식 때문에 1846년 초연 때는 대
중의 외면을 받았지만, 베를리오즈가 사망한 뒤 1877년에 파리에서 전곡 연주
가 이루어졌다.

70 나폴레옹의 승전를 기념하기 위해 만든 분수탑으로, 꼭대기에는 승리의
여신이 두 팔을 벌리고 있고(그 모습 때문에 프랑스어로 '종려나무'를 뜻하는 '팔
미에'라는 이름이 붙었다.) 아래쪽에 둘러앉은 스핑크스 석상의 입에서 물이 나
온다.

나지? 조그맣게 마르셀에게 물어보았다. 저녁마다 「미하일 스트로고프」[71]를 상연해서 그렇다고 했다. 마르셀의 아버지가 우리를 2층 정면의 관람석으로 데려가 맨 앞줄에 앉혀 주었다. 지나치게 눈에 잘 띄는 자리였다! 나는 거북해서 어쩔 줄 몰라 하며 주위를 둘러보았다. 하지만 모두 밝은 밖에 있다가 어두운 안으로 들어오기 때문에 어차피 제대로 볼 수 없었다. 거북한 느낌이 조금 가셨다. 사실, 어차피 상관없었다. 여자들이 너무 많았다! 그리고 소란스러웠다! 칸막이 좌석의 문소리, 의자 끄는 소리…… 몽티니의 성당에서 밀레 신부님이 강론대 혹은 제단에서 얘기 중인데도 아무도 신경 쓰지 않던 때와 비슷했다.

샤틀레 극장은 크기는 하지만 별다른 특징이 없고 아름답지도 않았다. 붉은 조명은 먼지 때문에 달무리처럼 흐릿했다. 그리고 정말 말똥 냄새가 났다! 1층을 내려다보니 머리들이 가득했다! 남자들은 검은색 머리, 여자들은 꽃동산 머리였다. 만일 내가 여기서 빵을 던지면 저 사람들이 입을 벌려 받아먹을까? 연주회는 언제 시작하지? 잔뜩 긴장해서 창백해진 내 얼굴을 보고 르노가 손을 잡더니 지켜 주겠다는 듯 손깍지를

---

71 러시아 황제의 밀사로 비밀 임무를 띠고 시베리아를 가로지르는 미하일 스트로고프의 모험을 그린 쥘 베른의 소설 『미하일 스트로고프』(1876)를 연극으로 만든 작품이다. 1882년 파리 오데옹에서 처음 상연되었고, 이후 좀 더 넓은 샤틀레 극장으로 옮겨 상영되었다.

겼다.

드디어 무대 위에 수염을 기르고 어깨가 살짝 비뚤어진 남자가 앞으로 나섰다. 박수가 터지면서(벌써!) 사람들 말소리와 악기 조율 소리가 뒤섞인 불쾌한 소음이 멈췄다. 저 사람이 바로 콜론[72]이다. 그는 지휘봉으로 악보대를 탁탁 두드린 뒤 한쪽 끝에서 다른 쪽 끝까지 단원들을 한 번 살펴보고는 팔을 들어 올렸다.

「파우스트의 영벌」의 첫 화음을 듣는 순간, 신경을 건드리는 덩어리 같은 것이 위장에서 목구멍으로 올라와 내 목을 조일 듯 버티고 있는 것 같았다. 사실상 나는 태어나서 처음 듣는 오케스트라 연주였다. 단원들이 움직이는 활이 악기의 현이 아니라 내 신경줄을 긁어 대는 듯했다. 미칠 듯한 두려움에 휩싸여 울음을 더 이상 참지 못할 것 같았다. 하지만 여기서 울었다가는 얼마나 우스운 꼴이 되겠는가! 정말 온 힘을 다해 바보 같은 마음의 동요를 억누른 다음, 나는 좀 더 마음을 가라앉히기 위해 르노의 손 안에 있던 내 손을 살며시 빼냈다.

마르셀은 두리번거리며 곁눈질을 하더니, 위층 관람석 쪽으로 고갯짓을 했다. 그쪽에는 부드러운 펠트 모자, 긴 머리, 수염 없는 얼굴, 고집스레 길러 덥수룩한 수염이 보였다. 마르

---

72 에두아르 쥐다 콜론(1838-1910)은 프랑스의 바이올리니스트이자 오케스트라 지휘자다. 1873년 오데옹 극장에 콜론교향악단을 만들었다.

샤틀레 광장

셀의 아버지도 그쪽을 보았다.

"저기는 전부 대단한 사람들이야. 무정부주의자 음악가들, 세계의 얼굴을 바꾸게 될 작가들, 그리고 가난 속에서도 음악을 사랑하는 젊은 청년들…… 참, 항의하는 사람도 저 위에 데려다 놓지. 자꾸 휘파람을 불고 알 수 없는 욕을 해 대는 사람이 있거든. 경찰이 가서 마치 꽃을 따듯이 끌어내지. 일단 쫓아냈다가 조용히 다른 문으로 들여보내는 거야. 콜론이 그런 사람을 돈 좀 쥐어 주면서 달래 보려 한 적도 있는데, 성공하지 못했어. 확고한 신념이 있어서 항의를 하는가 보지."

메피스토텔레스가 「벼룩의 노래」를 부르는 동안 자꾸 웃음이 나올 것 같았다. 아마도 베를리오즈는 일부러 곡을 저렇게 우스꽝스럽게 만들었을 것이다. 그렇다, 계속 웃음이 나올 것 같았다. 저 바리톤은 자기가 부르는 노래에 맞도록 연기하기가 얼마나 힘들까. 그는 악마처럼 보이지 않기 위해 최대한 애썼지만, 이마에서는 어차피 끝이 갈라진 깃털이 흔들렸고, 눈썹도 저절로 가운데가 뾰쪽 솟은 전통적인 형상을 그렸다.

악기의 음색을 구별하는 데 익숙하지 않은 나는 중간 휴식시간이 시작할 때까지 서툰 귀를 쫑긋 세우고 들어야 했다.

"오케스트라에서 관악기들 중에 지금 저 악기가 뭐예요?"

"아마 베이스플루트일걸…… 이따 휴식 시간에 모지스한테 물어보자."

중간 휴식 시간이 생각보다 너무 빨리 왔다. 내가 청하지도 않았는데 누군가 알아서 내 즐거움을 자르고 마음대로 배분하다니, 나는 원래 그런 게 싫었다. 그리고 저 사람들은 어딜 가느라 저리 바삐 나가는 걸까? 그래 봐야 결국 복도인데 나는 마르셀 옆에 바싹 붙어 섰다. 그런데 르노가 내 의견을 묻지도 않고 자기 팔을 내 팔 밑으로 밀어 넣었다.

"자, 아가씨, 정신 바짝 차려. 새로운 유파의 신선함은 없고 그냥 파우스트를 영벌에 처하는 게 다이기는 하지만. 그래도 제법 유명한 사람들 얼굴을 보게 될 거야. 그동안 품고 있던 환상들이 시들어 버린 화관처럼 바닥에 뒹굴게 될 거라고."

"아! 음악의 힘으로 갑자기 달변이 되신 건가요?"

"그렇지, 내가 겉으로는 사색가처럼 보이지만 실은 어린 아가씨의 영혼을 가졌거든."

너그럽고 나른한 청회색 눈의 르노가 던지는 미소에 나는 마음이 편해지고 자신감을 되찾았다. 마르셀은 아버지와 조금 달랐다. 그러니까 마르셀은 누구한테나 친절했고, 그 정도가 조금 심했다. 아니나 다를까, 지금도 바르만 부인에게 인사를 하러 가고 있다. 그녀는 남자들 무리에 끼어 거드름을 피우면서 허풍스럽게 떠들고 있었다.

하지만 르노는 질겁한 얼굴이었다.

"도망가자, 제발. 괜히 근처에 돌아다니다가는 저명인사인 친구가 최근 알려 준 좋은 말이라고 계속 떠드는 걸 들어야 하거든."

"저명인사 친구가 누군데요? 지난 일요일에 바르만 부인이 쾨르 고모네서 말하던 그 사람인가요?"

"그레뵈유. 바르만 부인이 후원하는 유명한 아카데미 회원이지. 거의 자기 집에 재우고 먹이는 수준이야. 지난겨울까지는 나도 그 집에서 열리는 만찬에 갔는데, 아무튼 그때 본 그레뵈유는 뭐랄까, 좀 야릇한 인상으로 남아 있지. 훌륭하신 분께서 루이 13세 양식의 벽난로 앞에 앉아서, 그래 천진난만하게도, 풀어진 편상화를 불에 내밀고 있었거든."

나는 순진한 척 물었다.

"왜 편상화가 풀어져 있죠?"

"그야, 그러니까 그전에…… 클로딘, 정말 나를 곤란하게 하는군! 어쨌든 다 내 잘못이지. 원래 나는 어린 여자애들하고는 얘기를 해 본 적이 별로 없거든. 뭐, 나에게 이런 친척 아가씨가 생긴 지 얼마 안 됐으니까. 이제부턴 정신 바짝 차리고 있어야겠어."

"그러면 별론데! 지루해지겠네요."

"쉿, 이제 그만!…… 가리지 않고 책을 읽는다고 했으니까. 저기 보이는 저 모지스가 누군지 알지?"

"모지스? 알아요. 음악 비평을 하는 사람이잖아요. 무례한 말과 험담이 섞인 글을 쓰죠. 겉멋과 서정의 잡탕이랄까…… 저는 무슨 말인지 모르겠어요."

"겉멋과 서정의 잡탕이라! 정말 대단한 아가씨로군! 나름 정확한 판단이야. 우리 아가씨를 제대로 데리고 나오면 진짜 즐겁겠는걸."

"고마워요. 그 말을 제대로 이해하자면, 오늘은 예의상 그냥 데려왔다는 뜻이죠?"

르노는 나를 모지스가 있는 곳으로 데려갔다. 음악 평론가는 무리에 섞여 활발하게 의견을 피력하는 중이었다. 쉽게 잠기는 후두음의 목소리가 서정에 취한 듯했다. 우리는 더 가까이 다가갔다. 이제 경탄을 쏟아내는 중인가? 에구구!…… (몽티니에서 아이가 넘어졌을 때 하는 말이다.) 내 귀에 들리는 말은 이랬다.

"그렇지는 않죠. 그런데 오늘 밤 활짝 피어난 장미들 틈에서 짖어 대던 트롬본 소리 들었습니까? 그렇게 시끄러운 중에도 잘 자는 걸 보면, 파우스트는 자리에 눕기 전에 『다산(多産)』[73]을 읽은 게 분명해요. 오케스트라가 어찌 저리 허접한지! 똥통 같으니! 「실프[74]의 발레」에서는 플루트 연주자가 아예 하프 선율에 박자도 못 맞추더군요. 내 앞에 있으면 그냥 플루트를 빼앗아서 확……."

거침없이 쏟아 내는 음악 평론가의 등 뒤에서 르노의 부드

---

73 에밀 졸라가 '4복음서'라는 이름으로 말년에 기획한 소설 연작의 하나다. 『다산(Fécondité)』, 『노동(Travail)』, 『진리(Vérité)』까지 출간되고 마지막 『정의(Justice)』는 미완으로 남았다.

74 켈트 신화에 등장하는 정령 중 하나로, 공기를 관장한다.

러운 목소리가 울렸다.

"이봐, 이봐! 그만해! 계속하다간 감당 못 할 말을 내뱉고 말겠어!"

모지스의 커다란 어깨가 돌아갔다. 짧은 코, 처진 속눈썹 아래 튀어나온 눈, 어린애 같은 입, 양옆으로 갈라진 두텁고 거친 콧수염이 보였다. 정당한 분노를 미처 다 쏟아 내지 못한 채 눈이 튀어나오고 목덜미가 벌겋게 상기된 모습이 양서류를 살짝 닮은 어린 수소 같았다. (몽티니에서 배운 자연사 수업이 쓸모가 있다.) 하지만 모지스는 상냥한 입매로 빙그레 웃어 보였고, 핑크빛 정수리가 보일 정도로 과하게 고개를 숙여 인사했다. 얼굴 아래쪽, 그러니까 살이 파묻혀 윤곽이 흐릿한 턱과 어린애 같은 입술이 풍기는 분위기는 위쪽의 느낌, 그러니까 넓은 이마와 고집 세 보이는 짧은 코가 풍기는 힘찬 기운과 도무지 어울리지 않았다. 르노가 나를 소개하자 모지스가 다시 떠들기 시작했다.

"아니, 자네는 어쩌자고 귀한 아가씨를 이런 야릇한 장소에 데려오는 거지? 차라리 튈르리 공원에 가서 굴렁쇠를 굴리는 게……."

나는 발끈해서 입을 꽉 다물었다. 내가 자존심을 세우는 모습에 두 남자가 재미있어 했다.

"마르셀도 왔나?"

"응, 이모와 같이 왔지."

모지스가 깜짝 놀랐다.

"뭐라고? 이제는 공개적으로 이모와……."

르노가 어깨를 들썩이며 설명하기 시작했다.

"여기 클로딘, 이 아가씨가 마르셀 어머니의 사촌 동생이라네. 촌수가 좀 복잡해졌지."

"아, 마드무아젤이 마르셀의 이모라고요? 이런 운명의 장난이라니!"

르노가 웃을까 화를 낼까 망설이는 표정으로 물었다.

"설마 재미있으라고 하는 말은 아니지?"

"각자 할 수 있는 일을 할 뿐이지."

무슨 뜻일까? 둘 사이의 말을 나는 다 이해할 수 없었다.

아름다운 키프로스 여인 판 랑겐동크 부인이 다가와서 우리 옆을 지나갔다. 그녀는 남자 여섯 명의 호위를 받고 있었고, 여섯 명 모두 그녀에게 반한 것 같았다. 그녀는 황홀경에 빠진 영양 같은 부드러운 눈길을 여섯 남자에게 공평하게 나누어 주었다.

"정말 아름다워요. 그렇죠?"

내 말에 마르셀의 아버지가 대답했다.

"아름답고말고. 연회를 베풀 때 꼭 초대해야 하는 여자 중하나지. 자리를 빛내고 손님들의 호기심을 끌어당기니까."

옆에서 모리스가 거들었다.

"남자들이 넋을 잃고 바라보느라 잼 빠른 빵을 입에 넣는 것도 잊어버린답니다."

"저기, 조금 전에 인사한 사람은 누구예요?"

"아주 훌륭한 트리오지."

르노의 대답에 다시 모지스가 끼어들었다.

"세자르 프랑크[75]의 트리오처럼."

"셋이 친구인데, 늘 함께 다녀서 초대할 때도 같이 해야 해. 웬만해서는 갈라놓지 못하지. 셋 다 잘생겼고 행동거지도 훌륭하고, 놀랍게도 완벽하게 성실해. 하물며 아주 섬세한 사람들이고. 하나는 작곡을 하는데, 독창적이고 매력적인 곡을 만들지. 둘째, 그러니까 저기 C…… 공녀와 얘기 중인 자는 그 곡을 아주 훌륭하게 노래해 내고. 그리고 셋째는, 앞의 둘의 음악을 듣고 나서 파스텔화를 그려."

"내가 만일 여자였다면, 셋 다와 결혼하고 싶네!"

모지스의 결론이었다.

"이름이 뭔데요?"

"어차피 서로 계속 불러 댈 거야. 바비유, 브레다, 그리고 델라 쉬제스."

사람들의 유쾌한 시선을 받고 있는 문제의 세 사람 곁을 지나가면서 르노도 인사를 나누었다. 셋 중 특히 현대인들 틈에

75　세자르 프랑크(César Franck, 1822-1890)는 벨기에의 작곡가이자 오르간 연주자인데, 파리에서 활동했고 프랑스로 귀화했다.

서 길을 잃은 발루아[76] 시대 사람 같은, 문장(紋章)의 그레이하운드처럼 날씬하고 우아한 사람이 바로 바비유였다. 그 옆에 푸른 눈동자에 눈가가 거무스레하고 입이 여자처럼 감미로운 건강한 청년이 테너 가수 브레다였다. 마지막으로 키가 크고 무기력해 보이는, 윤기 없는 혈색과 코뼈가 두드러지게 굽은 모습에 동방의 피가 섞인 듯한 델라 쉬제스는 얌전한 어린애처럼 지나가는 이들을 쳐다보고 있었다.

"자, 모지스, 자네가 전문가이니, 우리 아가씨를 위해 대표적인 유형들을 좀 뽑아서⋯⋯."

"파리를 대표하는 인물들을 가르쳐 주라는 거지? 물론이네. 어린 아가씨에게 보여 주기에는 아주 멋진 광경이지. 자, 우리 애송이 아가씨,[77] 우선⋯⋯ 누구에게나 합당한 예의를 갖춰야 하는 법이니, 저기 저 우아한 자태의 남자, 절대로, 알(卵)대로,[78] 그래, 사랑하는 우리 조국의 인구 감소와 맞서 싸울 마음이 추호도 없는 여인들이 좋아 죽는, 절대 임신이 되지 않게 해 주는 남자⋯⋯."

르노는 불쾌감을 참지 못하고 손짓으로 모지스의 말을 막

---

76 카페 왕조를 계승한 방계로 14세기부터 16세기까지 프랑스를 통치했다.

77 원 표현은 'backfisch'다. 독일어에서 온 단어로 원뜻은 '튀김용 생선'이다. '아직 어른이 되지 못한 처녀'를 뜻한다.

78 원 표현은 'ovairemore'이다. 영어의 'over'를 난자를 뜻하는 프랑스어 'ovaire'로 바꾼 말장난이다.

왔다. 굳이 그럴 필요는 없었다. 모지스는 일부러 내 앞에서 많은 얘기를 쏟아 냈을 테지만, 어차피 나는 그 농담의 반도 알아듣지 못했다. 결국 모지스의 농담은 그의 콧수염을 넘어오지 못한 셈이다. 나로서는 아쉬운 일이었다. 르노가 짜증을 내는 것으로 보아 분명 야한 이야기였을 텐데…….

이어 조금 차분해진 모지스가 또 다른 영광의 인물들을 꼽아 나갔다.

"자, 우리 사랑스러운 마르셀의 사랑스러운 이모 아가씨, 저기 성녀 안나[79]라 해도 샘을 낼 우리의 비평가들이 있답니다. 저쪽에는, 우리가 가서 둘러싸고 차례로 찬가를 불러 줄 만한 남자죠. 과산화수소수로 노랗게 물들인 금발 수염이 꼭 밀밭 같죠? 저 수염쟁이가 바로 벨레그랍니다. 아! 그리고 《르뷔 데 되 몽드》[80]의 르 스퀴도! 저자는 바그너를 헐뜯는 저주를 달고 사는데, 그것도 입속에서 이미 일곱 번 돌려 꼬아서 내뱉는 게 분명해요. 그래도 「파르시팔」[81]은 아주 좋게 말했으

---

79 다윗 왕의 후손으로 성모마리아의 친모다. 요아킴과 안나 부부의 이야기가 외경 복음서에 등장한다.

80 《르뷔 데 되 몽드(Revue des Deux Mondes)》는 1829년에 창간된 프랑스 잡지로 '두 세계'라는 뜻이다. 유럽의 여러 나라와 특히 미국의 정치, 경제, 예술, 문학 관련 기사들이 실렸다.

81 독일 중세의 작품 『파르치팔(Parzival)』을 기초로 바그너가 작곡하고 대본을 쓴 독일어 오페라.

니 봐줍시다. 그리고 또 다른 비평가, 저기 작고 별로 잘생기지도 않은……."

"벽에 바짝 달라붙어 지나가는 사람 말인가요?"

"그렇죠. 저 비비 꼬인, 그래, 회양목 뿌리같이 꼬인 인간은 벽도 그냥 못 두고 저렇게 괴롭히죠. 아, 저자가 불쌍한 동료 평론가들한테 얼마나 고약하게 구는지! 음악에 관한 글을 안 쓸 때도 비열한 소문들을 퍼뜨리느라 여념이 없답니다."

"음악에 관해 쓸 때는요?"

"그때는 더 비열한 소문을 퍼뜨리죠!"

"다른 평론가들도 알려 주세요."

"오! 우리 아가씨가 살던 곳은 모두 취향이 꽤나 퇴폐적인가 보군요! 오! 먼 곳에서 온 공주님이시여! 안 됩니다! 더 이상 다른 평론가들을 보여 줄 수 없어요. 어차피 프랑스 음악 평론계에서 중요한 인물은 조금 전에 알려 드린 그 두 사람뿐이라……."

"나머지는요?"

"나머지 940명에 반쪽짜리 하나는 (앉은뱅이가 하나 있거든요.) 연주회를 보러 다니지도 않는답니다. 와 봤자 별 소용이 없기도 하고요. 그자들은 자기 자리를 공손하게 표 장사꾼들한테 팔아넘기죠. 무료 입장권도 팔고, 음악에 대한 비평도 팔아요. 어쨌거나 그 허접한 인간들은 신경 쓰지 말고, 저쪽을 봐요. 균형 잡힌 이목구비가 뚜렷한 로제미클로 부인, 고릴라처럼 생긴 블로비트, 입속에 피아노 흰 건반이 숨어 있는 디에메르, 엄마 젖을 뗀 이후 콜론의 연주회는 한 번도 빼먹지 않은 뒤타스비랍니다."

"저기 하늘거리는 드레스 입은 저 아름다운 여자는요?"

"델릴라,[82] 메살리나,[83] 미래의 옴팔레,[84] 오스트리아의 전리품."

"네?"

"위고 영감의 책 안 읽었어요? '영국이 레그를 데려가고……' 데려다가 뭘 하려 한 건지는 모르겠지만 '오스트리아는 레글롱을 데려갔다.'"[85]

"저기 저 멋쟁이 부인들은요?"

"관심 가질 사람 하나도 없어요. 고관 대작과 잘나가는 은

---

82 블레셋 여자로 삼손을 구슬려 그의 긴 머리카락이 힘의 비밀이라는 사실을 알아낸 다음 그를 팔아넘겼다. 믿을 수 없는 여자를 지칭한다.

83 고대 로마 클라우디우스 1세의 부인으로 밤마다 매춘가로 나가 남자들을 사냥했다고 전해진다. 방탕한 여자를 지칭한다.

84 리디아 왕국의 왕녀로, 헤라클레스의 모험에 음란한 과부로 등장한다.

85 빅토르 위고가 시집 『석양의 노래(Les Chants du crépuscule)』에서 나폴레옹의 몰락을 노래한 구절 "영국이 레글(l'Aigle)을 데려갔고, 오스트리아가 레글롱(l'Aglon)을 데려갔다."에 관한 말장난이다. 프랑스어로 독수리를 뜻하는 '에글'은 나폴레옹의 별명이었고, 새끼독수리를 뜻하는 '에글롱'은 그 아들의 별명이었다. 모지스가 말하는 '레그(Leygues)', '레글롱(l'Héglon)'은 소리는 비슷하고 철자만 다르게 바꾼 것이다.

행가들, 고타와 골고타,[86] 오지에[87] 바구니인지 샐러드 바구니인지…… 칸막이 좌석을 몽땅 예약하는 인간들이죠. 음악을 좋아한다지만 족제비만도 못해요. 오케스트라 소리가 안 들릴 정도로 떠들어 대죠. 자기 집에 데려가서 연주하게 할 예술가들을 끌어 모으려고 나타나는 생피엘 후작부인부터 귀여운 쉬잔 드 리즈리까지, 그리고 돈 많은 그뢰즈, 그 얼간이는 고유명사라고도 불리죠."

"왜요?"

"자기 이름 철자도 제대로 모르거든요."

나를 얼빠질 정도로 충분히 놀래 주었다고 판단한 모지스는 맥주가 놓인 음식대에서 친구가 부르자 그쪽으로 가서는 쉬지 않고 떠드느라 마른 목을 축였다.

마르셀은 로비 벽기둥 앞에 서 있었다. 어느 젊은 남자에게 작은 소리로 무언가를 말하고 있었는데, 상대는 갈색 목덜미

---

86 독일 중부 튀링겐주의 도시로 지도 제작의 중심지였고, 유럽 왕실이나 귀족의 인명록인 『고타 연감(Almanach de Gotha)』을 발행했다. 골고타는 예수가 십자가에 못 박혀 처형된 예루살렘 교외의 언덕이다. 두 단어의 소리가 비슷한 데서 착안한 '고타와 골고타'라는 말장난은 '유럽의 명망 있는 귀족들과 그 나부랭이' 정도의 의미이다.

87 프랑스어로 'Hosier'라는 이름과 버드나무를 뜻하는 'osier'의 발음이 같은 데서 착안한 말장난이다.

와 비단결 같은 머리카락밖에 보이지 않았다. 나는 르노를 살짝 끌어당기며 옆으로 나섰다. 남자는 마르셀의 방 벽난로 위에 놓여 있던 흑백 사진 속 얼굴, 그 촉촉한 눈매가 분명했다.

"저기 기둥 뒤에, 마르셀하고 얘기하는 젊은 남자가 누군지 아세요?"

고개를 돌린 르노의 콧수염 아래로 욕설이 흘러나왔다.

"알고말고, 샤를리 곤잘레스…… 하물며, 겉만 번지르르한 놈이야."

"하물며."

"그래, 그러니까…… 난 저 애와 마르셀의 관계가 정말 마음에 안 들어…… 저 놈은 늘 이목을 *끄는*……."

자리로 돌아가라고 알리는 벨이 울렸다. 우리가 먼저 들어왔고, 잠시 후 마르셀이 자리로 돌아왔다. 이어 파우스트에게 버림받은 마르게리트를 노래하는 마드무아젤 프레지[88]의 비통한 한탄을 듣는 동안 나는 다른 것은 잊어버렸다. 마르게리트의 심장이 쿵쾅거리는 오케스트라의 음악이 내 심장을 죄는 것 같았다. 「웅대한 자연이여」는 앙코르 박수를 받았다. 지엄한 천사가 머리카락으로 비바람을 일으키고 관객들을 향해 마지막으로 격정적인 노래를 열창하는 동안 귀 기울여 듣는 사람은 거의 없었다. 르노의 설명에 따르면, "모두 「파우스트의

---

[88] 마르셀라 프레지(Marcella Pregi, 1866-1958). 소프라노 가수.

영벌」을 일흔여섯 번밖에 못 들었기" 때문이다. 내 왼편에 앉아 있던 마르셀은 동의할 수 없다는 듯 입을 삐죽였다. 마르셀은 아버지가 있는 자리에서는 늘 내게 화난 사람처럼 굴었다.

피곤할 정도로 요란한 음악과 함께 파우스트가 영원한 지옥으로 떨어졌다. 잠시 후 우리는 극장 출구 쪽으로 갔다.

밖은 아직 밝았고, 기울기 시작한 해가 눈부신 빛을 쏟아냈다.

"자, 같이 간식 먹으러 갈까?"

"괜찮아요, 아버지. 전 그만 가 볼래요. 친구들 만나기로 했어요."

"친구들? 샤를리 곤잘레스겠지."

"샤를리하고 다른 친구들도 있어요."

아들의 퉁명스러운 대답에, 아버지는 고개를 숙여 아들의 얼굴에 대고 목소리를 낮추며 말했다.

"좋아. 하지만 한 가지는 기억해라. 봐주는 데도 한계가 있고, 이번에는 절대 그대로 넘기지 않을 테니까. 부알로고등학교에서 같은 일은 두 번 다시 안 돼."

무슨 일을 말하는 걸까? 너무 알고 싶었다. 하지만 마르셀은 아무 대답도 하지 않았고, 두 눈에 억누른 분노만 어른거렸다. 아들은 인사를 하고 그대로 사라져 버렸다.

"배고프지?"

나에게 묻는 아버지의 얼굴은 아들에게 받은 상처 때문인지 갑자기 늙어 보였다.

"아뇨, 괜찮아요. 마차만 잡아 주시면 그냥 집에 갈래요."

"데려다줄게."

마침 마차가 지나갔고, 나는 저 고무바퀴 마차를 타고 싶다고 했다. 정말로, 포근하고 탄력 있게 움직이는 고무바퀴 마차를 타고 있으면 기분이 좋았다.

침묵이 흘렀다. 르노는 역정 나고 지친 표정으로 앞만 쳐다보았다. 10분쯤 지났을 때 내가 묻지 않은 질문에 그가 알아서 대답을 했다.

"걱정거리가 있어서 그래. 얘기 좀 해 봐. 이 늙은이 마음 좀 풀어 줘 봐."

"그게…… 그 사람들, 그러니까 모지스하고 다른 사람들…… 어떻게 다 알아요?"

"지난 15년 아니 20년 동안 정신없이 다녔으니까. 언론 쪽 사람들은 인맥을 넓히는 게 별로 어렵지 않아. 파리에서는 다들 금방 서로 얽히기도 하고……."

"한 가지 알고 싶은 게 더 있어요. 곤란한 질문이면 대답 안 해도 돼요. 평소 뭘 해요? 그러니까…… 뭘 해서…… 그래, 직업 있어요? 알고 싶어요!"

"직업 있느냐고? 당연히 있지!《르뷔 디플로마티크》[89]에서 대외 정책 쪽을 맡고 있어."

---

[89] 'Revue diplomatique'는 '외교 잡지'라는 뜻이다.

"르뷔 디플로마티크…… 정말 따분하겠네요! 내 말은, (실수다! 얼굴이 붉어지고 있다.) 내 말은 기사 내용이 아주 심각한……."

"괜찮아. 수습하지 않아도 돼. 더없이 듣기 좋은 말인걸. 나를 구원한 그 말을 꼭 기억해 둘게. 오랫동안 나는 빌렐민을 비롯해서 많은 사람들에게 경멸의 대상이었어. 매일 즐기기만 하고 친구들과 노는 것밖에 모르는 인간이라고. 10년 전부터 복수하는 중이야. 사람들을 짜증 나게 만드는 걸로. 물론 사람들이 좋아하는 방식을 사용하지. 온갖 자료를 내밀면서, 진부하게, 비관적으로, 불평을 늘어놓으면서!…… 클로딘, 나는 지금 지난 시간을 바로잡는 중이야, 나 스스로를 존중하려는 거지. 지금까지 엠스 전보 사건[90]에 대해 스물네 편, 그러니까 두 다스의 글을 썼어. 여섯 달 전부터는 일주일에 세 번씩 만주 지역에서의 러시아 정책을 다루고 있지. 그러니까 사는 데 필요한 돈은 벌고 있어."

"굉장해요! 정말 놀랐어요!"

"자, 이제, 이런 얘기 말고 다른 얘기를 해 볼까? 내가 보기

---

90 1870년 스페인 왕위 계승을 두고 프랑스와 프로이센이 대치하던 중, 프로이센 주재 프랑스 대사 베네데티 백작이 프로이센 라인란트의 엠스에 있던 빌헬름 1세를 찾아가 면담을 한다. 이 일을 이야기한 국왕의 전보를 받은 비스마르크가 프랑스 정부를 자극하기 위해 고의로 표현을 바꾸어 발표한다. 결국 두 나라 사이에 고조되던 전의에 불이 붙고, 나폴레옹 3세의 선전포고로 프랑스-프러시아 전쟁이 시작된다.

에 우리 아가씨는 다 큰 어른인 척하지만, 사실 그 안에 숨은 건 열정적이고 외로운 소녀야. 이미 봐서 알겠지만, 난 마르셀한테 속마음을 털어놓은 적이 없어. 하지만 아버지로서 그 애를 너무 사랑해. 그래서 말하지 않을 수 없지."

아! 나는 울고 싶었다. 음악 때문이기도 했고, 흥분되기도 했고, 그리고 다른 무언가가 있었다. 드디어 내가 꿈꾸던 아버지를 만난 것이다! 아, 그렇다고 나의 진짜 아빠를 욕하려는 것은 아니다. 아빠가 조금 특별한 건 사실이지만, 그렇다고 잘못은 아니니까. 하지만 만일 르노가 내 아버지라면 얼마나 좋을까! 원래 나는 마음속의 선한 의도를 드러낼 때면 늘 곤혹스러움을 느끼는데, 그럼에도 불구하고 말하고 말았다.

"있잖아요, 나한테 다 털어놓아도 돼요."

"그래, 내가 보기에도 그런 것 같아."

그는 커다란 두 팔로 내 어깨를 감싸 안았다. 그러고는 웃었다. 마음이 여려진 것을 감추기 위해서였다.

"누군가 널 괴롭게 만들면 좋겠구나. 나한테 와서 털어놓을 수 있게……."

나는 그의 어깨에 기댄 채로 있었다. 센 강변을 따라 포석 위를 달리느라 고무바퀴가 울리는 소리, 흔들리는 방울 소리가 내 안에 잠들어 있던 낭만적인 생각을 깨워 냈다. 그러니까, 나는 언제인가 밤에 역마차를 타고 달려보고 싶었다.

"클로딘, 몽티니에선 지금 이 시간이면 뭘 했지?"

나는 전율했다. 몽티니를 까맣게 잊고 있었다!

"지금쯤…… 저녁 수업 시작하니까 전부 교실로 오라고 마드
무아젤이 손뼉 칠 시간이에요. 저녁 6시까지 한 시간 동안이죠.
해가 지기 시작하고 어두워지는 교실에서 책을 읽느라 눈이 아
프죠. 어떤 땐 석유 등잔 두 개를 높이 밝혀 놓는데, 그게 더 힘
들어요. 아나이스는 연필심이나 분필, 혹은 전나무 장작을 먹
었고, 뤼스는 암고양이 같은 눈으로 내가 가지고 있는 향이 강
한 박하 드롭스를 하나만 달라고 졸랐어요. 교실엔 냄새가
많이 났어요. 4시에 청소하느라 비질할 때 생긴 먼지 냄새, 먼
지가 물기에 젖은 냄새, 잉크 냄새, 잘 안 씻은 몸 냄새……."

"냄새가 날 정도로 안 씻는다고? 설마 다들 그렇게 물을 싫
어하는데 혼자만 예외였나?"

"아뇨, 아나이스와 뤼스도 늘 깨끗했어요. 하지만 다른 애
들은 모르겠어요. 아! 머릿결이 매끄럽고 스타킹이 멀쩡하고
블라우스가 하얗다고 깨끗한 건 아니거든요. 알잖아요!"

"내가 안다고? 불행하게도 얼마만큼 아는지 잘 모르겠는
걸."

"대부분의 애들은 깨끗하다 더럽다에 대해 나와 생각이 달
랐어요. 예를 들어 셀레니 노플리는……."

"좋아, 좋아! 셀레니 노플리 얘기를 들어 볼까?"

"그래요, 셀레니 노플리는 열네 살이었는데, 3시 반에, 그러
니까 오후 수업이 끝나기 30분 전에 일어서서 확신에 찬 표정

으로 크게 말했죠. '선생님, 저 이만 가 봐야 해요. 가서 언니 젖을 빨아 줘야 해요!'"

"맙소사! 언니 젖을 빨아 준다고?"

"그래요, 결혼한 언니가 아기 젖을 떼는 중인데, 젖이 너무 많이 나와서 아프다는 거예요. 그래서 하루에 두 번씩 자기가 언니 젖을 빨아 줘야 한다는 거죠. 삼키지는 않고 뱉는다고 주장하는데, 그걸 어떻게 믿겠어요? 자기도 모르게 삼키게 되겠죠. 여자애들이 둘러앉아 그 애를 부러운 눈으로 쳐다봤어요. 처음 그 얘기를 들었을 때 나는 그다음 간식을 못 먹었어요. 어때요? 괜찮아요?"

"자꾸 묻지 마. 괜찮지 않아지게 될 것 같으니까. 클로딘, 지금 나에게 프레누아 사람들의 관습에 대해서 기이한 지평을 열어 주고 있는 거야."

"엘로이즈 바슬린도 있어요. 어느 날 저녁에, 나랑 첫 영성체를 같이 받은 친구 클레르가 물속에 발을 담그고 있는 걸 보더니 말했어요. '뭐 하는 거야? 미쳤어? 토요일도 아닌데 발을 왜 씻어?' 클레르가 대답했죠. '난 매일 씻어.' 그랬더니 엘로이즈 바슬린이 어깨를 들썩이면서 뭐랬는지 알아요? '이제 열여섯인데 벌써 노처녀처럼 그런 이상한 짓을 하고 그래?'"

"맙소사!"

"아! 아직 해 줄 얘기 많아요. 하지만 차마 못하겠어요."

"괜찮아! 나이 많은 아저씨인데 뭐!"

"안 돼요, 아무리 그래도…… 안 할래요. 참, 첫 영성체 같이 받았다는 그 친구는 결혼해요."

"발 잘 씻는 애? 열일곱 살에? 제정신이 아니로군!"

"왜? 어때서요? 열일곱이면 애가 아니에요! 나도 결혼할 수 있어요!"

"누구하고?"

허를 찔린 나는 그대로 웃어 버렸다.

"아! 그야 모르죠. 운명의 남자가 나타나질 않네요. 아직은 달려드는 사람이 없어요. 사교계에 내 아름다움이 알려지지 않았으니까."

르노가 한숨을 내쉬면서 좌석 등받이 쪽으로 몸을 기댔다.

"아쉽군, 충분히 아름다운데…… 머지않았어. 곧 이 부드러운 몸의 곡선과 신비로운 긴 눈에 반하는 남자가 있을 거야…… 그러면 나는 사촌 처제를 잃게 되겠군. 그건 안 되는데……."

"그럼, 결혼하지 말라고요?"

"아무리 친척이라도 그런 헌신을 요구할 수는 없지, 클로딘, 하지만 부탁인데, 적어도 아무나하고 쉽게 결혼하지는 말아 줘."

"그럼 직접 안전한 남편을 골라 주면 되겠네요!"

"좋아, 날 믿어!"

"나한테 왜 이렇게 잘해 줘요? 정말 고마워요."

"내 눈앞에서 누군가 맛있는 케이크를 먹는 걸 그냥 두고 볼 수는 없으니까…… 자, 내리시죠, 아가씨. 다 왔어."

르노가 조금 전에 한 말은 그 어떤 말보다 강렬한 칭송이었
다. 잊지 못할 것이다.

멜리가 여전히 한쪽 젖가슴을 받쳐 든 채 문을 열어 주었고,
아빠는 서재에서 마리아 씨와 열띤 토론 중이었다. 수염을 기
른 마리아 씨는 거의 매일 아침 우리 집에 와서 한 시간쯤 머
문다. 하지만 저 젊은 학자의 존재 자체를 나는 자꾸 잊어버린
다. 이렇게 직접 만나는 것도 오랜만이다.

르노가 가고 나자 아빠가 엄숙한 선서를 하듯 나에게 말했다.

"클로딘, 아주 기쁜 소식 한 가지를 알려 주마."

맙소사, 또 무슨 불길한 일이 벌어질까?

"앞으로 내가 책을 마칠 때까지 여기 마리아 씨가 와서 비
서 역할을 해 주기로 했단다."

"좋은 소식이네요. 그렇게 도와주시면 아빠한테 아주 큰 힘
이 될 거예요."

마리아 씨는 내성적이고 소심한 사람이었다. 나 역시 그에
게 제대로 말해 본 건 처음이었다. 마리아 씨는 수풀처럼 수북
한 머리카락과 수염과 눈썹으로도 당황한 기색을 감추지 못
했다. 이 젊은 학자는 아마도 나에 대해 모지스가 손쉬운 연정
이라고 부르는 것을 품었을 것이다. 나는 별로 신경 쓰지 않았
다. 어쨌든 그렇다면 나를 함부로 대하지는 않을 테지!

클레르의 편지가 또 왔다. 여전히 자기가 얼마나 행복한지 늘어놓았다. 그러고는 마치 내 생각을 하고 있다는 듯 "너는 정말 재미있겠다."라고 했다. 재미있다고? 쳇!…… 물론 지루하지는 않았다. 하지만 즐겁지도 않다. 내가 마르셀을 사랑한다고 생각하지는 말길. 그건 아니다. 마르셀이 주는 느낌은 경계심, 흥미, 무시하고 싶은 약간의 애정, 이런 것이었다. 그리고 육체적인 면에서는 만지고 싶은 욕구…… 그렇다. 머리를 빗겨 주고, 뺨을 어루만지고, 귀를 잡아당기고, 뤼스한테 했듯이 손톱으로 찔러 보고, 뤼스하고 한 것처럼 한쪽 눈을 그의 눈에 속눈썹이 닿도록 가까이 가져다 대고 눈동자 속 푸른 선들이 움직이는 것을 보고 싶었다. 잘 생각해 보면 마르셀은 자기 아버지를 조금 닮았다. 그러니까 아버지를 줄여 놓은 것 같다. 오! 그렇다, 르노의 축소판이다!

뤼스한테서는 여전히 소식이 없다. 이렇게 오랫동안 아무 연락이 없다니, 이상한 일이다!

'뉴 브리타니카'에 마르셀과 함께 가서 옷을 맞추었다. 가봉을 두 번 했는데, 끝까지 귀부인처럼 근엄하게 버티기는 했지만 실은 웃음을 참느라 힘들었다. 나의 조카가 대단한 활약을 했다. 그는 거울이 여러 개 달린 좁은 공간에 따라 들어와 옆에 놓인 의자에 앉아서는 이것저것 참견하면서 스커트 담당 레온 양과 재단사 레이 씨를 팽이 돌리듯 뱅뱅 돌렸다. 그것도 경탄스러울 정도로 건방진 태도로 말이다.

"엉덩이 다트선이 좀 뒤쪽으로 가지 않았나요? 길이는 너무 길지 않게 해 줘요. 그냥 땅에 닿을 정도면 걸음을 옮기는 데 문제가 없어요. 아직은 치마가 너무 길면 마드무아젤이 걸음을 잘 못 옮겨요…… (나는 독기 품은 눈으로 쳐다보기만 할 뿐 아무 말도 하지 못했다.) 그래요, 소매 라인은 좋아요. 재킷에다 초승달 모양으로 작은 주머니를 두 개 달면 좋겠네요. 손에 아무것도 안 들었을 때 엄지손가락을 넣을 수 있게…… 이것 봐, 클로딘, 딱 2초만이라도 좀 움직이지 말고 가만있어 봐! 팡셰트도 이렇게 움직이진 않겠네!"

레온 양은 마치 최면에 걸린 사람처럼 마르셀이 시키는 대로 하느라 고개만 세운 채 바닥을 기어 다녀야 했다. 그녀의 얼굴에는 "말하는 거 보면 오빠는 아닌데, 기둥서방인 거야?"라고 쓰여 있었다. 마지막 가봉을 마치고 나설 때 마르셀이 내 옷차림을 곁눈질했다. 나는 옆으로 머리카락이 삐져나오는 밀짚 모자를 쓰고 풀 먹인 흰색 옷깃의 블라우스를 입고 있었다.

"지금 그 옷도 할 얘기가 많아, 클로딘. 하지만 가만있을래."

"왜? 해도 돼. 이미 말 꺼내 놓고 뭘 그래?"

"아니! 각자 취향을 존중해야 하기도 하고, 가족이니까!…… 하지만 그 뻣뻣한 옷깃과 컬진 짧은 머리, 그리고 그렇게 일자로 내려오는 치마라니! 아! 랄! 라! 우리 아빠가 봤으면 코를 찌푸렸을걸."

그 말에 나는 금방 초조해졌다.

"정말 안 좋아할 것 같아?"

"뭐, 적응하겠지. 어쨌든 아빠는 스러진 도덕을 지켜 내려는 사람인 척하지만, 성자는 아니야."

"당연하지, 성자는 아니야. 나름 취향이 멋있어."

"그건 나도 마찬가지야, 내 취향도 괜찮다고!"

마르셀이 발끈했다.

"음…… 그렇긴 하지…… 평범하진 않지."

마르셀은 우리 아파트의 계단을 따라 오르면서 입 끝을 실룩이며 웃음을 지었다. 나의 조카는 같이 간식을 먹겠다고 했고, 우리는 내 방에서 루쿰,[91] 푹 익은 바나나, 차가운 그로그,[92] 그리고 짭짤한 과자들을 무릎에 놓고 먹었다. 밖은 더웠고, 내 방은 어둡고 시원했다. 나는 며칠 전부터 눌러놓았던 것을 드디어 꺼내 놓았다.

"마르셀, 부알로고등학교에서 무슨 일이 있었어?"

크라포 의자 손잡이에 팔을 괴고 고운 손으로 짭짤한 과자를 먹고 있던 마르셀이 갑자기 고개를 돌려 나를 뚫어져라 쳐다보았다. 두 눈이 흡사 도마뱀 같았다. 미간을 찌푸리고 발갛

---

91 설탕에 전분과 견과류를 더해 만든 터키 과자.

92 럼 또는 브랜디에 설탕과 레몬, 물을 섞은 음료.

게 상기된 두 볼에 놀라서 다물지 못한 입까지, 분노한 어린 신(神)처럼 아름다웠다! 작은 신이지만, 너무도 아름다웠다!

"아! 그 얘길 들은 거야? 대단하네, 귀가 아주 좋군. 대답하자면…… 그래, 상관없는 일이야……."

"알아. 그래도 그렇지, 그동안 내가 해 준 얘기들이 있는데 치사하게 그런 식으로 대답해야겠어?"

"부알로고등학교 일? 그건 순전히 중상모략이야, 죽을 때까지 못 잊을 거야! 어차피 넌 아버지 말을 무조건 믿을 거잖아? 직접 말해 달라고 해 봐, 아주 잘 설명해 줄 테니까. 어떻게 아들한테 그런 짓을 할 수 있는지……."

마르셀은 믿지 못할 만큼 고약하게 굴었다. 내 호기심이 끓어올랐다.

"자세히 얘기해 줘."

"그러니까…… 샤를리 알지?"

"알지!"

"그 일이야. 부알로고등학교를 들어갔는데, 나는 기숙사에 묵지 않는 통학생이었어. 샤를리는 다음 해 졸업을 앞두고 있었고. 그곳 아이들, 그래, 손목이 벌겋고 옷깃에 때가 묻은, 하나같이 지저분한 남자아이들이 난 정말 혐오스러웠어. 그런데 샤를리는 다른 애들과 달랐지…… 정말 나와 비슷했어. 나이도 거의 같아 보였고…… 처음엔 샤를리가 한동안 날 쳐다보기만 했어. 아무 말도 안 하고. 그러다 갑자기, 특별한 이유

없이, 그냥 가까워졌어. 그렇게 매력적인 눈빛에 저항하기는 힘들지…… 차마 털어놓지는 못했지만, 그때는 정말 종일 샤를리만 생각했어. 샤를리 역시 그랬을 거야. 샤를리도 내 생각만 했을 거야. 왜냐하면……."

마르셀은 눈을 깜박거리며 거의 속삭였다.

"샤를리가 그렇게 말했어?"

"아니, 편지를 받았어. 아! 재촉 좀 하지 마! 얼마나 고마웠는지! 나도 답장을 보냈지. 그 뒤로 학교 밖에서 만났어. 할머니 집에서, 또 다른 데서도…… 샤를리는 그때까지 내가 모르고 살아온 수만 가지에 눈뜨게 해 줬고 또 그것들을 사랑하게 해 줬어……."

"수만 가지!"

그 순간 마르셀이 손을 내밀었다.

"오! 잠깐만! 그렇다고 뤼스 같은 짓을 했다고 생각하면 안 돼! 우린 그저 생각을 주고받고, 책을 읽고 나서 같이 얘기하고, 그러니까 추억을 함께한 거야, 그냥 사소한 추억……."

"기숙사에서 흔히 벌어지는 일들이지……."

"그래, 그럴지도…… 우린 거의 매일 감미로운 편지를 주고받았어. 그런데 어느 날……."

"내가 생각하는 그 일이 일어났군!"

"맞아, 아빠가 편지 한 통을 훔쳐갔어."

"훔치진 않았을 것 같은데……."

"그래, 아빠 말로는 바닥에 떨어진 걸 주웠다고 했어. 하지만 다른 사람이라면 그 편지를 보더라도 아빠처럼 그렇게 화내지 않고 그냥…… 순수한 문학이라고 생각했을 거야. 그런데 아빠는 그러지 않았다고! 미친 듯이 화를 냈고, 그러면서, 지금도 그때 생각만 하면 나는 무슨 짓이든 할 수 있을 것 같아, 그래, 내 뺨을 때렸어! 그러고는 곧장 학교로 달려가서, 아빠 말을 그대로 옮기자면 쑥대밭을 만들어 놓고 왔지."

"그래서 학교에서…… 쫓겨난 거야?"

"그랬으면 괜찮게? 아냐, 내가 아니라 샤를리가 쫓겨났어. 어떻게 그럴 수가 있지? 하기야 안 그랬으면 어차피 신문에 떠들어서 쑥대밭을 만들었겠지…… 아빠는 그러고도 남을 사람이야."

뒷얘기가 궁금해진 나는 경탄하며 귀를 쫑긋 세웠다. 마르셀의 붉은 두 뺨, 시커먼 분노가 어른거리는 푸른 눈, 그리고 터져 나오려는 눈물을 참느라 양쪽 꼬리가 당겨져 파들거리는 입, 그 어떤 아름다운 소녀라 해도 마르셀만은 못할 것이다!

"편지는 아버지가 뺏어갔겠네?"

그가 성마르게 웃었다.

"그러고 싶었겠지. 하지만 나도 그냥 당하고만 있지는 않아. 아버지 서랍 열쇠를 찾아서 꺼내 왔어."

"오! 그럼 그 편지 보여 줘! 제발!"

마르셀은 본능적으로 손을 가슴 주머니로 가져다 댔다.

"그럴 수 없어. 지금 가지고 있지 않아."

"아니, 분명 가지고 있어. 마르셀, 이봐 마르셀, 계속 안 보여 주겠다는 건 날 못 믿는다는 뜻이야."

나는 최대한 아양을 떨 듯 상냥한 눈길을 보내며 슬며시 두 손을 뻗었다.

"뭘 뒤지겠다는 거야? 억지로 빼앗기라도 할 거야? 맙소사, 이런 여자애는 처음 봐! 하지 마, 클로딘! 내 손톱 부러지겠어. 알았어, 알았다고. 보여 줄게. 하지만 읽어 본 다음에는 잊어버려야 해, 알았지?"

"뤼스의 머리에 걸고 맹세할게!"

마르셀이 주머니에 있던 황제 녹색[93]의 여성스러운 카드 지갑에서 정성껏 접은 반투명의 얇은 종이를 꺼냈다. 깨알 같은 글씨가 쓰여 있었다.

이제 샤를리 곤잘레스의 문학을 음미해 보자.

안녕,

아우어바흐[94]의 이야기를 찾아서 서로 사랑하는 두 아이의

---

93 '크롬 옐로'와 '프러시안 블루'를 섞어 만들어지는 '크롬 (산화물) 녹색'의 별칭이다. 제2제정 때 가구 등에 즐겨 사용되어 붙은 이름이다.

94 베르톨트 아우어바흐(Berthold Auerbach, 1812-1882)는 『슈바르츠발트 숲 속 마을의 이야기』를 비롯하여 시골 생활을 낭만적으로 묘사한 소설로 대중적 인기를 얻은 독일 작가다.

우정이 묘사된 구절을 번역해 줄게. 나는 독일어도 프랑스어만큼 잘해. 그러니까 번역하는 건 전혀 힘든 일이 아니야. 힘들지 않아서 오히려 아쉬울 정도지. 내가 유일하게 사랑하는 너를 위해 뭔가를 힘들게 해 보고 싶은데.

오! 그래! 오직 너뿐이야! 나는 오직 너만을 사랑하고, 너만을 숭배해! 그런데 너는 항상 질투를 하고, 지금도 그렇지. 아니라고 말하지 마. 난 네 눈동자에 쓰인 걸 읽을 수 있어. 네가 보낸 편지의 행간도 마찬가지고. 짜증 섞인 문장, 그러니까 '4시하고 때 주위를 살필 겨를도 없이 깊은 얘기를 나누던, 컬진 머리가 너무 새카만 새 친구'에 대해 쓴 얘기를 눈치채지 못할 순 없지.

네가 새 친구라고 부르는 그 애를 사실 나는 잘 알지도 못해. '컬진 머리가 너무 새카만'(어째서 너무 새카맣지?) 그 애는 피렌체에서 왔고 이름이 주세페 보치야. 부모님이 그 애가 나쁜 친구들과 어울려 탈선하지 못하도록 우리의 유명한 철학 교사 B……의 집에 지내면서 학교에 다니도록 했대. 훌륭한 선견지명을 가진 부모지! 그 애 말로는 알프스 너머에서 크라프트에빙[95]이라는 사람이 '학생 시절의 우정'을 '애정 본능의 모방'이라고 정의하면서 재미있는 심리학적 연구를 발표했

---

95 리하르트 폰 크라프트에빙(Richard von Krafft-Ebing, 1840-1902)은 독일의 신경정신과 의사로, 『성적 정신병질(Psychopathia Sexualis)』 등의 저서를 통해 성의 정신병리학을 연구했다.

대. 이탈리아인, 독일인, 프랑스인, 모두 유물론자들이라 역겹고 헛소리나 해 대는 돌팔이들이잖아.

그 책에 재미있는 내용이 있어서 주세페가 나한테 빌려주기로 했어. 내가 먼저 부탁했지. 누굴 위해서겠어? 당연히 널 위해서야. 그런데 그것도 모르고 오히려 말도 안 되는 의심을 하다니…… 잘못했다는 걸 인정하지? 그러면 나를 안아 줘. 인정 못 한다면, 내가 널 안아 주지.

이미 수많은 책이 나왔어! 제아무리 나서서 떠벌어 봐야 이 매력적인, 그 무엇보다 복잡한 문제를 제대로 다루지는 못하지만…….

성(性)에 관한 나의 믿음과 종교를 다시 한번 담금질하기 위해 셰익스피어가 펨브로크 백작[96]에게 바친 격정적인 소네트들, 그리고 그에 못지않게 열렬한 사랑을 담아 미켈란젤로가 카발리에리[97]에게 바친 소네트들을 다시 읽었고, 몽테뉴,[98]

---

96 셰익스피어의 『소네트(Sonnets)』(1609)에는 'Mr. H. W.'에게 바치는 헌정시가 달려 있다. 3대 펨브로크 백작인 윌리엄 허버트(William Herbert, 1580-1630)는 당대 셰익스피어의 후원자 중 하나였다.

97 톰마소 데 카발리에리(Tommaso de Cavalieri, 1509-1587)는 이탈리아의 귀족인데, 미켈란젤로는 카발리에리를 사랑하여 그에게 바치는 시를 썼다.

98 미셸 드 몽테뉴(Michel de Montaigne, 1533-1592)는 『수상록(Essais)』의 작가로, 판사이자 작가인 친구 라 보에시(La Boétie)와 깊은 우정을 나누었다.

테니슨,[99] 바그너,[100] 월트 휘트먼,[101] 그리고 카펜터[102]의 구절을 다시 읽으면서 힘을 얻었어.

이상하다! 조금 특별한 이 작가들의 명단을 분명 다른 어디에선가 읽은 적이 있다.

플라톤의 향연에 등장하는 젊은이들, 테바이 신성대[103]의 연인들, 아킬레우스와 파트로클로스,[104] 다몬과 파티아스,[105] 카

---

[99] 영국 빅토리아 시대의 시인 알프레드 테니슨(Alfred Tennyson, 1809-1892)은 형 찰스 테니슨과 각별한 사이였다.

[100] 리하르트 바그너, 그리고 바그너의 아들로 역시 작곡가인 지크프리트 바그너도 동성애자였다.

[101] 월트 휘트먼(Walt Whitman, 1979-1892)은『풀잎』으로 유명한 미국의 시인으로 성과 동성애를 다룬 작품들을 썼다.

[102] 에드워드 카펜터(Edward Carpenter, 1844-1929)는 영국의 시인, 철학자로 아나키스트적 사상을 주장했고, 동성애자들의 권익을 위해 노력했다.

[103] 고대 그리스 테바이의 보병 부대로, 150조 300명의 남성 연인으로 구성되었다.

[104] 아킬레우스의 연인으로, 트로이 전쟁에서 파트로클로스의 죽음에 분노한 아킬레우스는 전장에서 트로이의 사령관 헥토르를 죽인다.

[105] 기원전 4세기 시라쿠사에서 사형 집행을 앞둔 피티아스가 부모님께 작별 인사를 하러 가기를 원하자, 친구이던 다몬이 피티아스가 돌아오지 않으면 자신이 대신 사형당하겠다고 보증한 일화가 목숨을 건 우정의 상징으로 전해진다.

리톤[106]…… 전부 떠올려 보았어.

지겹다, 넘어가자! 정말 어처구니가 없다! 어디서 '여자와 함께 망하지 않은 남자들의 사전'이라도 찾아내서 베껴 놓은 게 분명하다!

사람들이 매력적인 미사여구를 동원해서 떠받드는 고대와 르네상스의 열정들, 그 용감하고 원기왕성한 사랑에 깊은 공감을 했지.

아! 아! 알았다! '매력적인 미사여구를 동원해서'라는 말을 보니 알겠다! 매력적인 샤를리는 『에스칼-비고르』[107]의 한 페이지를 그대로 베껴 놓은 것이다. 모지스라면 "야심가 청년이 제대로 에쿠드[108]인 척하고 있군요!"라고 말할 것이다. 내가 나서서 샤를리의 계집 연인 마르셀에게 알려 줄 위험은 없다. 그

---

106 2세기경의 그리스 작가로, '아프로디시아스의 카리톤'이라고 불렸다. 시라쿠사 출신의 두 젊은이 케레아스와 칼리로에가 그리스와 페르시아를 여행하는 이야기인 『케레아스와 칼리로에의 사랑』을 썼다.

107 1899년에 벨기에에서 출간된 소설로, 동성애를 다루면서 사회적으로 큰 파문을 일으켰다.

108 조르주 에쿠드(Georges Eekhoud, 1854-1927)는 벨기에의 작가로, 무정부주의자이고 동성애자였다.

래서 더 재미있다. 편지의 마지막 부분은 샤를리가 직접 쓴 것 같았다.

늘씬한 몸이 아름다운 나의 사랑스러운 아이, 부드럽고 유순한 나의 타나그라,[109] 파르르 떠는 너의 두 눈에 입을 맞출게. 도덕적으로 올바르지 못했던 내 과거를 널 위해 망설임 없이 제물로 바쳐 버렸다는 건 알고 있겠지? 그때의 타락한 호기심들이 이제는 증오스럽고 오래전 고통스러운 악몽으로까지 느껴져. 나에게 남은 것은 너의 애정뿐이고, 너의 애정만이 날 흥분시키고 내 마음에 불을 질러…….

쉿! 15분 안에 아벨라르의 개념론[110] 공부를 끝내야 해. 문제의 개념들이 아마도 아벨라르에게는 특수의 영역에 속했을 거야. 거세된 자였으니까.

몸과 마음을 바치면서.

---

109 그리스의 중부 타나그라에서 발견된 작은 테라코타 인물 인형들로, 이후 헬레니즘 시대에 소아시아와 유럽 전역으로 퍼져 나갔다.

110 피에르 아벨라르(Pierre Abélard, 1079-1142)는 중세 프랑스의 신학자이자 철학자다. 유명론과 실재론이 대립하던 중세 스콜라철학의 보편논쟁에서 아벨라르의 개념론은 인간 사고의 경험적 측면과 추상적 측면을 모두 중시함으로써 보편논쟁의 한계를 극복하고자 했다. 아벨라르는 또한 자신이 가르치다 사랑에 빠진 엘로이즈와 비극적 이야기로(엘로이즈 집안에 발각되면서 엘로이즈는 수녀원으로 가고, 아벨라르는 거세당한 채 수도원에서 죽는다.) 후대의 문학적이고 예술적인 영감의 원천이 되었다.

너의 샤를리가.

끝이다. 무슨 말을 해야 할지 모르겠다. 나는 남자아이들 사이의 이런 이야기, 뤼스가 잘 쓰던 말로 멍청한 남자애들이 서로 '꼬시는' 이야기가 왠지 두려웠다. 마르셀의 아버지가 못마땅해했다는 게 그리 놀랍지 않았다. 오! 계집애 같은 나의 조카가 구미를 당기게 만드는, 어쩌면 그보다 더 심한 매력을 지녔다는 것을 나도 잘 안다. 하지만 상대는? 마르셀이 그에게 입을 맞춘다고? 멋부린 말을 지어내고 남의 글이나 표절하는 샤를리한테? 하물며 그 시커먼 콧수염에? 누구라도 혐오감 없이 키스를 해 줄 수 있는 마르셀과는 다르지 않은가. 나는 편지를 돌려주기 전에 마르셀에게 경계의 눈빛을 던졌다. 하지만 마르셀은 나는 안중에도 없었다. 편지를 읽고 난 내 의견을 묻지도 않았다. 그저 한 손으로 턱을 감싼 채 혼자만의 생각에 빠져 있었다. 그런데 그 순간 마르셀의 모습이 그 아버지와 너무 똑같았다. 나는 갑자기 거북해졌고, 편지를 돌려주었다.

"뤼스에 비하면 샤를리가 글은 훨씬 잘 쓰네."

"그렇지…… 그런데 이토록 섬세한 샤를리를 그렇게 바보같이 모질게 쫓아냈다는 사실이 화나지 않아?"

"화난다는 말은 별로 안 맞아. 그보다는, 놀라워. 그러니까…… 이 세상에 마르셀은 단 한 명밖에 없겠지만, 샤를리는 다른 학교에 또 있을 테니까."

"다른 샤를리라니! 이봐, 클로딘! 지금 샤를리를 그런 더러운 애들하고…… 맙소사, 마실 것 좀 줘! 루쿰도 하나 주고! 생각만 해도 열이 나는 것 같아!"

샤를리는 자그마한 파란색 아마 손수건을 꺼내 땀을 닦았다. 그리고 내가 상냥한 표정으로 건네주는 차가운 그로그를 받느라 카드 지갑을 버드나무 테이블에 내려놓았다. 그는 여전히 떨리는 몸을 추스르며 뒤로 기대앉아 그로그를 마셨고, 장미 향이 첨가된 루쿰을 빨고 짭짤한 과자를 깨물었다. 그러고는 소중한 샤를리의 추억에 빠져들었다. 나는 눈앞에 놓인 녹색의 카드 지갑에 다른 어떤 편지들이 들어 있을까 호기심으로 달아올라 당장이라도 비명이 터져 나올 만큼 안절부절못했다. 원래 나는 원하는 게 생기면 훔쳐서라도 갖고 싶은 추하고 과격한 탐욕을 느낀다. (다행히도 자주 그러는 건 아니다.) 몰래 뒤지다가 마르셀한테 들키면 경멸당해도 할 말이 없고, 실제 마르셀은 그렇게 할 것이다. 하지만 그러면서도 학교에서 배운 이야기들에 나오는 것과 달리 수치심 따위는 느껴지지 않았다. 어쩌겠는가! 카드 지갑은 지금 나를 유혹하고 있다! 결국 나는 그 위에 아무렇지도 않은 척 과자 접시를 올려놓았다. 되면 되고 아니면 말고!

그사이 마르셀이 추억에서 깨어났다.

"클로딘, 할머니는 네가 사회성이 부족하다고 생각하셔."

"맞는 얘기잖아. 나도 알아…… 그래도 고모한테 말을 잘 못하겠어. 하는 수 없지 뭐. 어차피 나는 고모를 잘 알지도 못하는데……."

"그건 중요하지 않아…… 이런! 팡셰트 몸매가 변한 것 좀 봐!"

"그런 말 하지 마! 우리 팡셰트는 여전히 아름다워! 그리고 참, 팡셰트는 너희 아버지를 좋아해."

"그렇겠지…… 원래 누구에게나 호감을 주니까!"

마르셀이 일어섰다. 그런 다음 손수건을 왼쪽 주머니에 넣었고…… 그래…… 좋아! 지갑 생각은 못 한다. 어서, 빨리 나가렴! 한순간, 학교에서 호기심을 주체하지 못한 내가 아나이스의 연애편지를 빼앗아 난롯불에 던져 버리자 아나이스가 반쯤 타 버린 그 편지를 꺼내느라 난롯불에 손을 넣던 때가 떠올랐다. 그래도 조금도 후회하지 않았다. 하물며 마르셀은 자기 아버지한테 해서는 안 될 말까지 하지 않았는가. 아주 나쁜 아들이다!

"벌써 가려고?"

"응, 가야 해. 정말 가기 싫지만…… 너는 그동안 내가 꼭 갖고 싶었던, 내 속마음을 털어놓을 수 있는 그런 친구야. 여자로 거의 안 느껴져!"

더없이 상냥한 대화였다! 나는 문을 제대로 잠그기 위해 마르셀을 계단까지 배웅했다. 혹시라도 도중에 깨달은 마르셀이 우리 집으로 다시 올라올 경우 초인종을 누르게 할 필요가 있었기 때문이다.

빨리! 어서 카드 지갑으로! 냄새가 좋았다. 샤를리의 향수일 것이다.

지갑 한쪽 칸에 샤를리의 사진이 들어 있었다. 이마에 고대풍의 가는 띠를 두르고 어깨를 드러낸 상반신 명함판 사진이었다. 그 위에 12월 28일이라는 날짜가 쓰여 있었다. 달력을 확인해 보자. 12월 28일은 죄 없는 아기순교자들 축일[111]이다. 공교롭기도 하지!

쪽지 몇 장, 멋부려 휘갈겨 쓴 글씨체, 약속을 정하거나 미루는 내용이었다. 전보도 있었다. 보낸 사람은…… 쥘! 어! 이게 뭐지? 아나이스가 알면 놀라 헐떡일 것이다. 그리고 전보에 같이 들어 있는 여자 사진…… 누구지? 무척이나 날씬하고 엉덩이 곡선이 부드럽다. 깊이 파인 가슴에 반짝이 레이스가 달린 드레스…… 사진 속 여자는 손가락을 입술에 대고 누군가에게 키스를 보내고 있다. 그리고 사진 밑에 쓰여 있는 이름은…… 역시 쥘이었다! 이럴 수가! 여자가 아니라 남자란 말인가? 가만, 가만! 나는 두 눈을 부릅떴고, 뛰어가서 아빠가 쓰는

---

111 헤롯 왕이 아기 예수를 죽이기 위해 베들레헴의 영아들을 학살했는데, 그때 순교된 아이들을 기리는 축일이다.

확대경을 가져와서 확인하기 시작했다. 어쩌면 쥘의 손목이 조금 튼튼한 것 같기도 했지만, 그 정도 되는 여자들은 많다. 마리 벨롬의 손목과 비교해도 그리 놀랍지 않을 정도였다. 엉덩이, 둥근 어깨 역시 남자일 수가 없었다. 하지만, 하지만…… 귀 아래쪽 목의 근육 때문에 망설여졌다. 그렇다. 목은 분명 젊은 남자다. 정말 그랬다…… 그렇다! 계속 더 뒤져 보자.

요리사들이 쓰는 종이에, 요리사의 문체로, 요리사의 철자법으로 쓰인 쪽지가 있었는데, 그 내용은 읽어 봐도 오리무중이었다.

내 의견을 말하자면, 나는 네가 트라베르시에르거리에 안 갔으면 좋겠어. 하지만 나하고 같이 레옹의 집에 가는 건 하나도 안 위험해. 거긴 유익한 곳이니까. 내가 전에 말한 식당 근처고, 거기에는 만나 볼 가치가 있는 사람들, 메드라노[112]의 어린 곡마사들, 이하 등등 많아. 에른스틴과 샤랑손 쪽은 조심해! 빅토린이 벌써 군대 추첨[113]을 하지는 않았을 거야. 라피트거리, 할머니한테 그 집이 안전하다는 얘기는 이미 들었지?

---

112 프랑스의 곡예사 제롬 메드라노(Jérôme Médrano, 1849-1912)가 세운 곡예단으로, 현재까지 프랑스를 대표하는 곡예단으로 꼽힌다.

113 프랑스는 대혁명 이후 징병제를 실시한 뒤, 19세기에는 추첨을 통해 필요한 인원을 선발하거나 복무 기간을 결정하기도 했다.

이게 다 무슨 소리인가! 샤를리가 마르셀을 위해 제물로 바쳤다고 말한 게 바로 이런 무리의 인간이었다니! 그래 놓고 생색을 내다니! 무엇보다 경악스러웠던 것은, 추잡한 인간들과 곡마사들과 어울리고 남은 찌꺼기 애정을 나의 조카가 아무렇지도 않게 받아들였다는 사실이다. 분명 샤를리는 지나치게 상냥한 쥘(사진을 보면 정말 입을 다물 수 없다!)한테 염증이 난 터에 새롭게 등장한 마르셀에게 끌렸을 것이다. 그동안 겪어 보지 못한 감정을 불러일으켰을 테고, 도덕적 불안감을 부수는 것 역시 감미로웠으리라…….

나는 샤를리가 혐오스러웠다. 마르셀의 아버지가 나서서 샤를리를 부알로고등학교에서 쫓아낸 것은 진정 잘한 일이었다. 피부 색깔이 그렇게 짙은 걸 보면, 분명 가슴에도 털이 나 있을 테지…….

"멜리! 빨리 와 봐! 지금 당장 쾨르 고모네 다녀와! 승합마차를 타고 가! 이것 좀 마르셀한테 가져다줘. 내가 주는 편지하고 같이. 1층 관리인한테 맡기지 말고 꼭 직접 전해야 해!"

"편지라, 좋지! 걱정 말고 있어, 꼭 위에까지 올라갈 테니까! 우리 클로딘은 참 착하기도 하지. 걱정 말고 기다려. 내가 꼭 전해 줄 테니까. 쏜살같이 다녀올게!"

멜리는 믿을 수 있다. 멜리는 지금 내가 드디어 용기를 내는 줄 알고 흥분해서 헌신하려는 것이다. 그냥 두자. 너무 좋아하지 않는가.

내가 보기에도 팡셰트의 몸은 우스꽝스러워졌다. 안 입는 내 면벨벳 실내복을 잘라서 파리식 바구니 안에 깔아 주었더니 팡셰트는 거부하지 않았다. 오히려 헝겊 조각을 힘껏 문질렀고, 발톱으로 긁었고, 둥글게 말아 배 밑에 따뜻하게 품고는 태어날 새끼들을 생각하며 계속 핥아 댔다. 젖이 탱탱하게 부풀어 올라 아픈 것 같았고, 미친 듯이 응석을 떨기도 했다.

잠시 후 돌아온 멜리가 화색 가득한 얼굴로 마르셀의 전갈을 전해 주었다. 카드 지갑을 돌려준 데 대한 감사 인사였다.

고마워, 카드 지갑이 너한테 있다는 걸 알고 걱정하지 않았어. (당연히 안 해야지!) 진심으로 고마워, 사려 깊은 클로딘.

사려 깊은 클로딘. 비꼬는 말이기도 했고 다른 사람한테 말하지 말라는 당부이기도 했다.

아빠는 마리아 씨와 작업 중이었다. 말인즉, 불쌍한 젊은 학자를 혹사시키고 있었다. 그러니까 책을 전부 다시 정리하게 시킨 것이다. 우선 아빠가 마구 욕설을 내뱉으면서 직접 못질을 해서 서재 벽에 18절판 제쥐[114] 크기의 책들을 위한 선반 열

---

114 '예수'를 뜻하는 '제쥐(Jésus)'라는 종이는 56×76센티미터의 대형지다.

두 개를 달았다. 대단한 작업이었다! 문제는 아빠가 선반 사이의 간격을 잘못 맞추는 바람에 온유하고 헌신적인 마리아 씨가 마침내 책을 정리할 순간이 왔을 때 1센티미터씩 부족해서 책을 세울 수 없었던 것이다. 결국 하나만 남기고 선반을 전부 도로 떼어 내야 했다. 아빠의 입에서 "이런 빌어먹을", "제기랄!" 같은 욕이 계속 튀어나왔다. 나는 재앙을 지켜보며 지겨워서 몸을 꼬았다. 하지만 마리아 씨는 놀랍도록 강한 인내심을 지닌 사람이었다. 그가 한 말이라고는 "아! 괜찮아요! 선반 열한 개 사이를 조금 더 벌리면 돼요!"가 전부였다.

오늘 르노가 크림 초콜릿 한 봉지와 편지를 보내왔다.

나의 아가씨, 이 늙은 아저씨가 오늘부터 자리를 좀 비우게 됐어. 나 대신 초콜릿을 보내니 너무 속상해하지는 말길. 일 때문에 여드레에서 열흘 정도 출장을 떠나야 해. 다녀와서 환기 잘 안 되고 쾌락을 즐길 수 있는 장소를 더 찾아보도록 하지. 마르셀을 부탁할게. 진심으로 말하는데, 마르셀이 우리 아가씨를 알게 돼서 참 다행이야. 그럼 이만, 가녀린 그 손목에 입을 맞추면서.

뭐라고? 진심으로 말하는데, 정말 나는 초콜릿보다 르노가 있는 게 더 좋다. 물론 르노도 있고 초콜릿도 있는 게 더 좋지만 말이다. 어쨌든 초콜릿은 더없이 맛있었다. 뤼스라면 반 봉지를 얻기 위해 몸이라도 팔았을 그런 맛이었다. 잠깐! 기다려, 팡셰트! 당장 그만두지 않으면 혼날 줄 알아! 팡셰트는 초콜릿 봉지가 벌어진 틈으로 깊숙이 스푼처럼 생긴 한 발을 너무도 능숙하게 밀어 넣고 있었다. 하지만 어차피 내가 새 펜촉을 스푼 삼아 크림을 떠내고 나면 팡셰트한테는 초콜릿 부스러기밖에 떨어지지 않을 것이다.

이틀 동안 마르셀을 보지 못했다. 게으름을 피우느라 빌렐민 고모를 한 번도 보지 못한 게 마음에 걸리기도 해서 오늘은 찾아가 보기로 했다. 기분이 그다지 좋지는 않았지만, 옷차림은 꽤 마음에 들었다. 새로 맞춘 부풀지 않는 치마가 좋았고, 내 피부를 오렌지색 톤으로 보이게 하는 연청색 제퍼[115] 블라우스가 좋았다. 집을 나서는 내게 아빠가 엄숙하게 말했다.

"고모한테 가서 꼭 전하렴. 아빠가 눈코 뜰 새 없이 바쁘다고. 1분도 시간을 낼 수 없으니 집에 찾아와서 귀찮게 할 생각하지 말라고! 참, 혹시라도 어린 너한테까지 추근거리는 놈이 있거든 그 면상에 제대로 주먹을 날려 버리렴!"

---

115 부드럽고 얇은 모직물.

아빠의 현명한 충고를 새긴 나는 성실하지만 냄새 나는 팡테옹-쿠르셀 승합마차에서 잠이 들었다. 자그마치 45분 동안 잤다. 종점인 페레르 광장에 가서야 깨어났다. 이런! 나는 왜 이런 멍청한 짓을 이렇게 자주 하는 걸까? 바그람대로까지 다시 걸어와야 했다. 고모 집에서 퉁명스러운 하녀가 내 짧은 머리카락을 꼴사나워 하는 눈길로 쳐다보면서 "마담께서는 막 외출하셨습니다."라고 알려 주었다. 이런 행운이라니! 정말 다행이다! 나는 주저 없이 승강기 대신 계단으로 달려 내려왔다.

나는 몽소 공원[116]으로 갔다. 물 분사기가 뿜어내는 물안개가 베일처럼 보드라운 잔디를 덮고 있는 그곳이 마치 먹기 좋은 음식처럼 나를 끌어당겼다. 뤽상부르 공원보다 아이들도 적었다. 그래서 더 좋았다. 하지만 마룻바닥을 쓸 듯이 저렇게 잔디에 비질을 하다니! 상관없다. 어쨌든 싱그러운 나무가 보여서 좋았고, 햇볕에 덥혀진 습기를 들이마시니 기분이 몽롱해졌다. 이곳 파리는 정말 끔찍하게 덥다. 하지만 저기 나뭇잎 바스락거리는 소리, 아! 감미로운 소리!

나는 벤치에 앉았다. 하지만 수염과 머리카락을 브러시 질로 염색한 늙은 남자 하나가 내 치마 끝을 깔고 앉아서 자꾸 팔꿈치로 미는 바람에 짜증이 났다. 나는 일어나서 추잡한 퇴물이 없는 다른 벤치로 우아하게 걸어가서 앉았다. 그러자 이

---

116 파리 8구 쿠르셀대로 북쪽에 위치한 공원.

번에는 한 발로 껑충거리며 납작한 돌을 발로 차던 전보배달부 소년이 (일 안 하고 왜 저러고 다닐까?) 나를 빤히 쳐다보면서 외쳤다. "이봐! 그것 참 못생겼네! 내 침대에 가서 숨을래?" 아무튼, 사막은 아니지만 더웠다. 아! 프로돈 숲 그늘에 앉아 있으면 얼마나 좋을까! 나는 나무에 기대 졸음에 빠졌다. 떨어지는 살수기의 물줄기가 아주까리의 커다란 잎사귀를 두드리는 소리가 자장가처럼 들렸다.

더워도 너무 더웠다. 정신이 멍했다. 상냥한 부인 하나가 종종걸음으로 지나갔다. 다리가 너무 짧다. 사실 파리에서는 거리의 여자 중 4분의 3이 굽 높은 신발을 신었다. 르노는 왜 그러는 걸까, 우습다. 자기를 좋아하게 만들어 놓고 이렇게 두고 가 버리다니. 르노…… 르노의 눈은 가장자리에 주름이 생기기 시작했지만 그래도 젊다. 무언가를 말할 때 내 쪽으로 몸을 살짝 기울이는 것도 좋고, 콧수염은 색조가 늙어 가는 금발 여자들의 머릿결처럼 매력적이다. 일 때문에 출장을 간다고? 일 때문이 아니면 다른 이유가 있겠지. 사람 보는 눈이 있는 멜리에게 르노가 어떤 사람 같으냐고 물었을 때, 이렇게 대답했다. "말쑥하지. 어디서든 먹힐 거야."

자기는 의무를 중요하게 생각하는 사람이라고 하지만, 지금쯤 아마도 여자들과 돌아다니고 있을 것이다. 어떻게 그럴 수가!

저기 지나가는 저 여자…… 스커트가 참 예쁘다. 걸음걸이가…… 눈에 익다. 그리고 저 동그란 뺨, 햇빛 속에 은빛으로 빛나는 가느다란 솜털…… 내가 아는 뺨이다. 윤곽이 흐릿한 저 코, 조금 높은 저 광대뼈…… 나는 가슴이 쿵쾅거렸다. 벌떡 일어나 그쪽으로 달려가며 온 힘을 다해 불렀다.

"뤼스!"

믿을 수 없었다. 정말 뤼스였다! 금세 겁을 집어먹고 움츠러드는 모습이 뤼스가 분명했다. 내가 큰 소리로 이름을 부르자 순간적으로 몸을 뒤로 빼고 팔꿈치로 눈을 가린 것이다. 흥분이 가시자 미친 듯이 웃음이 터졌다. 나는 그대로 달려가 뤼스의 두 팔을 붙잡았다. 두 눈이 관자놀이를 향해 찢어진 뤼스의 얼굴이 귀까지 빨개졌고, 갑자기 창백해졌다가, 마침내 깊은 한숨을 내쉬었다.

"아, 너였구나! 정말 다행이야!"

나는 여전히 뤼스의 팔을 잡고 있었고, 여전히 놀라움이 가시지 않았다. 뤼스를 어떻게 알아볼 수 있었을까? 몽티니에서는 검은색 서지[117]로 된 학생복을 입고 끝이 뾰족한 나막신 혹은 끈 달린 튼튼한 구두를 신고 다녔고, 빨간 후드 말고 제대로 된 모자를 쓴 적이 없던 뤼스였는데! 주중에는 머리를 땋았다가 일요일에는 묶고 있는 뤼스 말고는 본 적이 없었는데! 그

---

117 꼬임수가 많고 조직이 치밀하여 내구성이 좋은 직물로, 모직 혼방으로 많이 만들었다.

런데 그런 뤼스가 마보다 훨씬 좋은, 흰 실로 박음질한 검정색 나사(羅紗) 치마를 입고 있다니! 보드라운 연분홍색 실크 블라우스 위에 볼레로[118]를 걸쳤고, 접어 올린 테 위로 장미꽃 다발이 장식된 커다란 말총 모자는 한눈에 보아도 싸구려 가게에서 산 것이 아니었다. 전체적으로 어울리지 않는 구석이 있기는 하지만 별로 두드러지지는 않았다. 그러니까 아직 서툴러서 코르셋이 제대로 휘지 않아 뻣뻣했고, 머리카락은 딱 달라붙고 반들거렸다. 장갑도 너무 꽉 낀다. 장갑 사이즈가 5.5인데, 지금 낀 것은 5 사이즈일 것이다.

어떻게 뤼스가 저렇게 호화로운 옷을 입은 걸까? 답은 뻔하다! 돈을 벌기 위해 해서는 안 될 짓을 했을 것이다. 그렇지만 화장 파우더도 안 바르고 입술 루즈도 안 칠한 뤼스는 여전히 상큼하고 젊었다!

그렇게 우리가 놀란 눈으로 마주 보고 말없이 쳐다보기만 하는 광경은 정말 볼 만했을 것이다. 마침내 뤼스가 먼저 입을 열었다.

"머리 잘랐네!"

"응, 밉지?"

뤼스는 여전히 다정했다.

"아니야. 네가 어떻게 미워? 키가 좀 큰 것 같네! 너 지금 참

118　여성용 짧은 재킷.

몽소 공원

우아해. 그런데 넌 이제 날 사랑하지 않지? 하기야 이전에도 별로 사랑한 건 아니지만!"

뤼스의 말에는 몽티니 사투리 억양이 여전히 남아 있었다. 나는 그 억양에 마음을 빼앗겼다. 그리고 살짝 끄는 듯한 부드러운 뤼스의 목소리에 귀를 쫑긋 세웠다. 그녀의 초록빛 눈동자는 내가 바라보는 동안에만 열 번 가까이 빛깔이 바뀌었다.

"어떻게 된 거야? 왜 여기 있어? 어떻게 이렇게 아름다워졌고? 모자 정말 예쁜데? 조금만 앞으로 써. 혼자 온 거 아니지? 언니도 파리에 왔어?"

뤼스가 사악한 표정으로 미소를 지었다.

"아니, 언니는 안 왔어! 다 버리고 왔어. 얘기가 길어. 다 말해 줄게. 소설 같은 이야기야!"

뤼스의 말에 엄청난 자부심이 묻어났다. 더 이상 참을 수가 없었다.

"그러니까 말해 보라고! 오후 내내 들어 줄 수 있으니까!"

"다행이다! 우리 집에 갈래? 가자, 클로딘!"

"좋아. 하지만 조건이 있어. 집에 아무도 없어야 해."

"아무도 없어. 자, 어서 가자. 바로 옆이야, 쿠르셀거리."

따라가는 내내 나는 머릿속이 뒤죽박죽인 채 계속 곁눈질로 뤼스를 살폈다. 뤼스는 아직 긴 치마를 들어 올리고 걷는 법을 잘 몰랐고, 모자가 떨어질까 봐 불안한지 고개를 앞으로 조금 내밀었다. 오! 몽티니에서 무릎까지 오는 치마를 입고 땅은 머리가 반쯤 흐트러진 채 가녀린 발이 나막신 밖으로 나와 있던 뤼스가 훨씬 더 감동적이고 특별했는데! 그렇다고 지금 미워졌다는 말은 아니다! 지나가던 남자들이 뤼스의 상큼한 매력과 야릇하게 변하는 눈 빛깔에 끌려 자꾸 힐끗거렸다. 뤼스도 그것을 알고 있었다. 그녀는 지나가는 길에 마주친 못생긴 남자들 모두에게 너그러운 눈길을 던졌다. 어떻게 이런 일이! 세상에! 어떻게 이런 일이! 나는 꿈속을 걷고 있는 기분이었다.

"내 양산, 여기 크리스털 손잡이 좀 봐. 50프랑이나 냈어."

"누가 냈는데?"

"다 말해 줄게, 좀 기다려. 처음부터 얘기해야지."

나는 뤼스의 사투리 억양이 너무 좋았다. 화려한 신식 옷과 대조를 이루니 시골 억양이 더욱 두드러졌다! 나의 조카 마르셀이 어째서 그렇게 신이 나서 달려들었는지 이해가 갔다.

우리는 육중한 흰색 조각상들과 발코니들로 장식된 새 건물 안으로 들어섰다. 뤼스는 겁먹은 듯 조심스럽게 승강기 버튼을 눌렀고, 사방에 거울이 달린 커다란 승강기가 우리를 태우고 올라갔다.

뤼스는 나를 어디로 데려가는 걸까?

맨 꼭대기 층에 내린 뒤 뤼스가 초인종을 눌렀다. 아파트 열쇠가 없다는 뜻인가? 영국식 복장의 퉁명스러운 하녀가 나왔고, 우리는 그 앞을 재빨리 지나쳤다. 하녀의 자그마한 흰색 모슬린 앞치마가 흡사 끈에 작은 사각형 에스파르트[119] 천을 둘러 허리에 걸치는 흑인들 옷처럼 우스꽝스러웠다.

뤼스는 응접실 문 하나를 열어 젖혔고 나는 그 뒤를 따라서 벽은 하얗고 바닥에는 짙은 초록색 양탄자가 깔린 복도를 지났다. 잠시 후 뤼스가 또 다른 문을 열더니 안으로 들어서자마자 문을 잠그고 내 품에 달려들었다.

나는 이전에 몽티니에서 휘둘렀던 나의 권위를 되찾으려 애썼다.

"뤼스! 맞고 싶어?"

하지만 뤼스가 나를 꽉 붙잡고는 코를 내 귀 아래쪽 목에 틀어박고 있었기 때문에 움직이기 힘들었다. 뤼스는 고개를 들었지만, 복종하는 노예의 더없이 행복한 표정으로 팔은 여전히 나를 잡고 있었다.

"응, 좋아! 나 좀 때려 줘!"

그럴 마음이 들지 않았다. 아직은 아니었다. 400프랑짜리 옷에 대고 주먹질을 하고 예쁜 장미꽃 다발이 달린 모자를 납작하게 만들 수는 없지 않은가. 차라리 손을 할퀴어 줄까? 그래, 좋다…… 하지만 뤼스는 아직 장갑을 벗지 않았다.

"클로딘! 오! 이제는 날 사랑하지 않는 거야?"

"네가 사랑해 달란다고 무조건 사랑할 수 있는 건 아냐! 지

---

119 벼과에 속하는 억색 풀들로 만든 섬유.

금 내 앞에 있는 게 누군지는 알아야 할 거 아냐! 그 블라우스
가 저절로 네 몸에 입혀졌어? 아니잖아! 이 아파트는? 그래,
꺽다리 아나이스가 덜 익은 포도를 씹는 것 같은 목소리로 부
르던 노래 그대로야. '여긴 어딜까? 마법일까? 난 지금 마법의
꿈속에 있는 걸까?'"

"여기는 내 방이야."

뤼스는 부드러운 목소리로 대답한 뒤, 감탄하며 방을 살피
는 나를 두고 잠시 뒤로 물러섰다.

뤼스의 방은 무척 사치스러웠지만 나쁘지는 않았다. 제법
잘 꾸며진 방이었다. 애석하게도 흰색 에나멜이 보이기는 했
지만, 그래도 의자와 벽은 조개껍질 무늬가 있는 연녹색 벨벳
으로 덮여 있었다. 아마도 위트레흐트 벨벳[120]의 모조품일 무
늬가 눈을 즐겁게 하고 방 전체에 생기를 불어넣었다. 그리고
침대! 세상에, 어찌나 큰지, 두 팔을 벌려 폭을 재어 보지 않을
수 없었다. 1미터 50센티미터가 넘네요, 마님. 정말로 1미터
50센티미터가 넘었다. 최소한 세 명은 누울 수 있었다. 두 개
의 창문에는 아름다운 연녹색 다마스크 커튼이 드리워져 있
었고, 거울 세 개가 달린 옷장도 있고, 천장에는 작은 샹들리
에가 매달려 있었다. (좀 멍청해 보이기는 했다.) 그리고 벽난

---

120 네덜란드의 위트레흐트를 중심으로 생산된 벨벳의 한 종류. 거친 모헤어
가 촘촘히 돋게 짠 것으로, 의자 싸개 등의 재료로 사용된다.

로 곁에는 흰색과 노란색 줄무늬가 있는 안락의자가 있었다. 맙소사! 그리고 또 뭐가 있지?

"뤼스! 이게 다 명예를 더럽히고 얻은 대가인 거야? 잘 알지? 우리가 읽던 교훈집에 따르면 이런 건 전부 입안에 재 맛을 남기는 가짜 열매라는 거?"

뤼스는 내 말에 대답하지 않고 계속 나아갔다.

"아직 볼 거 많아! 여기 좀 봐!"

그러더니 작은 꽃다발 무늬가 여러 개 조각된 문 하나를 열었다.

"화장실이야."

"고마워. 말 안 해 줬으면 마드무아젤 세르장의 기도실인 줄 알았겠어."

바닥도 벽도 모두 타일로 된 화장실은 마치 베네치아처럼 수많은(셀 수 없이 많았다!) 불빛으로 반짝거렸다. 세상에 이럴 수가! 욕조는 코끼리라도 들어가 앉을 만큼 컸다. 그러고도 바르 연못만큼 깊은, 뒤집을 수도 있는 목욕통이 두 개 있었다. 거울이 있는 쪽은 어마어마하게 비싼 황금빛 자개로 장식되어 있었다. 뤼스는 길쭉한 의자처럼 이상하게 생긴 흰색 통으로 달려가서는 마치 뚜껑을 열 듯 위에 놓인 황금색 쿠션을 들어 올렸다. 변기였다.

"순은이야."

"이게 뭐야? 앉으면 엉덩이 시리겠네! 안에 네 문장(紋章)

이 새겨져 있진 않고? 자, 이제 다 말해 봐. 아니면 나 당장 나갈 거야."

"그리고 조명도 전기로 해. 난 혹시라도 사고가 날까 봐 무서운데…… 불통이 튀든 아무튼 뭔가 치명적인 일이 일어나면 어떡해. (몽티니에서 물리 시간에 전기를 배울 때 우리 언니가 엄청나게 겁을 줬잖아.) 그래서 밤에 혼자 있을 때는 그냥 석유 등잔을 켜. 내 슈미즈도 보여 줄게! 실크가 여섯 벌 있어. 핑크색 리본이 달린 제정 시대 스타일의 슈미즈도 있고. 속바지도 똑같이……."

"속바지가 제정 시대 스타일이라고?…… 그때는 속바지가 유행하지 않았을 텐데……."

"아냐, 내 말이 맞아. 속옷 파는 여자가 그랬어. 전부 그때 스타일이라고! 그리고……."

뤼스의 얼굴이 반짝거렸다. 그녀는 긴 치마를 제대로 주체하지 못하는 걸음걸이로 이 옷장에서 저 옷장으로 폴짝거리며 뛰어다녔다. 그러다 갑자기 사각거리는 페티코트를 들어 올리더니 황홀한 표정으로 속삭였다.

"클로딘, 이것 봐! 나 실크 스타킹도 있어!"

실크 스타킹을 신다니! 분명 위에까지 올라가는, 긴 실크 스타킹이었다! 내가 아는 다리, 경이롭도록 아름다운 다리.

"만져 봐, 정말 보드라워!"

"알았어, 알았다고. 자, 이제 정말 마지막이야. 네가 제대로 말 안 해 주고 계속 그렇게 헛소리만 떠들어 대면, 나 정말 갈 거야."

"알았어, 이제 좀 앉자. 여기, 이 안락의자에 편하게 앉아. 그리고 블라인드 내릴 동안만 기다려. 햇빛 좀 가리게."

뤼스의 입에서 나오는 사투리 억양은 더없이 우스꽝스러웠다. 그러면서 저렇게 핑크빛 블라우스에 흠잡을 데 없는 치마를 차려입고 있으니, 흡사 오페라 코미크[121]의 한 장면 같았다.

"뭐 좀 마실까? 로제 와인 두 병은 늘 준비되어 있어. 그걸 마시면 빈혈이 안 생긴다고 했어."

"누가? 누가 그래? 남자야? 그래, 나도 다 알아야겠어. 너를 홀린 남자의 사진부터 가져와 봐!"

뤼스가 나갔다가 액자 하나를 들고 들어왔다. 그러고는 기운 없는 목소리로 말했다.

"여기 있어."

세상에! 어쩌면 이리도 못생겼을까! 예순 살 정도, 아니 어쩌면 그보다 더 들어 보이는 뚱뚱한 남자였다. 머리는 거의 다 벗겨지고, 표정은 멍청하고, 그레이트데인[122]처럼 늘어진 볼살, 송아지처럼 큰 눈! 나는 너무 놀라 뤼스를 멍하니 쳐다보

---

121 오페라의 한 장르로, 노래 부르는 부분과 연극처럼 대사를 주고받는 부분이 혼합되어 있는 희가극이다.

122 독일의 사냥견.

았고, 뤼스는 말없이 바닥 양탄자를 내려다보며 발끝을 움직였다.

"자, 다 얘기해 봐. 생각했던 것보다 더 재미있을 것 같네."

블라인드를 내린 탓에 황금빛 그늘이 내려앉은 방에서 바닥에 쿠션을 깔고 내 발치에 앉은 뤼스가 깍지 낀 두 손을 내 무릎에 얹었다. 나는 뤼스의 바뀐 머리 모양이 무척 거슬렸다. 저렇게 꼬불꼬불하게 말지는 말았어야 했다. 나는 모자를 벗어 들고는 눌린 머리가 좀 부풀어 오르도록 고개를 저었다. 뤼스가 미소를 지어 보였다.

"머리가 짧으니까 꼭 남자애 같아, 클로딘. 아주 예쁘게 생긴 남자애. 그런데 자세히 쳐다보면 여자야, 그래, 아주 예쁜 여자애!"

"그만해! 어떻게 된 건지 어서 얘기나 해! 지금까지 있었던 일을 작은 것 하나도 빼먹지 말고 다 얘기해! 서둘러! 아빠가 내가 길을 잃었거나 차사고 난 줄 알고 걱정할지 몰라."

"알았어. 그래, 병에서 회복된 네가 마침내 나한테 편지를 보냈을 때는 이미 두 여자가 나한테 할 수 있는 나쁜 짓은 몽땅 다 한 뒤였어. 그래, 다 말로 옮길 수 없을 정도로. 난 그냥 바보처럼 살았어. 언니가 날 맘대로 가지고 놀았다고. 둘이서 나한테 얼마나 심한 말을 퍼부어 댔는지……."

"에메하고 마드무아젤은 아직 잘 지내?"

"당연하지, 오히려 더해. 언니는 이제 방 청소도 안 하는걸.

마드무아젤이 하녀를 데려왔거든. 언니는 조금만 핑계가 생겨도 아프다면서 방에서 내려오지도 않아. 마드무아젤이 언니 수업까지 대신해 줄 정도야. 이게 다가 아녀. 어느 날 저녁에 정원에서 마드무아젤이랑 언니가 새로 온 남자 보조 교사 때문에 싸우는 소리를 들었어. 마드무아젤이 펄펄 뛰면서 '계속 그러면 내가 널 죽여 버릴 거야!'라고까지 했는데, 언니는 아무렇지도 않게 오히려 흘겨보면서 자지러지게 웃던걸. '정말 그럴 수 있어요? 나 죽고 나면 슬퍼서 어쩌려고요?' 이러면서. 마드무아젤이 눈물을 터뜨리면서 제발 자기를 괴롭게 만들지 말라고 애원하니까 그제야 언니가 그 목에 매달렸고, 그러고는 둘이 같이 올라갔어. 그 정도야 나도 익숙해진 일이고, 더 많아. 내가 도저히 참을 수 없는 건, 언니가 날 개 취급을 했다는 거야. 마드무아젤도 마찬가지고. 스타킹과 양말이 필요하다고 했더니 언니가 날 방에서 내쫓으며 뭐랬는지 알아? '스타킹 발쪽에 구멍이 났거든 꿰매서 써. 위쪽에 난 건 밖에서 안 보이니까 상관없고.' 옷도 마찬가지야. 빌어먹을 언니라는 게 뻔뻔스럽게도 나한테 소매 밑이 다 해져서 입지도 못할 옷을 주는 거야. 정말 입을 옷이 없어서 종일 울었어, 차라리 얻어맞는 거라면 참을 수 있지! 집에 편지도 보내 봤어. 그래 봤자 너도 알다시피 우리 집에 돈이 있을 턱이 없잖아. 엄마가 답장에 뭐랬는지 알아? '언니하고 알아서 해. 너 때문에 이미 돈을 너무 많이 썼어. 우리 돼지가 병으로 죽었고, 지난달에는 네 동생 쥘리 때문에 약국에 15프랑 빚을 졌어. 지금 집에는 먹고 죽을 돈도 없으니까, 혹시 배고프거든 주먹이라도 뜯어 먹어.'"

"계속해 봐."

"하루는 내가 그냥 언니를 겁주려고 집에 가겠다고 했는데, 언니가 코웃음 치면서 이러는 거야. '여기가 싫으면 집으로 돌아가. 나도 홀가분하고 좋지. 가서 거위나 치면서 살면 되겠네.' 그날 저녁도 못 먹고 잠도 못 잤어. 다음 날 오전에 수업 끝나고 식당으로 올라가는데, 언니 방 문이 살짝 열려 있고 벽난로 위 추시계 옆에(그 방에는 추시계까지 있어, 오! 정말 에메는 나쁜 년이야!) 지갑이 보이는 거야. 그 순간 정말 온몸에 피가 얼어붙은 기분이었어. 일단 달려가서 지갑을 챙겨들긴 했는데, 보나마나 내가 가져간 줄 알 테고 다 뒤질 테니까 어디 숨길 데가 없더라고. 모자는 이미 쓰고 있었으니까, 재빨리 옷을 챙겨 화장실로 내려가서 학생복을 벗어 놓고 나왔어. 아무도 안 마주쳤어. (다들 이미 식당에 올라갔으니까.) 그때부터 정말 미친 듯이 뛰었지. 파리로 가는 11시 39분 기차를 탈 생각이었거든. 막 떠나려는데 올라탔어. 정말 죽도록 뛰었지."

뤼스는 숨을 쉬느라 잠시 말을 멈추고 내 표정을 살폈다. 사실 나는 너무 놀랐다. 겁쟁이 뤼스가 그런 짓을 하다니, 꿈에도 생각하지 못한 일이었다.

"그래서? 그다음엔? 어서 말해 봐? 지갑 안에 얼마가 들어 있었는데?"

"23프랑. 파리에 오니 9프랑이 남았어. 3등칸을 탔을 거야. 참, 역에서 다들 나를 알잖아. 어딜 그렇게 뛰어가느냐고 묻는 라칼렝 영감님한테 이렇게 대답했어. '엄마가 아파요, 전보가 왔어요. 빨리 스망트랑에 가야 해요. 언니는 일 때문에 못 가요.' 그랬더니 안됐다고 위로해 주기까지 했어."

"파리에 와서는 어떻게 한 거야?"

"역에서 나와 그냥 걸었지. 사람들한테 마들렌[123]이 어디냐고 물어봤고."

"마들렌은 왜?

"말해 줄게. 삼촌이 있는데, 조금 전 사진에서 본 사람이야. 그 삼촌이 마들렌 근처 트롱셰거리에 산다는 걸 알았거든."

"엄마의 오빠야?"

"아냐, 아빠 쪽이야. 돈 많은 여자와 결혼했는데 그 여자가 죽었대. 삼촌이 번 돈도 많고. 당연히 그러고 나서는 고향에 남아 굶기를 밥 먹듯이 하는 가난뱅이 친척들과는 연을 끊었지. 그런데도 내가 주소를 알고 있었던 건, 삼촌 돈이 탐난 엄마가 해마다 설날이면 우리 형제 다섯 모두를 앉혀 놓고 꽃종이에 인사 편지를 쓰게 했거든. 물론 답장은 한 번도 없었지만. 그러니까…… 난 그냥 잠잘 곳이라도 얻을까 해서…… 가

---

123 파리 시내 8구에 위치해 있는 가톨릭 성당.

본 거야……."

"그냥 잠잘 곳이라고? 뤼스…… 정말 존경스러워…… 에메
보다 네가 백 배는 영악해! 아니 나보다도."

"영악하다고? 그 말은 안 맞아. 다른 방법이 없었단 말이야.
너무 배가 고팠어. 에메가 입다 준 낡은 옷에 학교에 쓰고 다
니던 그 검은색 모자가 전부였다고. 트롱셰거리의 아파트는
이곳보다 훨씬 커. 그 집에서 남자 하인이 나와서 나를 보더
니 퉁명스럽게 묻는 거야. '누굴 찾아왔죠?' 정말 창피하고, 울
고 싶었어. '삼촌을 만나러 왔어요.'라고 대답했더니 글쎄 대
답이 어땠는지 알아? '주인 나리께서 찾아오는 일가친척을 들
여 놓지 말라고 하셨습니다!'라나? 죽여 버리고 싶었어! 하는
수 없이 돌아서는데 뚱뚱한 남자 하나가 올라오고 있었어. 외
출에서 돌아오는 삼촌이었지. 그러니 물러설 수 없잖아! '이
름이 뭐지?' ― '뤼스예요.' ― '어머니가 보냈냐?' ― '아뇨,
저 혼자 결정한 거예요. 언니가 너무 괴롭혀서, 학교에서 도
망쳤어요.' ― '학교?' 삼촌이 내 팔을 잡고 안으로 들어가서
식탁에 앉혔어. '몇 살이지?' ― '열일곱 살하고 넉 달 지났어
요.' ― '열일곱? 그렇게 안 보이는데. 전혀 아니야. 이게 도대
체 무슨 일인지 모르겠구나! 자, 일단 앉거라, 그리고 어떻게
된 일인지 찬찬히 얘기해 보자꾸나.' 그래서 그 자리에서 다
얘기했어, 가난, 마드무아젤, 에메, 구멍 난 스타킹, 전부 말이
야. 삼촌은 내 얘기를 들으며 그 큰 파란 눈으로 빤히 쳐다보

더니 의자를 당겨 옆에 바짝 다가왔어. 나는 다 말하고 나니 정말 피곤했고, 그냥 울음이 나와 버렸어! 그랬더니 삼촌이 날 껴안아 자기 무릎에 앉히고 달래 줬지. '불쌍한 것! 이렇게 착한 애를 슬프게 만들다니! 네 언니는 어머니를 그대로 닮았구나. 못된 것 같으니! 너는 머릿결이 참으로 곱구나! 땋아 놓으면 열네 살로 보이겠어.' 그러면서 내 어깨를 토닥였고, 내 허리와 엉덩이를 껴안았고, 바다표범처럼 씩씩대면서 입을 맞췄어. 더러운 것 같고 싫었지만, 삼촌 뜻을 거스를 수가 없었어. 무슨 말인지 알겠지?"

"아주 잘 알겠어. 그래서 그다음은?"

"그다음은…… 다 말해 주지는 못할 거야."

"얌전한 척하지 마! 학교에서도 그렇게 정숙한 애는 아니었잖아!"

"그건 달라…… 그러니까, 우선 같이 저녁을 먹자고 했어. 그때 나는 정말 배가 고파서 죽을 지경이었어. 식탁에 맛있는 게 얼마나 많던지, 정말이야, 클로딘! 듣도 보도 못한 맛있는 음식이 가득하고 샴페인까지 있었다니까! 식사 후에는 내가 무슨 얘기를 했는지 나도 잘 모르겠어. 삼촌은 술 때문에 수탉처럼 얼굴이 벌게졌는데도 여전히 침착했고, 나한테 분명하게 제안을 했어. '자, 뤼스, 일주일 동안 여기서 재워 주마. 네 어머니가 나중에라도 난리를 칠지 모르니 일단 연락해야지. 나는 너를 위해 아주 멋진 장래를 마련해 주고 싶구나. 단, 한 가지 조건이 있다. 넌 무조건 내 뜻을 따를 것. 내가 보기에 너는 좋은 것을 물리칠 것 같지 않고 편안한 삶을 좋아할 것 같은데, 물론 나도 그렇고. 네가 만일 처녀라면 넌 아주 큰 행운을 잡게 될 거다. 왜냐하면, 만일 그렇다면, 내가 아주 잘 해 줄 생각이니까. 이미 남자애들과 뒹굴었다면, 국물도 없지만! 나도 생각이 있고, 생각한 대로 행동하는 사람이지!"

"그래서, 그다음엔?"

"날 자기 방으로 데려갔어. 아주 멋진 붉은색 방이었어."

"그리고, 그다음에는?"

나는 이어질 얘기가 궁금해서 바짝 달아올랐다.

"그다음에는…… 나도 몰라!"

"한 대 맞아야 말할 거야?"

"그게, 그러니까…… 별로 좋지 않았어……."

뤼스가 고개를 저으며 더듬거렸다.

"정말로 그렇게 많이 아파?"

"많이 아프고말고! 온 힘을 다해 소리를 질렀어, 삼촌 얼굴이 내 얼굴에 딱 붙어 있어서 덥기도 했고, 다리털이 닿는 게 간지럽기도 했고…… 삼촌이 자꾸 입김을 내뿜었어, 자꾸만! 내가 너무 크게 소리를 질렀더니 목멘 소리로 이러는 거야. '소리 그치면 내일 금시계 하나 사 주마!' 그래서 더 이상 소리를 내지 않으려고 애썼어. 다 끝난 다음엔 너무 속상해서 막 소리 내서 울었더니, 삼촌이 내 손에 입을 맞추면서 자꾸 얘기했어. '다른 누구한테도 몸을 주지 않겠다고 맹세해라! 이런 행운이 찾아오다니! 정말 횡재로군!' 삼촌은 좋아했지만 난 별로였어."

"넌 좀 까다롭지."

"그날 아무리 안 그러려고 애써도 자꾸만 오세르에서 벌어졌던 강간 사건이 생각나는 거야. 너도 기억하지? 왜 그 오세르의 서점 주인 프티로가 여직원 하나를 강간한 얘기 말이야. 나하고 몰래 숨어서 《모니퇴르 뒤 프레누아》 신문에서 읽었잖아. 문장 하나하나 거의 외울 정도였지. 그때의 기억이 안 좋은 때를 골라 다시 나타난 거야."

"헛소리! 그다음에 어떻게 됐는지나 얘기해 봐."

"그다음? 그야…… 다음 날 아침엔 깜짝 놀랐지. 눈을 떴는데 옆에 뚱뚱한 남자가 누워 있으니까…… 더구나 잠들어 있을 땐 정말 더 못생긴 거야! 삼촌은 그래도 아직 한 번도 고약하게 굴지 않았어. 가끔은…… 그래, 좋은 때도 있어……."

뤼스는 다 알면서 위선적인 눈꺼풀로 두 눈을 가리고 있었다. 나는 더 캐묻고 싶기도 했지만, 그러면서도 자꾸 마음이 불편했다. 내가 말이 없자 뤼스는 의아하다는 표정으로 나를 쳐다보았다.

"계속 얘기해 봐, 뤼스! 자, 어서!"

"아! 그래…… 가족이 날 찾아 여기저기 수소문했다는데, 삼촌이 곧바로 편지를 보냈대. '네 어머니한테 내가 죽고 나서 돈 냄새라도 조금 맡고 싶으면 우리를 가만 두라고 했다. 넌 마음대로 해도 좋아. 한 달에 25루이[124]씩 주마. 입고 먹는 것도 대 주고. 그 돈을 네가 집에다 보내든 말든 나는 상관하지 않는다! 물론 내가 따로 보내는 건 일절 없을 거고!"

"그래서, 집에 돈 보냈어?"

뤼스의 얼굴에 악마처럼 사악한 표정이 번졌다.

"내가? 너 나를 모르는구나! 아! 랄, 라! 그동안 나한테 어떻게 했는데? 굶어죽든 말든 상관 안 해! 죽으라지 뭐! 난 눈 하나 깜빡 안 해! 그래! 이미 돈 좀 보내 달라고 연락이 왔지, 아주 상냥하게, 다정한 말로. 그래서 내가 뭐라고 답장했는지 알아? 흰 종이에, 그래, 커다란 종이에, 이것만 썼어. M······e! 그래, 이렇게만 썼다고!"

뤼스는 다섯 글자짜리 그 단어[125]를 말했다.

그러더니 뤼스는 일어서서 격한 분노로 달아올라 발그스레해진 얼굴로 춤을 추기 시작했다. 정말 놀라웠다.

세상에, 학교에서 알던 뤼스는 겁이 많았고, 마드무아젤이 애지중지하는 언니 에메한테 매일 얻어맞았고, 장작 창고에서 늘 애교 부리며 나를 껴안으려 했는데! 이제 그만 이 자리

---

124 20프랑의 금화.

125 Merde. 프랑스어로 '똥', '너절하고 더러운 것'을 뜻하는 단어로, 욕으로 쓰인다.

를 떠야 하는 걸까? 뤼스와 그 삼촌의 관계는 내가 감당하기에는 지나치게 현대적이었다. 더구나 굶어죽든 말든 상관 안해…… 뤼스는 분명 그렇게 말했다!

"정말이야? 뤼스? 상관 안 해?"

뤼스가 날카로운 웃음을 터뜨렸다.

"당연하지, 클로딘. 어떻게 해서든 삼촌 유언장에도 땡전한 푼 안 남기게 만들 건데? 끝내주지 않아?"

(물론, 끝내준다.)

"그래서, 이렇게 사는 게 다 만족스러워?"

뤼스가 춤을 멈추고 입을 삐죽거렸다.

"다? 전부 다? …… 당연히 힘들 때도 있지. 우선 삼촌한테 순종해야 해. 삼촌은 늘 이런 식으로 말하거든. '네가 원하지 않으면 우리 사이는 끝이다!' 받아들일 수밖에 없게 만들어."

"네가 뭘 원하지 않으면?"

뤼스가 무언가를 비질해서 쓸어내듯 손을 내저었다.

"별거 아냐. 아니, 아주 많아. 그래도 삼촌이 돈을 주니까…… 나는 그걸 속옷더미 밑에 숨겨 놔. 오! 무엇보다 사탕, 과자, 그리고 맛있는 새 요리…… 그리고 진짜 좋은 건, 저녁 식사 때 샴페인을 마실 수 있어."

"매일? 그러다 피부 상하려고……."

"그렇지? 내 얼굴 좀 봐 줘."

뤼스의 얼굴은 싱그러운 꽃송이였다. 피부가 그 위에 물을 쏟아도, 심지어 진창에 뒹굴어도 때 타지 않는 최고급 옷감 같았다.

"자, 존경하는 우리 귀부인, 나의 친구님, 말해 보시죠. 손님도 초대하나요? 저녁 연회도 열고?"

뤼스의 표정이 어두워졌다.

"못해, 늙은이가 질투가 심해! 아무도 못 만나게 해. 그래도…… (뤼스가 목소리를 낮추며 의미심장한 미소를 지었다.) 방법이 없진 않지…… 몽티니에서 내가 사귀던 카인 브뤼나 알지? 네가 불장난이라고 불렀던 애, 걔를 다시 만났어. 보자르 미술학교에 다닌대. 훌륭한 예술가가 될 거야, 내 초상화도 그려 주기로 했어. 있잖아…… (그녀는 재잘거리는 새처럼 계속 수다스럽게 말했다.) 삼촌은 늙었어. 그리고 정말 말도 안되는 이상한 생각을 해. 어느 때는 나더러 네 발로 기어 다니라고 해. 그러고는 방 안을 막 달리게 하고. 자기도 그 추하게 나온 배를 내리깔고 네 발로 기어서 나를 덮치려고 따라온다니까. '나는 맹수다! 도망쳐라! 나는 황소다!' 이러면서."

"몇 살인데?"

"쉰아홉. 자기 말로 그래. 내가 보기에는 더 늙은 것 같아."

나는 머리가 아팠다. 온몸이 쑤셨다. 아, 뤼스가 정말 더럽게 느껴졌다. 이런 추잡한 얘기를 듣고 있어야 하다니! 뤼스는 가느다란 양손을 벌리고 한 발로 서 있었다. 저 핑크색 허리띠 속의 가녀린 허리, 투명한 관자놀이에 닿은 부드러운 머릿결…… 몽티니의 기숙학생일 때는 무척 예뻤는데!

"뤼스, 얘기하는 김에 몽티니 소식도 좀 전해 줘 봐! 부탁이야! 몽티니 소식을 들을 데가 없어! 껑다리 아나이스는 어떻게 됐어?"

"사범학교 다니지. 특별한 일 없어. 3학년짜리 여자애하고 같이 지내."

"까탈스럽지 않은 애인가 보네. 마리 벨롬과 그 산파 같은 손은 어떻게 되었어? 뤼스, 너도 기억하지? 마리 벨롬이 언젠가 여름에 자기는 속바지를 안 입는다고 우리한테 말했잖아. 그래야 걸을 때 엉덩이 느낌이 좋다고."

"기억하지. 지금 상점 점원으로 일하고 있어. 운이 없지, 불쌍해!"

"누구나 기회를 얻는 건 아니니까. 너 같은 창녀와는 다르지!"

뤼스는 내 말에 충격을 받은 것 같았다.

"그렇게 말하지 마."

"좋아, 그렇다면, 수줍은 처녀라고 불러 주지. 뒤테르트르는 별일 없고?"

"아, 우리 의사 선생님, 마지막에 나한테 정말 귀찮게 추근거렸어……."

"그런데? 왜 잘 안 됐어?"

"언니와 마드무아젤이 떼어 냈거든. 언니가 나더러 뭐랬는지 알아? 그런 짓 하기만 하면 내 눈깔을 다 뽑아 버릴 거라나? 참, 뒤테르트르가 군청 의회에서 고생 좀 했어."

"좋은 소식이네. 무슨 일인데?"

"그게 어떻게 된 거냐면, 군청 의회에서 무스티에 기차역 문제로 회의를 했는데, 뒤테르트르는 마을에서 2킬로미터 떨어진 곳은 안 된다고 주장했대. 코른 씨, 너도 알지? 도로변에 있는 멋진 저택의 주인이잖아, 그 사람을 위해서였나 봐. 돈을 많이 받았대."

"뻔뻔한 인간!"

"회의에서 뒤테르트르가 자기 말이 맞다고 막 우겼다나 봐. 처음엔 다른 사람들도 별로 반대하지 않았대. 그런데 왜 그 늙고 무뚝뚝하고 조금 이상한 프뤼티에 씨 있잖아, 그 사람이 일어서서 인간 말종이라고 욕을 퍼부었대. 뒤테르트르가 화가 나서 난리를 쳤고, 그러니까 또 프뤼티에가 화가 나서 뒤테르트르의 따귀를 갈겼다는 거야. 한창 회의 중에!"

"아! 아! 안 봐도 알 것 같아. 그 프뤼티에 영감. 뼈가 앙상하게 말랐어도 하얀 작은 손이 아주 매운데…… 난리가 났겠군……."

"맞아, 뒤테르트르가 자기 볼을 문지르며 씩씩거리다가 손을 휘저으면서 '내 쪽 입회인들을 보내겠소!'라고 소리를 질렀는데, 프뤼티에가 흥분도 하지 않고 이렇게 대답했대. '뒤테르트르 같은 자와는 결투도 아깝지. 지역 신문에 다 까발리게 만들지 않는 게 좋을 거요…….' 이 일로 온 동네가 난리법석이었어, 정말이야!"

"그랬겠지. 마드무아젤도 뒤테르트르가 안타까워서 괴로웠겠네?"

"우리 언니가 달래 주지 않았으면 아마 쓰러졌을걸? 마드무아젤이 뭐라고 떠들었는지 알아? 자기는 몽티니 출신이 아니니까. '이놈의 동네는 도둑하고 강도 천지야!' 계속 이러고 다녔어. 가는 데마다……."

"어쨌든 뒤테르트르가 사람들한테 욕 좀 먹었겠네?"

"전혀! 이틀 지나니까 다들 잊어버렸는걸! 그 사람 위세도 그대로였어. 한 가지 증거가 있어. 그다음에 다시 열린 군 회의에서 학교 얘기가 나왔다는 거야. 학교가 엉망이라고…… 온 동네에 마드무아젤과 에메 사이를 모르는 사람이 없으니까. 고학년 여자애들이 밖에서 떠들었겠지. 아무튼 마드무아젤 세르장을 다른 학교로 보내야 한다는 얘기까지 나왔대. 그랬더니 뒤테르트르가 벌떡 일어서서 '누구든 교장 선생을 공격한다면 내가 직접 나서겠소!'라고 했다나 봐. 그냥 그렇게만 얘기했다는데, 사람들이 알아서 긴 거야. 그냥 다른 얘기로 넘어갔다는 거 보면. 너도 알잖아. 모두들 뒤테르트르한테 신세 진 게 있으니까……."

"그래, 우리 의사 선생이 사람들 약점을 틀어쥐고 있기도 하지."

"뒤테르트르를 싫어하는 사람들이 그 문제를 물고 늘어지긴 했어. 신부님도 다음 날 일요일 미사 강론 중에 얘기를 꺼냈다니까."

"밀레 신부님이? 정말로 미사 중에 그런 얘길 했다고? 몽티니가 전쟁터가 됐겠군!"

"신부님이 수치스러운 일이라고 큰 소리로 말했어. '여러분 마을의 학교가 하느님을 버리고 아이들에게 그런 추잡스러운 걸 가르치다니 정녕 수치스러운 일이오.'라고. 누구나 우리 언니와 교장 얘기인 줄 알아들었지. 다들 아주 좋아했어!"

"그래, 뤼스, 얘기 더 해 봐. 몽티니 이야기 들으니까 정말 좋다."

"어쩌지? 나도 더는 잘 모르는데…… 릴린이 지난달에 딸 쌍둥이를 낳았고. 참, 통킹[126]에서 돌아온 에미에 씨 아들을 위해 성대한 환영회가 열렸어. 그곳에서 성공해서 아주 잘나간다나 봐. 아델 트리코토는 네 번째 남편을 맞았고. 가브리엘 상드레, 왜 이가 꼭 애기 같고 여전히 어려 보이는 애 있잖아, 걔는 파리에서 결혼한대. 레오니 메르캉은, 너도 알지? 피부가 너무 보드라워서 우리가 벌겋게 만들면서 장난치던 애 말이야, 걔는 파리에서 보조 교사로 일해. 여자애들은 전부, 그래 전부 파리로 와. 열병 같아, 미친 듯이 모두 파리로 와."

---

126 베트남 하노이의 옛 이름.

나는 깊은 한숨을 내뱉었다.

"난 아니야…… 난 몽티니가 그리워서 힘든걸. 물론 처음 왔을 때보다는 나아졌지만. 이젠 여기서도 마음 붙일……."

나는 문득 너무 많은 얘기를 하고 있다는 생각에 입술을 깨물었다. 하지만 어차피 눈치가 없고 무딘 뤼스는 아무 상관없었다. 뤼스는 신이 나서 하던 이야기를 이어 갔다.

"너는 힘들다지만, 나는 안 그래. 가끔 저기 저 큰 침대에 누워 자다가 아직도 몽티니에 있는 꿈을 꿔. 언니가 그놈의 소수 계산 문제하고 스페인의 산악 지형도, 그리고 네 쌍 꽃자루로 날 못살게 구는 꿈 말이야. 깨어 보면 온몸이 땀에 젖어 있어. 그러다 아! 여기는 몽티니가 아니지! 파리야! 생각나면 너무 기뻐……."

"코를 고는 삼촌 옆에서……."

"맞아, 코를 골아. 어떻게 알았어?"

"오! 뤼스, 너는 정말 사람 힘을 빼놓는 재주가 있어! 학교는 어때? 학교 얘기도 좀 해 봐! 몽티니에서 우리가 불쌍한 마리 벨롬하고 심술쟁이 아나이스에게 하던 장난 기억하지?"

"아나이스는, 아까 말했잖아, 사범학교에 갔어. 하지만 거기서 성수반(聖水飯)을 휘젓는 악마 짓을 하고 다니지. 그 같이 있다는 3학년 여학생 말이야, 이름이 샤르티에라는데, 그 애하고 사이가, 그러니까 우리 언니랑 마드무아젤처럼 되었어. 너도 알잖아. 사범학교 기숙사는 열린 칸막이가 두 줄로 늘어서 있고, 가운데는 학생들 감시하라고 기다란 통로가 있지. 밤에는 칸막이마다 무명 커튼을 치지만, 아나이스는 거의 매일 밤 꾀를 내서 샤르티에한테 간대. 아직 무사하지만, 결국은 들킬 거야. 그랬으면 좋겠어."

"너는 그걸 다 어떻게 알아?"

"그 기숙사에 우리 고향 스망트랑 애가 있거든. 아나이스와 같은 해 들어갔어. 아나이스는 지금 해골처럼 비쩍 말랐나 봐. 학생복 목깃이 맞는 게 없대. 클로딘, 생각나? 몽티니에서 우리 5시면 일어났잖아! 지금 난 10시나 11시까지 늘어지게 자. 일어난 뒤에도 그냥 침대에서 코코아를 마시고…… 그래서, 많은 걸 그냥 넘어갈 수 있게 돼."

뤼스는 교양 있고 합리적인 부르주아 여인의 표정을 지었다.

내 마음은 여전히 몽티니를 배회하고 있었다. 뤼스가 어린 암탉처럼 내 발 앞에 웅크렸다.

"뤼스, 다음 번 작문 숙제는 주제가 뭐지?"

뤼스가 웃음을 터뜨리며 대답했다.

"말해 줄게. 또래의 친구에게 교사의 소명을 북돋아 줄 수 있는 편지를 써 보시오."

"아니, 뤼스, 그게 아냐. 내가 말해 줄게. 올려다보지 말고 늘 내려다볼 것. 그것이 행복을 얻는 방법이다."

"아냐! 이거야. 배은망덕에 대해 어떻게 생각하는가? 구체적인 일화를 바탕으로 의견을 쓰시오."

"지도 만들기는 마쳤고?"

"아니, 끝낼 시간이 없었어. 계속 있었으면 욕 꽤나 먹었을 텐데…… 생각해 봐. 산의 등고선도 제대로 표시하지 못했고, 아드리아 해안도 마무리가 덜 됐거든."

"아드리아해로 내려가자!"

내가 노래를 흥얼거렸다.

"그물을 끌어올리자!"

뤼스도 촉촉한 목소리로 내 노래에 화답했다.

"내려가서 그물을 끌어올리자!"

둘이 함께 3도 화음을 넣었다. 우리는 목청껏 소리를 질렀다.

어서, 바다로 가자! 어부들이여!

저기 검은 섬 주위 파도 거품을 보라.

연안에 정박한 작은 배가

파도의 입맞춤에 전율하네.

가자, 시골 마을의 소녀들이여.

다 함께 바닷가로 달려가자!

아드리아해로 내려가자!

그물을 끌어올리자!

내려가서 그물을 끌어올리자!

"생각나지, 뤼스? 꼭 여기서 마리 벨롬이 두 음을 낮춰 불렀

잖아. 이유는 아무도 모르지만. 아무튼 열 박자 전부터 떨기
시작했고, 한 번도 그냥 지나간 적이 없었지. 자, 이제 후렴!"

고요하고 시원한 밤

풍어(豐漁)의 밤

잔잔한 물결 위로

노를 저어라, 어부들이여

"자, 뤼스! 이제 뭐가 잡히는지 볼까?"

이곳 바다의 여왕,

만새기!

은색 해초 위로

갑오징어 떼가 헤엄쳐 가네!

푸른 가슴팍에

홀쭉하고 가느다란

저기 저 놀래기!

신나게 고기를 잡자.

너그러운 바다가

우리의 소원을 들어주리!

너그러운 바다가

우리의 소원을 들어주리!

우리는 흥분해서 박자에 맞춰 발을 구르며 말도 안 되는 노래를 끝까지 불렀다. 그런 다음에는 신나게 웃었다. 마치 우리가 여전히 몽티니의 소녀들인 것 같았다. 그런데 뤼스와 함께 그렇게 옛 추억들을 떠올리는 동안에도 나는 우울한 기분을 떨치지 못했다. 뤼스는 나와 달리 신이 나 한 발로 폴짝거리며 기쁨의 탄성을 질렀다. 그러고는 문 세 개짜리 옷장의 거울 앞에 섰다.

"뤼스, 학교가 그립지 않아?"

"학교? 식탁에 앉아 있을 때 학교 생각이 나면 나는 샴페인을 더 달라고 해. 그리고 미친 듯이 프티푸르[127]를 먹어. 배탈이 날 정도로⋯⋯ 학교 때문에 잃어버리는 시간을 벌충하느라, 나에게 상을 주느라고 말이야. 그래, 클로딘⋯⋯ 난 아직 학교를 완전히 벗어나지 못했어!"

뤼스는 잔뜩 속상한 표정으로 한 구석에 서 있는 두 쪽짜리 병풍을 가리켰다. 래커칠이 된 실크 병풍 뒤에는 학생용 책상과 걸상이 놓여 있었다. 몽티니에 있던 내 책상과 비슷한 그 책상에는 잉크 자국이 가득했고, 문법책과 대수책과 공책이 놓여 있었다. 나는 달려가서 공책을 펼쳤다. 어린애 같고 얌전한 뤼스의 글씨가 가득했다.

127　한 입에 먹을 만한 작은 크기의 케이크나 쿠키. '작은 화덕'을 뜻하는 '프티푸르'라는 이름은 큰 빵을 굽고 남은 화덕 열기로 구워 낸 데서 나왔다. 아페리티프 혹은 디저트로 많이 먹는다.

"네가 쓰던 공책이야? 이게 왜 여기 있어?"

"아냐, 쓰던 공책이 아니고, 불행하게도 새 공책이야! 저기 욕실 벽장에 가면 검은 학생복도 있어."

"그걸 뭐 하려고?"

"그래! 나도 정말 짜증 나, 삼촌 생각이야. 정말 최악이지!"

뤼스가 애처롭게 두 팔을 치켜들며 말했다.

"그래, 클로딘, 이게 말이 되는 것 같아? 자꾸 나더러 머리를 땋고 저 시커먼 옷을 입고 저 책상에 앉으래…… 그러고는 문제를 받아쓰라고 불러 줘. 작문 주제도 내 주고!"

"거짓말!"

"정말이야. 장난으로 그러는 게 아니야. 정말 계산하고 작문하고 그런 지긋지긋한 걸 해야 해! 처음엔 싫다고 했지. 그 랬더니 삼촌이 무섭게 화를 냈어. 눈을 부라리면서 이상한 목소리로 '회초리 맞아야겠구나, 맞아야겠어!' 이러면서. 너무 무서웠어. 그래서 그냥 하라는 대로 해."

"그 사람은 정말 네가 공부 잘하는 게 좋대?"

"재미있나 봐…… 기분 좋아 해. 삼촌을 보고 있으면 자꾸 뒤테르트르가 생각나. 우리 목덜미에 손을 밀어 넣고서 우리가 작문한 걸 읽고 그랬잖아. 삼촌에 비하면 뒤테르트르는 청년이야."

가엾은 뤼스! 영원히 책상을 벗어나지 못할 뤼스가 한숨을 내쉬었다.

너무 놀라웠다! 검은색 학생복을 입은 가짜 학생, 그 학생에게 소수 계산 문제를 물어보는 늙은 교사…….

뤼스의 목소리는 더 음울해졌다.

"어제는 영국사 공부하다 날짜를 틀렸다고 몽티니에서 언니가 하던 것처럼 야단치는 거야. 화가 나서 내가 막 소리를 질렀어. '영국사는 상급 과정이란 말이에요!' 하고! 삼촌은 눈썹 하나 까딱하지 않고 책을 덮으면서 말했어. '뤼스 학생은 보석을 받고 싶으면 화약 음모 사건[128]을 하나도 틀리지 말고 외우도록 해.'라고."

"그래서, 다 외웠어?"

"당연하지, 그리고 이 귀걸이를 받았어. 어때, 고생할 만했지? 여기 황옥 좀 봐, 뱀의 눈은 작은 다이아몬드로 만들었어!"

"뭐, 어쨌든 무척 교훈적이기는 하네. 다음번에는 상급 과정 자격증에 도전해도 되겠고."

"그대로 꼼짝 마!"

내 말에 화가 난 뤼스가 위협하듯 주먹을 내밀었다.

"두고 봐, 전부 식구들 때문이야, 내가 꼭 갚아 줄 거야. 아무튼 삼촌 말대로 하고 나면 나도 복수를 해. 삼촌을 굶기는

---

128   1605년 프로테스탄트이던 국왕 제임스 1세의 종교 정책에 불만을 품은 가톨릭교도들이 웨스트민스터궁 지하에 화약을 쌓아 놓고 폭파해 왕과 의원들을 몰살시키려 했다가 실패한 사건이다.

거지. 지난달에는 보름 동안 내 몸에 손대지 못하게 했어."

"아주 죽상이었겠군!"

"죽상! 딱 맞는 말이야!"

뤼스는 신이 나서 안락의자 등받이를 뒤로 젖힌 채 작고 흰 치아를 드러낸 환한 표정으로 조잘댔다. 학교에서도 아나이스가 무슨 음란한 얘기를 하거나 심술을 부리면 뤼스는 저렇게 웃었다.

모든 것이 나에게는 너무 충격적이었다. 뤼스는 지금 삼촌을 두고 농담하면서 장난처럼 말하고 있지만, 부도덕한 행실로 주어진 이 사치스러운 환경 속에서 그 뚱뚱한 남자는 우리 곁에 너무 가까이 버티고 있었다. 바로 그때, 나는 뤼스의 목 위쪽에 있던 예쁜 주름이 사라진 것을 보았다.

"뤼스! 너 살쪘네!"

그러자 뤼스가 다가와 옛날처럼 아양을 떨기 시작했다.

"그치? 내가 봐도 그래. 몽티니에 있을 때도 내 피부가 까만 편은 아니었지만, 지금은 더 하얘졌어. 가슴만 좀 더 커지면 좋을 텐데! 하지만 삼촌은 그냥 지금처럼 가슴이 별로 없는 게 더 좋대. 그래도 옛날에 우리가 모여서 누구 가슴이 더 큰지 시합할 때보다는 커졌어. 알아? 클로딘? 볼래?"

바짝 붙어 앉은 뤼스가 신이 나서 한 손으로 잽싸게 핑크빛 블라우스를 열었다. 젖가슴 위쪽 살결이 어찌나 고운지 하얀 진주 같았고, 더구나 연분홍 실크 블라우스와 어울리니 푸른 빛깔까지 감돌았다. 슈미즈(제정 스타일이다, 잊지 말자!)의 레이스 사이로 분홍색 리본이 이어져 있었다. 그리고 두 눈, 까만 속눈썹 아래 초록색 눈동자가 야릇하게 나른했다.

"오, 클로딘!"

"뭐?"

"아무것도 아니야…… 널 이렇게 다시 만나다니 너무 좋아! 물론 너는 퉁명스럽게 굴고 있긴 하지만, 그래도 몽티니에 있을 때보다 훨씬 더 예뻐."

그러면서 아기처럼 두 팔로 내 목을 감쌌다. 세상에, 머리가 지끈 아팠다!

"도대체 무슨 향수를 쓰는 거야?"

"키프로스.[129] 왜, 냄새 좋지 않아? 오, 클로딘! 키스해 줘, 한 번밖에 안 해 줬잖아! 조금 전에 학교가 그립지 않느냐고 물었지? 그리워, 클로딘, 우리가 아침 7시 반에 가서 장작을 쌓아 두던 곳, 내가 너에게 키스를 하던, 네가 날 때리던 그곳이 그리워! 정말 나 많이 때린 거 알지? 너도 말 좀 해 봐, 나 더 예뻐지지 않았어? 요즘 나 매일 목욕을 해! 팡셰트만큼 잘 씻는다고! 가지 마! 더 있다 가! 네가 하라는 대로 다 할게. 그리고 귀 좀 가까이 대 봐, 나 아주 많은 걸 알아, 이제……."

"아! 집어치워!"

---

129 키프로스섬에서 나는 포도주, 베르가모트향, 백단향 등으로 만든 향수.

나는 나를 만지려 드는 뤼스의 어깨를 밀쳤다. 어찌나 거칠게 밀쳤는지 뤼스가 비틀거리다가 옷장에 머리를 부딪혔다. 뤼스는 머리를 문질렀고, 울어야 할지 참아야 할지를 결정하지 못한 채 나를 쳐다보았다. 나는 뤼스에게 다가가 따귀를 갈겼다. 뤼스의 얼굴이 벌게졌고, 마침내 눈물이 터졌다.

"왜 그래? 내가 뭘 어쨌는데?"

"그래? 좋아, 그럼 넌 내가 늙은이가 가지고 놀다 남은 찌꺼기를 어떻게 할 줄 알았는데?"

나는 신경질적으로 모자를 썼고(그러느라 핀이 머리를 세게 찔렀다.) 웃옷을 거칠게 팔에 걸치고 나서 곧장 문으로 향했다. 뤼스가 미처 상황을 깨닫기 전에 나는 현관으로 가서 문을 찾았다. 뤼스가 미친 듯이 울부짖으며 달려들었다.

"넌 미쳤어, 클로딘!"

"아니! 그렇지 않아! 너한테 난 이제 너무 구식이야, 그뿐이야. 우리 둘은 이제 안 돼. 네 삼촌한테 인사나 전해 줘."

나는 하얀 젖가슴을 드러내고 우는 뤼스를, 큰 소리로 울면서 난간을 잡고 가지 말라고 외치는 뤼스를 보지 않기 위해 서둘러서 계단을 내려왔다.

"가지 마, 클로딘! 가지 마!"

거리로 나왔을 때는 머리가 지끈거렸고, 어처구니없는 꿈을 꾸고 난 것처럼 정신이 멍했다. 어느새 6시가 다 되었다. 더러운 도시, 늘 먼지 가득한 파리의 공기가 그날 저녁만큼은 가볍고 부드럽게 느껴졌다. 도대체 어떻게 된 일일까? 누구든 내 소매를 잡아끌어서 나를 좀 깨워 줬으면…… 뤼스가 끝이 뾰족한 나막신을 신고 머리카락이 삐져나오게 두건을 쓰고 어린애같이 웃으면서 "야 이 바보야, 클로딘! 대체 무슨 꿈을 꾸는 거야?" 하고 말해 줬으면…… 하지만 깨어나지 않았다. 또 다른 뤼스가 여전히 울부짖으면서 눈물 어린 프레누아 사투리로 가지 말라고 애원하는 모습이 눈앞에 어른거렸다. 파리에서 만난 뤼스는 학교에서 보던 뤼스보다 더 예뻤지만 가슴 뭉클하게 하는 아름다움은 덜했다.

그렇지만, 설사 그렇다 해도, 두 팔로 내 목을 감싸 안고 애원하는 뤼스에게 내가 무엇 때문에 그런 반응을 보인 걸까? 몇 달 사이에 얌전한, 정확히 말해 정숙한 아가씨가 되기라도 한 걸까? 뤼스가 나를 유혹하려고 고집 피운 게 처음도 아니고, 내가 뤼스를 때린 것도 처음이 아니다. 하지만 이번에는 분명 내 안에서 무엇인가가 요동쳤다. 아마도 질투였을 것이다. 나를 사랑하는 뤼스, 자기만의 방식으로 나를 숭배하는 뤼스가 늙은 남자의 (말도 안 된다! 덜 익은 송아지 머리 같은 얼굴이라니!) 가랑이 사이로 신나게 달려갔다는 생각을 하면 소리 없는 분노가 치밀어 올랐다. 그리고 역겨웠다. 그렇다, 분명 역겨웠다. 나는 인생에 대해 전부 안다고 생각했었다. 지붕 위에 올라가서 "됐어! 아무것도 안 가르쳐 줘도 돼! 됐어! 책에서 다 읽었다고! 열일곱 살밖에 안 됐지만, 난 전부 다 알아!"라고 외치고 싶었다. 하지만 정작 길거리에서 엉덩이를 꼬집는 남자 때문에 당황하고, 책 속에서 늘 만나 온 삶을 사는 친구 때문에 혼란스러워진 것이다. 나는 겨우 우산을 휘두르거나 우아하게 밀쳐 내면서 사악함의 현장을 피했다. 클로딘, 너는 그냥 평범한 얌전한 여자애일 뿐이야. 마르셀이 알면 날 얼마나 무시할까!

팡테옹-쿠르셀 승합마차가 평화롭게 흔들리며 다가왔다. 자! 신호 할 것 없이 그냥 올라타자! 나는 움직이는 마차의 승강대에 무사히 올라탔다. 여러 가지로 위로가 된다! 이제 아빠…… 하필 오늘 아빠가 현실에 내려와 있지는 말아야 할 텐데…… 혹시라도 그랬다가는 내가 외출한 지 꽤 오래되었다는 걸 알 것이다. 나는 아빠한테 거짓말, 그러니까 오후 동안 쾨르 고모 집에서 있었다고 말해야 한다는 게 싫었다.

괜찮다. 아빠는 평소와 마찬가지로 구름 위에 떠 있었다. 내가 들어갔을 때 아빠는 여전히 원고더미에 파묻혀 있었다. 수염 속에 웅크린 아빠의 첫 눈길은 거칠었다. 옆에서 작은 탁자에 앉아 무언가를 쓰고 있던 마리아 씨가 나를 보더니 재빨리 회중시계를 꺼내 보았다. 내 귀가가 늦어서 걱정한 것은 아빠가 아니라 마리아 씨였다!

"아! 클로딘! 가족의 의무를 다하느라 고생했구나! 네가 나간 지 한 시간은 넘은 것 같은데!"

아빠의 멋진 목소리가 울려 퍼지는 동안 마리아 씨가 난감한 표정으로 아빠를 쳐다보았다. 마리아 씨는 내가 2시에 나갔고 지금 6시 35분이라는 걸 알고 있는 것이다.

"마리아 씨, 눈이 꼭 토끼를 닮았네요. 제 말을 나쁘게 받아들이지 마세요! 토끼는 눈이 정말 아름답거든요, 촉촉한 검은 눈이죠! 아빠, 쾨르 고모는 외출 중이어서 못 만났어요. 하지만 놀라운 일이 있었어요. 몽티니에서 알던 친구를 만났어요. 뤼스. 아빠도 알죠? 뤼스가 파리에 와서 쿠르셀거리에 산대요."

"뤼스, 알지! 곧 결혼한다는 애 아니냐? 첫 영성체 같이 받은 애."

"거의 비슷해요. 아무튼 뤼스하고 한참 수다를 떨었어요."

"이제 자주 만나겠구나?"

"아뇨, 그 집 가구가 마음에 안 들어서 싫어요."

"남편은 어떻고? 형편없지?"

"모르겠어요, 사진밖에 못 봤어요."

그날 이후 나는 이틀 동안 집 밖에 나가지 않았다. 종일 내 방 아니면 아빠의 서재에 틀어박혀 있었다. 덧창을 반쯤 닫았는데도 빛과 열기가 너무 많이 들어왔다. 나는 다가올 여름이 두려웠다. 도대체 어디로 피해야 할까? 이러다 병이 도지는 게 아닐까? 천둥 번개와 함께 소나기가 쏟아졌다. 나는 전기를 띤 습기를 힘껏 들이마셨다. 스스로에게 아무리 거짓말 해 봐야 헛일이었다. 뤼스 문제는 내 의지와 달리 감당하기 힘들 만큼 큰 충격이었다. 멜리는 내가 왜 이러는지 이해하려고 애쓰다가 지쳤고, 그러다 몽티니 얘기를 꺼내는 바람에 나를 더욱 큰 고통으로 밀어 넣었다. 멜리는 최근 몽티니에서 일어나는 일들을 상세히 전해 듣고 있었다.

"쾨네트네 딸이 애를 낳았대."

"그래? 몇 살인데?"

"열세 살 반. 아주 듬직한 아들을 낳았다네. 그리고 정원 위쪽의 호두나무에 호두가 올해 아주 많이 열릴 거래."

"말하지 마, 멜리. 가서 먹지도 못할 건데……."

"그 호두 정말 맛있는데…… 자, 내가 내는 수수께끼 맞춰 봐. 반바지 안에 엉덩이가 네 개인 건……."

"몽티니 소식 더 말해 줘."

"커다란 분홍 장미를 벌써 애벌레들이 갉아먹는다네. (세튼 사람의 하인이 편지를 보내온 것이다.) 그래서 다들 애벌레 죽이느라 신났대. 제정신이 아니지!"

"그렇게 안 하면 어떡하라고? 잡아서 잼이라도 담글까?"

"모르는 소리! 한 마리 잡아서 다른 동네에, 그러니까 무스티에에 가져다 놓으면 되지. 그러면 다른 애벌레들이 다 따라갈 텐데!"

"뭐? 아예 신기술 특허라도 등록하지 그래? 아주 놀라워. 그거 멜리가 생각해 낸 거야?"

내 질문에 멜리는 윤기 없는 금발 머리카락을 헝겊 모자 안으로 밀어 넣었다.

"그럴 리가…… 누구나 다 아는 거지!"

"다른 소식은 더 없어?"

"있지, 내 사촌 카냐 영감, 그 단백뇨 걸렸던 영감이 이제는 쌩쌩하다네!"

"그러니까……."

"그래, 종아리가 탱탱 붓고 배도 잔뜩 부풀었었는데, 지금은 잘 돌아다닌다나 봐. 또 뭐가 있지? 퐁드로름 저택의 새 주인들이 대대적으로 양봉을 하려고 정원을 완전히 바꿨대."

"양어(養魚)? 퐁드로름에 물이 어디 있다고?"

"오늘 정말 왜 그래? 귀가 막혔어? 벌집을 잔뜩 만들어서 양봉을 한다고!"

등잔을 닦던 멜리가 다정하게, 그러나 의아하다는 표정으로 나를 바라보았다. 멜리는 정말 아는 어휘가 많다. 항상 경계해야 한다.

파리는 끔찍하도록 덥다! 이제 그만 더웠으면! 가끔 불어오는 시원한 바람 덕에 열기는 그나마 참을 만했다. 하지만 후텁지근한 습기는 견디기 힘들었다. 오후가 되면 나는 침대에 누워 온갖 잡생각에 빠져들었다. 마르셀은 나를 잊어버렸고, 르노는 여자들과 돌아다니고 있겠지…… 르노한테 진짜 실망했다. 이렇게 쉽게 내 존재를 잊을 거라면 그렇게 잘해 주지 말지! 다정하게 얘기도 들어 줬으면서! 만나서 곧, 몇 마디 안 나눠 보고도 마음이 정말 잘 맞았는데…… 앞으로 함께 더 돌아다니고 싶었는데…… 같이 파리 구석구석을 알고 싶었는데…… 하지만 그 매혹적인 나쁜 남자한테 클로딘은 함께 시간을 보낼 친구로 충분하지 않은 것이다.

벽난로 위의 은방울꽃을 보고 있자니 황홀해지면서 머리가 아팠다. 왜일까? 슬퍼하던 뤼스 때문일까? 그럴 것이다. 하지만 그게 전부는 아니었다. 몽티니가 그리워서 마음이 아프기도 했다. 마드무아젤 세르장의 면담실에 걸려 있던 감상적인 판화 속에서 고향을 그리워하는 소녀만큼이나 우스꽝스러운 꼴이었다. 많은 것들, 그토록 많은 것을 다 털어냈다고 생각했는데! 아! 다시 몽티니로 돌아갔으면…… 그곳에서는 키 큰 싱그러운 풀들을 한 아름 껴안았고, 피곤하면 햇볕으로 따뜻해진 벽에 기대 앉아 잠들었고, 빗방울이 수은처럼 굴러다니는 연꽃잎에 담긴 빗물을 마셨고, 강가에 핀 물망초를 따서 테이블에 놓고 시들어 가는 것을 바라보았고, 버드나무가지 껍질을 벗겨 진액을 핥았고, 풀피리를 만들어 불었고, 깨새의 알을 훔쳤고, 야생 까치밥나무의 향내 나는 이파리들을 마구 비벼 댔는데…… 아, 내가 사랑하는 이 모든 것에 입 맞추고 싶었다! 아름다운 나무를 찾아 입 맞추고, 또 그 나무가 건네는 입맞춤을 받고 싶었다! 아! 계속 이러고 있을 수는 없다. 좀 돌아다녀 보자. 운동이라도 하자.

그럴 수가 없었다, 그러고 싶지도 않았다. 짜증이 났다! 그냥 집 안에서 열에 들떠 누워 있는 편이 나았다. 해가 내리쬐는 파리의 거리 냄새가 뭐가 좋다고? 내 마음을 짓누르는 이 모든 것에 대해 누구에게 얘기할까? 마르셀이 있으면 나를 백화점에 데려가서 마음을 달래 주었을 텐데…… 르노가 있으면 내 마음을 더 잘 이해해 줄 텐데…… 사실 내 마음을 르노에게 너무 많이 보여 주게 될까 봐 두렵기도 했다. 그의 짙푸른 두 눈은 이미 많은 것을 알고 있는 것 같았다. 매끈하지 않은 흑갈색의 속눈썹 아래 상대를 거북하게 만드는 그의 아름다운 두 눈은 왠지 믿음을 주지만, 그 눈이 자기한테 뭐든 얘기해도 된다고 말하는 순간, 이미 희끗해지기 시작한 콧수염 아래로 번지는 미소가 갑자기 불안하게 만든다. 아빠…… 아빠는 마리아 씨와 일에 여념이 없다. (마리아 씨는 이런 날씨에 그 긴 턱수염이 덥지 않을까? 밤에 잘 때는 묶고 자는 걸까?)

작년부터 나는 속절없이 추락 중이다! 팡셰트처럼 마음 놓고 돌아다닐 수 있는 순수한 행복을 나는 잃어버렸다. 더 이상 아무 데나 휘젓고 다니지 못하고, 기어 올라가지 못하고, 뛰어오르지 못한다. 물론 팡셰트도 지금은 배가 무거워서 춤추지 못한다. 나는 머리가 무거웠고, 다행히 배는 전혀 나오지 않았다.

책을 읽고 또 읽고, 정말 책만 읽었다. 닥치는 대로 읽었다. 책이 나를 이곳에서 끌어내 줄, 나 자신으로부터 꺼내 줄 유일한 것이었다. 이제 숙제도 없다. 어째서 나태가 모든 악의 원천이 되는지 1년에 두 번 쓰던 작문 숙제는 끝났지만, 나는 이제 잘 알고 있다. 나태는 적어도 몇 가지 악의 원천이다.

12

나는 빌렐민 고모가 집에서 손님을 맞는 일요일에 다시 찾아갔다.

승합마차가 뤼스의 집 앞을 지날 때는…… 뤼스와 마주칠까 봐 겁이 났다. 뤼스가 나를 본다면 옆에 사람들이 있건 없건 울고불고 난리를 칠 것이다. 그러면 버텨 낼 자신이 없었다.

손님들이 다 떠난 뒤 더위에 지쳐 있던 빌렐민 고모는 나를 보고 조금 놀라는 것 같았다.

나는 단도직입적으로 말했다.

"고모, 저 힘들어요. 몽티니로 돌아가고 싶어요. 파리에 있는 게 피 말리는 것처럼 힘들어요."

"그래, 정말 안색이 안 좋구나. 눈은 초롱초롱한데…… 어째서 좀 더 자주 찾아오지 않니? 못 말리는 네 아버지 이야기야 할 것도 없고……."

"제가 심술쟁이인 데다 짜증을 잘 내는 애라서 그래요. 와 봤자 고모를 힘들게 할 테니까요. 분명 그럴 거예요."

"향수병 때문일까? 마르셀이라도 파리에 있으면 좋으련만! 걔는 워낙 어디 파묻혀 있는 걸 좋아한단다. 낮에는 야외에 나가 지내지. 너도 알지?"

"좋은 생각이네요. 우거진 나뭇잎을 볼 수 있잖아요. 그런데 혼자 갔어요? 걱정 안 되세요?"

고모는 늘 똑같은 그 부드러운 미소를 띠었다.

"걱정은 무슨! 친구 샤를리하고 같이 갔단다."

"아, 그렇군요! …… 같이 있으면 안심이 되겠네요."

나는 벌떡 일어섰다. 고모는 정말 멍청하다. 고모한테 내 속내를 드러내면서 뿌리 뽑힌 나무의 신음을 들려줄 수는 없었다. 이만 가겠다고 일어섰다. 고모가 불안한 듯한 표정으로 나를 붙잡았다.

"내 의사 좀 만나 볼래? 아주 박식하고 지혜로운 노의사란다. 전적으로 믿을 만한 사람이지."

"아뇨, 괜찮아요. 보나 마나 마음 편히 갖고 쉬라고, 사람들을 만나 보라고, 또래 친구들을 사귀라고 하겠죠…… 또래 여자애들은 지긋지긋해요!"

그래도 나는 자꾸 추잡한 뤼스 생각을…….

"안녕히 계세요, 고모. 마르셀이 찾아와 주면 참 좋을 것 같아요."

내 말이 너무 뜬금없이 들리지 않도록 한마디 덧붙여야 했다.

"지금 저한테 또래 친구는 마르셀밖에 없거든요."

쾨르 고모는 더 붙잡지 않았다. 나는 방금 아무것도 모르는 다정한 할머니의 평온을 깨뜨렸다. 나 같은 애보다는 마르셀이 키우기 훨씬 쉬우리라!

아! 아! 예쁘장한 두 청년은 야외로 나가 시원한 나무 그늘을 찾아갔다! 신록 속에서 편안해지고 두 볼에는 생기가 돌 것이다. 마르셀의 푸른 눈이 남옥(藍玉) 같은 광채로 소중한 친구의 검은 눈을 환하게 비출 것이다. 물론 들키지 않는다면 말이다. 아! 들키면 흥미진진할 텐데! 하지만 그 둘은 이미 익숙하다. 절대 들키지 않을 것이다. 서로 팔짱을 끼고, 우수에 젖어 저녁 기차를 타고 파리로 돌아올 것이다. 헤어질 때는 눈빛으로 수많은 얘기를 주고받겠지…… 그런데 나는 이렇게 혼자라니…….

좀 그만해, 클로딘! 자꾸만 그렇게 혼자라고 슬퍼하면 어떡해! 언제까지 그럴 건데?

혼자, 나 혼자! 클레르는 결혼하는데, 나는 혼자다…….

어쩌라고? 너 스스로 원한 거잖아. 그냥 명예를 지키면서 혼자 지내.

그렇다. 하지만 나는 저녁이면 팡셰트의 보드라운 털을 피난처 삼아 뜨거운 입과 퀭한 두 눈을 감추는 처량한 계집애다. 맹세하는데, 정말 맹세하는데, 남편이 필요한 건 아니다. 이렇게 신경이 곤두선 것이 겨우 그런 진부한 이유 때문에는 아니다. 나에게는 남편 이상의 그 무엇이 필요하다.

13

마르셀이 왔다. 오늘은 멧비둘기도 부러워할 만큼 고운 회색 정장을 입고 황금빛 크라바트를 했다. 그런데 좀 특이했다. 세워 올린 흰 셔츠의 목깃이 끄트머리밖에 보이지 않을 정도로 풍성하게 목을 감싼 크레이프 드 신[130] 크라바트가 여자들의 스카프처럼 느슨하게 늘어뜨려져 끝에 진주 구슬이 달린 타이핀으로 고정되어 있었다. 나는 마르셀에게 크라바트가 멋지다고 찬사를 보냈다.

"일요일에는 나들이 잘 했어?"

"아, 할머니한테 들었구나! 이러다 할머니 때문에 다 틀어지겠는걸! 맞아, 좋았어! 아주 즐거운 시간이었지!"

마르셀이 먼 곳을 쳐다보았다.

"친구도 좋았을 테고!"

"맞아. 이 계절과 아주 잘 어울리는 친구지."

"다시 밀월을 즐긴 거야?"

"왜 다시라고 하는 거지? 클로딘?"

---

130 18세기 초 프랑스에서 만든 천으로 '중국산 크레이프'란 뜻이다. 화려하면서 신축성이 있고 대개는 실크로 만들었다.

오늘 마르셸은 나른하고, 부드럽고, 지친 듯한 모습이 감미로웠다. 저 푸른 눈과 연보랏빛 눈꺼풀…… 뭐든 꺼내 보이고 전부 털어놓을 준비가 된 것 같았다.

"나들이 얘기 좀 해 봐."

"나들이…… 강가 간이식당에서 점심을 먹었어. 그러니까 우리 사이가 아마도……."

"연인 같았겠지."

마르셸은 저항하지 않았다.

"로제 와인도 마셨어. 감자튀김도 먹고, 그런 다음 글쎄, 별로, 별로…… 풀밭을 거닐었고, 그늘을 찾아서…… 그날 샤를리가 왜 그랬는지 나도 잘 모르겠어……."

"복잡할 거 없어. 샤를리가 너를 가졌지."

내 어조에 놀란 마르셸이 나른한 눈길을 던졌다.

"그건 그렇고 얼굴이 왜 그래? 클로딘? 무슨 걱정 있어? 굉장히 날카로워 보이는데…… 그게 또 매력적이야. 지난번에 봤을 때보다 눈이 더 커졌어. 뭐 힘든 일 있어?"

"아니기도 하고 그렇기도 해. 넌 이해 못 할 거야…… 아! 이해할 수 있는 것도 있네. 뤼스를 만났어."

"뭐라고? 뤼스가 어디 있는데?"

마르셸이 어린애처럼 두 손을 모았다.

"파리. 온 지 꽤 됐대."

"그래서…… 그렇게 힘들어 보였구나. 클로딘! 오 클로딘,

내가 뭘 해 주면 전부 다 말해 줄 거지?"

"아무것도 안 해도 돼, 얘기해 줄게. 간단해. 우연히 만났어. 그래, 정말 우연히. 뤼스가 날 자기 집에 데려갔지. 양탄자, 멋진 가구, 30루이짜리 옷…… 그래, 알겠지?"

놀란 아기처럼 입을 반쯤 벌린 채 내 말을 듣는 마르셀의 모습에 나는 웃음이 나왔다.

"그리고…… 그래, 뤼스는 옛날하고 똑같이 부드러웠어. 지나치게 부드러웠지. 달려들어서 두 팔로 내 목을 감싸 안았어. 뤼스의 향내가 나에게 그대로 퍼졌고. 뭐든 잘 믿고 나한테 다 얘기하던 뤼스 그대로였는데…… 아, 마르셀, 뤼스는 지금 파리에서 늙은 남자와 같이 살고 있어. 그 사람의 정부가 된 거야."

마르셀은 진심으로 분노했다.

"오! 정말 힘들었겠네!"

"생각보다는 괜찮았어. 그래도 조금……."

마르셀이 오빠처럼 다정하게 한 팔로 내 어깨를 감싸 안고 다른 손으로는 내 머리를 잡아 자기에게 기대게 했다. 이 광경은 감동적인가, 아니면 우스꽝스러운가? 지금은 그런 생각을 하고 있을 때가 아니다. 마르셀은 뤼스가 그랬듯이 내 목을 잡았다. 뤼스처럼 냄새가 좋았다. 아니, 뤼스보다 더 은은한 냄새였다. 나는 황금빛 속눈썹을 갓처럼 드리운 그의 눈을 올려다보았다. 일주일 내내 쌓인 짜증을 눈물로 터뜨려 볼까? 아니다. 그랬다가는 마르셀이 내 눈물을 닦아 주려 할 테고, 저 멋진 옷이 젖을 것이다. 자, 그만! 클로딘! 혀를 힘껏 깨물어 봐! 눈물을 참는 제일 좋은 방법이니까!

"아, 마르셀! 넌 정말 다정해. 네가 같이 있으니 위로가 돼."

"아무 말 마. 나는 널 이해할 수 있어! 세상에! 만일 샤를리 가 그런 짓을 했다면……."

자기 일로 가정하자 더 흥분이 되었는지 얼굴이 벌겋게 달 아오른 마르셀이 관자놀이의 땀을 닦았다. 나는 그의 말이 너 무 우스워서 웃음을 터뜨렸다.

"내가 보기에 넌 지금 너무 예민해져 있어. 밖에 나가자. 괜 찮지? 비가 내려서 다행히 많이 덥지는 않아."

"좋아! 나가자. 기분이 좀 좋아질 것 같아."

"그런데…… 얘기부터 마저 해 주고…… 뤼스가 이번에 도…… 조르고 애원했어?"

상처 입고 괴로운 사람한테 저런 질문을 한다는 게 얼마나 잔인한 일인지 마르셀은 생각하지 못했다. 마르셀은 뭘 원하 는가? 그렇다, 조금 특별한 격정이다.

"맞아, 막 매달렸어. 난 뒤도 안 돌아보고 도망쳤고. 뤼스가 풀어헤친 블라우스 틈으로 하얀 피부를 드러낸 채 난간을 붙 잡고 매달리며 가지 말라고 울부짖었고……."

마르셀의 숨결이 가빠졌다. 파리의 때 이른 더위는 모두를 지치게 했다.

나는 잠시 마르셀을 기다리게 두고 좋아하는 모자를 쓰고 왔다. 마르셀은 이마를 창에 대고 안마당을 쳐다보고 있었다.

"자, 마르셀! 어디로 갈까?"

"너 가고 싶은 곳으로 가, 클로딘, 어디든…… 우선 기분 전환부터 하게 차가운 레몬티를 마실까? 그러면…… 이제 뤼스를 다시 안 볼 거야?"

"절대 안 봐."

내가 단호하게 대답하자, 마르셀이 깊은 한숨을 내쉬었다. 마르셀은 나의 질투가 그렇게까지 완고하지는 않기를 바랄 것이다. 그래야 내 이야기를 계속 들을 수 있을 테니까.

"아빠한테 말하고 나가야 해. 마르셀, 같이 가."

아빠는 마리아 씨에게 쓸 말을 불러 주면서 흐뭇한 얼굴로 방 안을 성큼성큼 걸어 다니고 있었다. 마리아 씨가 고개를 들어 나를 보았고, 이어 마르셀을 보더니 표정이 어두워졌다. 주머니가 찢어진 프록코트[131] 차림의 아빠는 마르셀에 대한 경멸감을 드러내기 위해서인 듯 건장한 어깨에 잔뜩 힘을 주었다. 마르셀 역시 아빠를 경멸할 테지만, 겉으로는 더없이 공손했다.

"그래, 너무 늦게까지 있지는 말거라. 찬바람도 조심하고. 참, 오는 길에 줄 쳐진 종이 좀 사다 주겠니? 제일 큰 걸로. 그리고 양말도 좀 사 오렴."

---

131 르댕고트보다 목에 붙고 허리가 들어간 남성복.

여전히 나를 쳐다보던 마리아 씨가 조용한 목소리로 나섰다.

"오늘 아침에 제가 세 권 사왔습니다."

"잘 됐군. 그래도…… 종이야 많을수록 좋지."

나는 마르셀과 함께 집을 나섰고 문 너머로 아빠가 큰 소리로 부르는 사냥 노래가 들렸다.

　내 물건을 보면

　넌 웃느라 쓰러질걸

　아티초크 밑둥처럼

　핑크색이거든.

"재미있는 노래를 많이 아시나 봐."

마르셀은 아직도 아빠를 볼 때마다 놀라워했다.

"맞아. 아빠와 멜리는 모르는 노래가 없어. 아티초크 밑둥처럼 핑크색이라는 말을 들으면 참 궁금해져. 장미 색깔 아티초크 밑둥이 정말 있기는 해? 몽티니에는 없었거든."

우리는 냄새 나는 자코브거리와 악취 가득한 보나파르트거리를 빠져나왔고, 강변에 와서야 숨을 들이쉬었다. 하지만 파리에서는 5월의 공기에도 아스팔트 냄새와 크레오소트[132] 냄새가 섞여 있었다. 속상하다!

132　콜타르 증류액으로 목재의 방부재로 쓰인다.

"어디로 갈 건데?"

"아직 모르겠어. 그런데, 클로딘, 오늘 아주 예쁜데? 메릴랜드 담배 색깔의 눈이 불안해 보이기도 하고 뭔가를 갈구하는 것 같기도 하고, 아무튼 지금껏 봐 오던 것과 달라."

"고마워."

내가 보기에도 예뻤다. 상점들의 거울에 비친 내 모습이 그랬다. 얼굴 한 편만 보이는 작은 거울 앞을 지날 때도 마찬가지였다. 오, 변덕쟁이 클로딘! 얼마 전까지 짧은 머리 때문에 울었으면서, 오늘 아침에는 곱슬머리 목동 같은 머리 모양을 지키기 위해 3센티미터를 다시 잘랐다! 곱슬머리 목동은 르노가 한 말이다. 정말, 나의 긴 눈매와 뾰족한 턱에 이 머리가 제일 잘 어울린다!

거리에서 사람들이 우리를 힐끗거렸다. 특히 마르셀을 쳐다보는 사람이 많았다. 그는 대낮에 길 한가운데서 쏟아지는 눈길에 조금 거북해했다. 날카로운 목소리로 웃었고, 한쪽 다리를 살짝 굽히면서 몸을 돌려 거울을 보았다. 그리고 지나가던 사람들이 빤히 쳐다볼 때면 눈꺼풀을 내리깔았다. 그런데 그런 모습을 보면서도 나는 정말 아무 느낌이 없었다.

"클로딘, 오스만대로에 가서 레몬티 마시자. 오페라대로 지나서 오른쪽 길로 가도 될까? 그쪽이 훨씬 재밌거든."

"나한텐 어차피 파리의 길은 전부 재미없어. 바닥은 하나같이 평평하고…… 참, 아버지 오셨어?"

"연락 없었어. 아빠는 원래 많이 돌아다녀. 기사를 쓰니까…… 명예가 걸린 일도 많고 애정이 걸린 일도 많지. 한 가지 알아둘 건, 우리 아버지가 여자들을 한없이 좋아한다는 거야. 여자들도 아버지를 좋아하고. 어때, 놀랐어?"

마르셀은 아버지 얘기를 할 때면 늘 저런 신랄한 어조로 지나치게 힘을 주며 말했다.

"아니, 놀랄 게 뭐 있어? 집안에 남자가 둘 있으면 원래 그중 하나는 그렇지."

"클로딘, 너는 누가 괴롭히면 더 상냥해지더라."

"마르셀, 그래서, 나더러 뭘 어쩌라는 거야?"

거짓말을 잘 해야 한다. 마르셀이 내뱉은 마지막 말 때문에 짜증 나고 거북하다는 표를 내서는 안 된다. 나는 마음속으로 더 이상 르노를 믿지 않겠다고 다짐했다. 이 여자 저 여자 만나러 다니느라 정신 팔린 남자한테 내 비밀을 털어놓을 수는 없다! 세상에, 정말 싫다! 르노가 그 느릿하고 매혹적인 목소리, 내게 다정한 이야기를 들려주는 바로 그 목소리로 여자들에게 말하는 소리가 들리는 것 같았다. 만일 그 여자들이 슬픔에 젖어 있으면 어깨를 감싸 안고 달래 주겠지! 3주 전 내게 한 것과 똑같이! 제길!

갑자기 짜증이 솟구친 나는 길을 가로막고 서 있는 뚱뚱한 여자의 엉덩이를 팔꿈치로 밀쳤다.

"왜 그래? 클로딘?"

"뭐? 왜?"

"참 성격 하고는…… 미안해, 클로딘, 네가 힘들다는 걸 잠시 잊었어. 네가 무슨 생각을 하는지 아는데……."

마르셀의 머릿속에는 여전히 뤼스뿐이다. 마르셀이 알아서 오해해 주는 바람에 나는 마음이 조금 풀렸다. 애인 때문에 슬프고 남편에게 위로를 얻는 바람둥이 여자가 된 기분이었다.

우리는 각자의 생각에 빠진 채 말없이 보드빌[133]까지 걸었다. 그때였다. 내가 아는 목소리! 그 목소리가 우리를 부르기 전에 나는 이미 등 뒤에서 나지막하게 울려 퍼지는 그 목소리를 들었다.

"안녕, 착한 아이들!"

나는 눈을 부릅뜨고 홱 돌아섰다. 내 표정이 너무 험악했는지 르노가 웃음을 터뜨렸다. 그렇다, 르노였다. 내가 이미 아는, 그러니까 연주회에서 보았던 모지스와 함께 있었다. 오동통하고 얼굴이 불그스레한 모지스는 더위를 주체하지 못하고 연신 땀을 닦았다. 그러고는 장난스럽게 지나칠 정도로 예의를 갖추어 정중하게 인사했다. 나는 흥분을 삭이지 못했다.

나는 처음 보는 사람을 살피듯 르노를 응시했다. 오늘 르노는 조금 다른 느낌이었다. 짧고 흰 코와 은빛 비버 털 같은 수

---

133 1792년 파리 1구에 처음 세워진 극장으로, 1868년 오페라 근처 카퓌신대로로 이전되었다. (보드빌은 희극에 기반을 두고 노래와 발레를 곁들인 극의 한 형식을 말한다.) 현재는 고몽-오페라 영화관으로 쓰인다.

염은 내가 익히 아는 것이었지만, 청회색 두 눈, 깊고 나른한 두 눈은 이전과 달랐다. 입이 저렇게 작은지 처음 알았고, 더구나 관자놀이의 잔주름은 눈 가장자리까지 이어져 있었다. 하지만 못생겼다는 생각은 들지 않았다. 칫! 여자들 꽁무니나 따라다니는 남자! 그것도 이제 막 여자들 만나고 돌아오는 남자라니! 나와 잠시 눈이 마주친 모지스가 잔뜩 앙심을 품은 듯한 내 눈길에 다 알겠다는 표정으로 고개를 끄덕였다.

"이런, 디저트를 못 먹게 벌주어야겠는걸…… 새로운 증거를 찾지 못한다면 말이야."

나는 거의 살기 어린 눈으로 모지스를 째려보았다. 하지만 튀어나온 푸른 눈, 보들보들한 초승달 같은 눈썹…… 순진한 어린애 같은 그의 모습에 새로운 증거 따위와는 상관없이 웃음이 터져 버렸다.

"이런, 웃음이 막 나오나 보네, 원래 늙은 부인네들이 별것 아닌 일에도 웃어 대는데……."

가증스러운 르노가 어깨를 으쓱이며 하는 말에 나는 대답하지 않았고 눈길도 주지 않았다.

"마르셀, 네 친구한테 무슨 일 있는 거냐? 둘이 싸우기라도 한 거야?"

"아뇨, 클로딘과 저는 둘도 없는 친구인걸요."

마르셀은 상황을 알고는 있지만 말할 수 없다는 듯 다시 덧붙였다.

"이번 주에 클로딘이 속상한 일이 있었을 거예요."

옆에 있던 모지스가 다시 끼어들었다.

"그래도 너무 화내지는 말아요, 아가씨. 인형 머리 빠진 것 쯤 아무것도 아니랍니다. 내가 쓸 만한 주소를 알려 드리죠. 아주 싸고, 5퍼센트 할인도 받을 수 있을 겁니다."

이제 르노가 나를 처음 본 사람인 듯 가만히 응시했다. 그러더니 마치 명령하듯 손짓으로 아들을 불렀다. 두 사람이 한 발짝 떨어져서 이야기를 나누는 동안 나는 오동통한 모지스의 먹잇감이 되어야 했다. 모지스는 품격이라고는 찾아볼 수 없지만 그런대로 우스울 때도 있고 재미도 있는 사람이었다.

"우리 아가씨가 이모가 된다는 저 청년은 아주 아름답군요."

"맞아요, 길에서 사람들이 저보다 더 많이 쳐다봐요. 그래도 전 샘나지 않아요."

"그래야죠!"

"저 크라바트도 예쁘지 않아요? 여자 것 같기는 하지만요."

"뭐 좀 여성스럽다고 해서 비난할 건 아니죠."

모지스가 타협하는 듯한 어조로 말했다.

"저 옷도 한번 보세요!"

설마 마르셀이 아버지에게 뤼스 얘기를 하는 건 아니겠지? 아마도 그러지는 못할 것이다. 안 그러는 게 좋을 것이다. 아니다, 뤼스 얘기를 했다면 르노의 표정이 저렇지 않을 것이다.

르노가 아들과 함께 다가왔다.

"클로딘, 다음 주 일요일에 너희 둘을 데리고 앙투안[134] 극
장에 가서 「블랑셰트」[135]를 보려고 했는데…… 그렇게 화가 나
있으면 내가 어떡해야 할지 모르겠네. 그냥 나 혼자 갈까?"

"안 돼요! 그러지 말아요! 나도 갈래요!"

"그 심술도 같이 갈 건가?"

그가 내 눈을 응시했다. 나는 잠시 생각해 보았다.

"아뇨, 심술 안 부릴게요. 하지만 오늘은 정말 속상하단 말
이에요."

르노는 여전히 나를 바라보면서 내 심술의 이유를 알아내
려 애썼다. 나는 멜리가 잔 받침에 들고 오는 우유를 보고 한
편으로 먹고 싶으면서 또 한편으로 싫다고 피하는 팡셰트처
럼 고개를 돌려 버렸다.

"자. 그럼 이만 우리는 가봐야겠구나. 그런데 지금 둘이 어
디 가는 길이지?"

"차가운 레몬티 마시러 가요."

옆에서 모지스가 심드렁하게 말했다.

"술집보다 훨씬 낫지."

---

134 앙드레 앙투안(André Antoine, 1858-1943)은 프랑스의 연출가, 배우, 연
극 비평가로, '자유극단'을 설립하고 자연주의를 중심으로 한 새로운 희곡을 상
연했다. 앙투안 극장은 파리 10구에 있다.

135 극작가 외젠 브리외(Eugène Brieux, 1858-1932)의 작품이다.

르노가 내게 바짝 붙어 서며 목소리를 낮추었다.

"클로딘, 내 말 잘 들어. 마르셀이 너와 친구가 된 이후로 많이 좋아졌어. 네가 마르셀에게 아주 유익한 친구인 것 같아. 마르셀의 아버지로서 내가 고맙게 생각하는 거 알지?"

나는 두 남자와 악수를 하고는 돌아섰다. 유익한 친구라고? 그런 말을 들어 봤자 아무 느낌이 없었다. 나는 누군가에게 교훈을 주는 것 따위는 좋아하지 않는다. 마르셀에게 유익하다고? 똑똑한 사람이라면서 어떻게 그렇게 멍청할 수 있을까?

나는 마르셀과 레몬티를 마셨다. 나의 우울은 가시지 않았다. 마르셀은 나보다 샤를리와 함께 있는 게 더 즐거울 것이다. 그날 나는 나에게 필요한 건 전혀 다른 종류의 기분 전환임을 깨달았다. 어쩔 수 없다.

14

저녁에 식사를 하고 나서 아빠가 담배를 물고 알 수 없는 노래를 흥얼거리는 동안, 멜리가 젖가슴을 받쳐 들고 집 안을 돌아다니는 동안, 나는 멍하니 책만 읽었다. 배가 불룩하고 몸이 불어난 팡셰트는 이제 밥도 안 먹었다. 이유 없이 가르랑거렸고, 코가 지나치게 발갛고 귀도 뜨거웠다.

매일 저녁 나는 미지근한 물로 목욕하고 나서 긴 거울 앞에 서서 벗은 내 몸을 바라보고, 몸이 유연해지도록 체조를 하고, 그렇게 하루를 마무리한 뒤 덧창만 닫고 창문은 열어 둔 채 느지막이 자리에 누웠다. 정말 무력한 일상이었다. 바구니 안에 모로 누운 나의 팡셰트는 숨이 찬지 헐떡이며 이따금 몸을 떨었고, 볼록하게 솟은 자기 배에 귀를 기울였다. 이제 정말 멀지 않은 것이다.

정말 멀지 않았다! 램프를 끈 지 얼마 되지 않아 나는 다시 몸을 일으켜야 했다. "먀아오오" 하는 팡셰트의 필사적인 외침 때문이었다. 나는 램프를 켜고 맨발로 다가갔다. 팡셰트는 가쁜 숨을 내쉬며 뜨거운 두 발을 급히 내 손에 얹었고, 부어 오른 아름다운 눈으로 나를 바라보았다. 이어 정신없이 하아악하아악거렸다. 그러다 갑자기, 내 손 위에 놓은 팡셰트의 고운 다리가 경련했고, 다시 한번 비탄에 젖은 "먀아오오" 소리가 메아리쳤다. 멜리를 깨워야 할까? 하지만 내가 일어나려고 조금만 움직여도 팡셰트는 미친 듯이 흥분해서 달려 나갈 것이다. 팡셰트는 겁이 나면 늘 그랬다. 움직이지 말고 그대로 있어야 한다. 가만히 있자면 조금 역겹기는 할 것이다. 그래도 고개를 돌리고 쳐다보지 않으면 버틸 수 있을 것이다.

10분 정도 조용했다가 다시 시작되었다. 팡셰트는 화가 난 듯 프르프르 거리다가 "먀아오오" 하고 괴성을 지르기를 되풀이했다. 내 고양이는 두 눈이 튀어나올 것만 같고, 이제 온몸에 힘을 준다. 나는 고개를 돌렸다. 팡셰트가 다시 가르랑 대고, 바구니 속에서 무언가 소란스러운 움직임이 들린다. 새끼가 태어난 것이다. 하지만 절대 한 마리가 끝이 아님을 나는 알고 있다. 팡셰트가 다시 부산스러워지고, 미친 듯이 발을 휘저으며 내 손을 할퀸다. 그래도 나는 돌아보지 않았다. 그렇게 비슷한 일이 세 번 이어진 뒤에야 마침내 완전히 끝났다. 팡셰트의 몸 안에는 이제 새끼가 한 마리도 없다. 나는 팡셰트를 먹일 우유를 가져오기 위해 속옷 바람으로 부엌으로 갔다. 돌아올 즈음에는 팡셰트가 뒤처리를 끝내 놓을 것이다. 나는 일부러 천천히 움직였다. 컵 받침에 우유를 들고 내 방으로 돌아왔을 때 팡셰트는 온몸에 힘이 빠진 행복한 어머니의 얼굴이었다. 이제 가까이서 쳐다봐도 된다.

흰색에 핑크색이 도는 팡셰트의 배 위에 검은색과 회색 줄무늬가 있는 주먹만 한 새끼 고양이 세 마리가 꼼지락대고 있었다. 지하실의 달팽이를 닮은 것 같은 경이로운 아기 고양이들은 거머리처럼 엄마 배에 달라붙어 젖을 빨았다. 바구니는 이미 깨끗했고, 출산의 흔적도 남아 있지 않았다. 팡셰트가 새끼를 낳는 것은 꼭 마법 같다! 팡셰트가 나에게 이미 머리부터 꼬리까지 잘 핥아 주어 몸이 번들거리는 새끼들을 보라고, 조금 쓰다듬어 주라고 갈라진 목소리로 청했지만, 나는 아직 그 몸을 만질 용기가 나지 않았다. 내일이면 한 마리를 선택하고 나머지 두 마리는 강물에 던져야 할 것이다. 늘 그랬듯이 멜리가 심판관 역할을 할 것이다. 그러고 나서 또 몇 주는 변덕스러운 어미 고양이 팡셰트가 줄무늬 새끼 고양이를 입에 물고 돌아다니다가 허공에 던지는 모습을 보아야 할 것이다. 그리고 대책 없이 순진한 어미 팡셰트가 태어난 지 보름이 지난 아들이 왜 자기를 따라 벽난로 위로, 책장 맨 꼭대기로 뛰어오르지 못하는지 애태우는 모습을 보아야 할 것이다.

팡셰트 때문에 잠을 설친 탓인지 수없이 많은 꿈을 꾸었다. 터무니없는 일과 멍청한 일이 우열을 가릴 틈 없이 뒤섞인 꿈이었다. 나는 얼마 전부터 꿈을 많이 꾼다.

팡셰트의 새끼 중 두 마리를 강물에 던지라는 명을 받은 멜리는 정 많은 사람들이 늘 그렇듯이 눈물을 보였다. 어쨌든 한 마리를 골라야 했고, 성별을 확인해야 했다. 갓 태어난 고양이는 암컷인지 수컷인지 확인하기 힘들다. 제아무리 영리한 사람이라도 쉽지 않다. 하지만 멜리는 절대 틀리지 않았다. 멜리는 한 손에 한 마리씩 새끼 고양이를 들고 그 부위에 자신만 한 눈길을 던진 다음 선언했다.

"얘가 수컷이야. 다른 둘은 암컷이고."

나는 바닥에서 초조한 듯 울고 있는 팡셰트에게 선택된 자식 하나를 돌려주면서 멜리에게 말했다.

"팡셰트 알기 전에 빨리 두 마리 데리고 나가."

하지만 어미는 새끼가 없어진 것을 금방 알았다. 팡셰트도 셋까지는 셀 줄 아는 것이다. 하지만 사랑스러운 나의 팡셰트는 아주 훌륭한 어머니는 아니라서, 선택받은 자식을 발과 입으로 굴려 뒤집어 가며 혹시라도 나머지 두 마리가 밑에 감춰진 게 아닌지 살펴보다가 곧 받아들였다. 그런 다음 남은 한 마리를 나머지 두 마리 몫까지 합해서 한참 핥아 주었다. 그뿐이었다.

이제 며칠이 남았지? 일요일까지 나흘이다. 일요일에 나는 마르셀, 그리고 르노와 함께 극장에 갈 것이다. 극장은 상관없다. 하지만 그 사람은 아니다. 아저씨…… 너무나 바보 같단 말이다! 멍청한 클로딘! 아저씨라는 말이 끔찍하게도 삼촌과 함께 있는 뤼스를 떠올리게 했다. 그렇게 늙은 남자와 같이 있는 게 정말 아무렇지도 않을까? 그래도 내 경우는, 어쨌든 한 번도 만난 적 없는 죽은 사촌 언니의 남편이다. 그러니까 원래 대로 하면 나의 사촌 형부다. 그러니 아저씨라고 부르는 것보 다는 르노가 낫다. 그러면 젊게 느껴진다. 그래…… 르노.

거리에서 우연히 만난 그날, 심술을 부리는 나를 르노가 얼 마나 잘 다루었는가! 그날 내가 그의 말을 따르게 한 것은 예 의 따위가 아니었다. 그것은 전적으로 나의 비굴함이었다. 그 대로 따르기, 시키는 대로 하기…… 그것은 내가 한 번도 겪어 본 적이 없는(맛본 적이 없다고 쓸 뻔했다.) 굴복의 느낌이었 다. 그러니까 내가 고집을 꺾은 것은 사악한 쾌감 때문이었다. 몽티니에서는 내가 청소 당번인 날이라 해도 내키지 않으면 하지 않았다. 빗자루를 들고 교실을 쓰느니 차라리 내 몸이 부 서지기를 택했을 것이다. 하지만 만일 마드무아젤이 르노의 눈과 같은 청회색 눈으로 나를 바라보면서 시켰다면 알 수 없 는 힘으로 팔다리가 흐느적거렸을 거고, 르노의 뜻을 따르듯 이 마드무아젤의 말도 잘 들었을 것이다.

처음으로, 뤼스를 떠올리며 내 얼굴에 미소가 번졌다. 좋은 신호다. 뤼스가 이제 내 마음에서 멀어졌다는 뜻이다. 뤼스는 분명 한 발로 서서 빙글빙글 춤을 추면서 자기 엄마가 굶어죽 든 말든 상관없다고 했다. 뤼스는 모르고 있지만, 그건 뤼스의 잘못이 아니다. 뤼스는 벨벳처럼 보드라운 어린 짐승이다.

극장에 가기로 한 날까지 이틀 남았다. 마르셀도 같이 가지만, 이렇게 들뜬 내 기분은 마르셀과는 상관없다. 마르셀은 자기 아버지 앞에서는 금발의 머릿결과 분홍빛 살결을 가진 나무토막이 되어 버린다. 살짝 적의(敵意)를 띤 나무토막……
사실 나는 르노와 마르셀을 따로 보는 게 더 좋았다.

내 기분 상태가 뭔가 애매했다. (나라고 어째서 기분 상태가 없겠는가?) 조만간 머리 위로 굴뚝이 무너져 내릴 것만 같은 야릇한 느낌이었다. 신경이 곤두선 채 마치 머리 위로 굴뚝이 무너지기를 기다리며 살아가는 것 같았다. 벽장문을 열 때, 혹은 길모퉁이를 돌아서면서, 혹은 내게 그 어떤 소식도 가져오지 않는 우편배달부가 오는 아침에, 다시 말해 별다른 의미가 없는 행동 하나하나에 가볍게 전율이 일었다. 드디어 그 일이 일어날까?

나는 매일같이 아기 고양이(줄무늬가 선명하고 달팽이를 닮기도 했으니 아빠가 좋아하도록 이름을 리마송[136]으로 짓기로 했

---

136 프랑스어로 '달팽이'라는 뜻이다.

다.)를 처다보았다. 코 쪽으로 모여드는 노란색과 검은색 줄무늬가 팬지꽃을 닮은 리마송을 바라보면서 언제 눈을 뜰 거냐고 아무리 물어봐도 소용이 없었다. 리마송은 아흐레가 지나야 눈을 뜰 것이다. 내가 안고 있던 리마송을 온갖 찬사와 함께 돌려주면, 팡셰트는 아들을 정성껏 핥아서 씻겨 주었다. 물론 팡셰트는 나를 미친 듯이 사랑하지만, 나한테서 나는 비누 향은 싫어했다.

사건, 아주 큰 사건이 일어났다! 그동안 두려워한 대로 굴뚝이 무너진 걸까? 그럴지도 모르지만, 그랬다면 지금의 이 불안은 사라졌어야 한다. 그런데 나는 여전히 심란했고, 몽티니에서 사람들이 잘 하는 말대로 위장이 쪼그라드는 것 같았다. 아무튼 문제의 사건부터 이야기해 보자.

오늘 아침 10시였다. 나는 리마송이 팡셰트의 양쪽 젖을 골고루 빨게 만드느라 애쓰던 중이었다. (리마송은 꼭 한쪽만 빤다. 멜리는 괜찮다고 하지만, 나는 나의 아름다운 암고양이 팡셰트의 가슴이 비뚤어질까 봐 싫다.) 아빠가 내 방에 들어왔다. 그런데 표정이 이상하게 엄숙했다. 물론 내가 겁을 먹은 건 아빠의 표정이 엄숙했기 때문이 아니라, 아빠가 내 방에 들어왔기 때문이다. 내가 아플 때 말고는 아빠가 내 방에 들어오는 법이 없기 때문이다.

"좀 와 보렴, 할 얘기가 있단다."

나는 궁금증을 간신히 억누르며 얌전히 아빠를 따라 서재로 갔다. 마리아 씨가 와 있었다. 그가 와 있는 것 역시 특별한 일이 아니었다. 하지만 오전 10시에 저런 르댕고트 차림으로 와 있는 것은 이상했다!

고귀한 나의 아버지가 부드럽고 기품 있는 목소리로 드디어 이야기를 시작했다.

"애야, 여기 이 훌륭한 청년이 너와 결혼하고 싶다는구나. 우선 내 의견부터 말하자면, 나는 전적으로 지지한다."

귀를 쫑긋 세우고 잔뜩 집중해서 듣던 나는 어리둥절했다. 아빠의 말이 끝났을 때 결국 진지하고 멍청한 한 마디를 내뱉고 말았다.

"뭐라고요?"

나는 정말 무슨 말인지 알아듣지 못했다. 아빠는 엄숙함이 조금 줄어들었지만 고귀함은 여전한 목소리로 말했다.

"멍청하기는! 얼마나 또박또박 말했는데 그걸 못 알아들어? 여기 이 훌륭한 청년 마리아가 너와 결혼하고 싶다잖아! 그래, 언제부터인가 네가 몇 살인지 헷갈리기는 했으니, 네가 조금 있으면 정확히 열네 살 반이 된다고 했더니, 이 사람 말이 아니라고, 곧 열여덟 살이 된다고 하더구나. 나보다 잘 알겠지. 그래, 이런 남자를 싫다고 하면 그건 대책 없이 까다롭게 구는 거지!"

됐어! 좋아! 마리아 씨는 창백해진 얼굴로 수북한 턱수염 위 속눈썹이 길고 동물의 눈을 닮은 눈으로 나를 응시했다. 이유는 정확히 알 수 없지만 기분이 좋아져서 흥분한 내가 그에게 달려갔다.

"정말이에요? 마리아 씨? 정말로 나와 결혼하고 싶은 거예요? 진심으로?"

마리아 씨가 나지막한 목소리로 대답했다.

"오! 당연히 진심이죠!"

"세상에! 마리아 씨는 정말 좋은 분이에요!"

나는 마리아 씨의 손을 잡고 힘차게 흔들었다. 그가 얼굴을 붉히는 모습이 마치 가시덤불 사이로 지는 석양의 해를 닮았다.

"그럼, 제 청혼을 받아 주시는 겁니까?"

"내가요? 아뇨!"

아! 좀 더 조심스럽게 거절했어야 했다. 내 대답은 다이너마이트 몇 킬로그램이 터지는 것과 같은 효과를 냈다. 마리아 씨는 입을 다물지 못한 채 정신 나간 사람처럼 멍하니 서 있었다.

자신이 나서야 할 때라고 판단한 아빠가 대신 말했다.

"그러니까 너는 우리를 가지고 놀 생각인 거냐? 대체 그게 무슨 말이야? 좋다고 달려들 때는 언제고, 그래 놓고 또 싫다는 건 뭐야? 이해를 못 하겠구나!"

"아빠, 나는 마리아 씨와 절대 결혼 안 해요. 정말이에요. 하지만 마리아 씨가 참 좋은 분이라고 생각해요! 내가 그 정도

관심을 받을 만한 여자라고 판단해 준 거니까요! 그렇게 진지하게…… 그래서 고맙다는 거예요. 하지만 결혼은 싫어요!"

마리아 씨는 무언가 간청하려는 듯 가련한 손짓을 하다 더이상 아무 말도 하지 않았다. 그 모습을 보며 나는 마음이 아팠다.

"하느님 맙소사! 대체 왜 싫다는 거야?"

아빠는 거의 울부짖을 기세였다.

왜 싫으냐고? 나는 두 손을 벌리고 어깨를 들썩였다. 나라고 그걸 어떻게 알겠는가. 사실 마리아 씨와 결혼하라는 건 몽티니의 학교에서 남학생 보조 교사로 일하던 잘생긴 라바스텐과 결혼하라는 것과 다름없다. 왜 싫으냐고? 이 세상에서그 이유가 될 수 있는 답은 하나뿐이다. 사랑하지 않으니까!

흥분한 아빠는 벽에 대고 잔뜩 욕설을 쏟아 냈고, 메아리쳐돌아온 그 욕설들을 여기에 옮겨 쓸 생각은 없다. 나는 아빠의길고 긴 푸념이 끝나기를 기다렸다.

"오! 아빠! 아빠는 정말 내가 슬퍼졌으면 좋겠어요?"

마침내 목석같은 아빠가 고집을 꺾었다.

"제기랄! 슬퍼진다고? 그건 안 돼지. 그래, 시간 있으니까생각 좀 해 보렴. 생각하다 보면 마음이 바뀔 수 있으니까. 안그런가, 자네 생각도 그렇지? 마음이 바뀔 수 있겠지? 그러면정말 좋을 텐데! 나는 늘 자네와 같이할 수 있고, 우리 일도 빨리 해치울 수 있겠지! 일단 오늘 아침은 별 수 없지. 자, 한 번

물었고, 두 번째 다시 물어도 정말 싫은 거지? 그럼 이 방에서 나가렴! 우린 일해야 하니까."

마리아 씨는 내 마음이 바뀌지 않을 것임을 잘 알고 있었다. 그는 가죽 가방을 만지작거리더니 손을 넣어 필통을 찾았다. 내가 다가갔다.

"마리아 씨, 저를 원망하세요?"

"오, 아니에요, 마드무아젤. 그런 게 아니……."

갑자기 쉰 목소리가 나오면서 마리아 씨가 더 이상 말을 잇지 못했다. 나는 까치발로 얌전히 서재를 나왔고, 거실로 와서 혼자 춤을 추었다. 야호! 나한테 청혼을 했다! 결-혼-하-자-고! 이렇게 짧은 머리카락에도 여전히 예쁘니까 결혼하자고 했겠지? 더구나 마리아 씨는 즉흥적인 사람이 아니라 신중하고 합리적인 사람이다. 그 말은…… 다른 남자들도…… 자, 춤은 그만 추고 찬찬히 생각해 보자.

그날 이후 내 삶이 복잡해지기 시작했음을 부정하는 건 유치한 짓이다. 그러니까 굴뚝이 바로 머리 위까지 내려온 것이다. 지금 내 머리는 미친 듯이 혹은 달콤하게 끓고 있고, 그 위로 드디어 굴뚝이 무너지려고 한다. 나는 내 마음을 이 세상 그 누구에게도 보여 주고 싶지 않다. 행복에 젖은 클레르에게 "오, 어린 시절을 함께 보낸 나의 친구야, 운명의 순간이 다가

오네. 내 심장과 나의 생명이 함께 꽃피어날 것 같아⋯⋯." 이런 편지를 쓰지는 않을 것이다. 절대로 그러지 않을 것이다. 그렇다고 아빠를 붙잡고 "오 나의 아버지, 내 마음을 짓누르면서 또 황홀하게 만드는 이게 도대체 무엇인가요? 아직 어려서 아무것도 모르는 딸에게 답을 주세요!" 하지도 않을 것이다. 만일 그랬다가는 아빠의 표정은 가관일 것이다. 아마도 아빠는 세 가지 빛깔의 수염을 손가락에 감아 돌리면서 어쩔 줄 몰라 하며 "이런 종(種)은 이제껏 연구해 본 적이 없어서⋯⋯." 이렇게 중얼거릴 것이다.

그만해, 클로딘, 그만하라고. 지금 너, 네 진짜 마음은 자신이 없는 거잖아. 너는 지금 넓은 아파트 안을 헤매고 있지. 오랫동안 좋아하던 발자크도 버려두고 네 방 거울 앞에 멍하니서 있어. 거울을 봐. 주름 잡힌 빨간색 실크 블라우스와 짙은 파란색 서지 스커트를 입은 날씬한 계집애가 뒷짐을 지고 서있지. 굵게 컬진 짧은 머리, 갸름한 얼굴에 거무스레한 뺨, 기다란 눈매⋯⋯ 너는 관심 없는 척하지만 거울 속 여자애가 예쁘다고 생각하잖아. 물론 사람들의 마음을 흔드는 그런 아름다움은 아니지만⋯⋯ 하지만 알 것 같아. 저 여자애를 쳐다보지 않는 남자는 바보든가 아니면 눈이 나쁜 거지⋯⋯.

내일 나는 정말 예뻐야 한다! 지난번에 새로 맞춘 파란색 스커트와 검은색 커다란 모자, 그리고 짙은 파란색 실크 블라우스를 입자. 짙은 색이 내게 잘 어울린다. 그리고 스퀘어넥으로 파인 목 한쪽에 월계화를 꽂자. 저녁이면 그 꽃 색깔이 피부색과 같아 보일 거다.

멜리한테 가서 청혼 받았다고 말해 줄까? 쓸데없는 짓이다. 멜리는 보나마나 이렇게 대꾸할 것이다. "그래, 우리 고향에서 하는 것처럼 해. 어차피 청혼 받았으니까, 미리 한번 해 보라고. 공정한 거래잖아. 둘 다 속을 일 없고." 멜리에게는 처녀성 따위는 전혀 중요하지 않았다. 멜리의 신념에 대해 나는 잘 알고 있다. 멜리는 늘 이렇게 말한다. "거짓말이야, 다 거짓말이라고! 의사들이 헛소리 떠드는 거라니까! 먼저 하든 나중에 하든 뭐가 달라, 남자들에게는 다르다고 정말 그렇게 믿는 거야? 다 똑같아!" 내가 제대로 배우고 있는 걸까? 어차피 정숙한 여자들에게는 숙명 같은 것이 있다. 이 세상에 멜리 같은 사람이 아무리 많아도 정숙한 여자들은 여전히 정숙하다!

숨 쉬기도 힘들 만큼 무더운 밤이었다. 나는 늦게야 잠이 들었고, 뒤숭숭한 잠자리에 몽티니의 추억이 파고들었다. 나뭇잎이 바스락대는 소리, 학교에서 구슬을 손에 넣고 비비면서 종달새의 노래를 따라 부르는 동안 밝아 오던 선선한 새벽…… 내일 나는 예뻐 보일까? 팡셰트는 리마송을 두 발 사이에 끼고 작은 소리로 가르랑거렸다. 나의 소중한 팡셰트가 규칙적으로 가르랑거리는 소리가 내 마음을 달래고 재워 주었다.

그날 밤 꿈을 꾸었다. 아침 8시에 멜리가 내 방 덧창을 열어 주려고 축 늘어진 몸을 끌고 들어왔을 때, 나는 침대에 앉아 있었다. 무릎을 세워 두 팔로 감싸고 머리카락이 코에 닿도록 고개를 숙인 채 웅크리고 있었다. 골똘히 생각에 잠겨서, 말할 기분도 아니었다.

"잘 잤어, 클로딘?"

"……잤어."

"어디 아파?"

"아니."

"무슨 힘든 일이나 걱정거리 있어?"

"아니, 꿈을 꿨어."

"그건 더 심각하네. 그래도 어린애나 왕족이 나오는 꿈만 아니면 돼. (멜리가 한 말을 그대로 옮긴 것이다.) 꿈에서 사람 똥을 보면 정말 길몽인데!"

내가 말을 알아듣기 시작할 때부터 멜리한테 귀에 딱지가 앉도록 들은 해몽이 이번만은 나를 웃게 만들지 못했다. 그날의 꿈에 대해서는 아무에게도 말하지 않을 생각이다. 여기다 쓰지도 않을 것이다. 너무 쑥스러울 것 같다.

나는 멜리에게 저녁을 6시에 먹자고 했다. 마리아 씨는 풀 죽은 모습으로, 머리가 헝클어진 채, 조용히, 평소보다 한 시간 먼저 자기 집으로 돌아갔다. 그 일이 있은 후에도 나는 마리아 씨를 보는 게 불편하지 않았고, 일부러 피하지도 않았다.

심지어 일상적인 평범한 이야기들을 하면서 평소보다 더 친절하게 대했다.

"날씨가 참 좋네요, 마리아 씨!"

"그런가요? 당장이라도 뭐가 쏟아질 것 같은걸요? 서쪽은 어두컴컴해요."

"아, 못 봤어요. 이상하네, 오늘 아침부터 자꾸 날씨가 좋다고 느껴져요."

그날 저녁 식사 때 나는 입맛이 없어서 고기를 뒤적이고 잼을 넣은 수플레[137]도 천천히 께적이다가 불쑥 아빠에게 물었다.

"아빠, 나 지참금 있어요?"

"왜 묻는데?"

"그걸 말이라고 해요? 어제 청혼을 받았으니, 내일 또 받을 수 있는 거잖아요. 처음 거절하기가 힘들지, 그러고 나면 연달아 이어진다고요. 그러니까 청혼은 꿀단지에 몰려드는 개미떼 같은 거예요. 개미 한 마리가 왔다는 건 떼거리로 올 수 있다는 뜻이라고요."

"떼거리라고! 이런이런! 다행히 우리는 그렇게 인간관계가

---

137 달걀흰자 위에 우유를 섞어 구운 요리 또는 과자로, 초콜릿이나 치즈, 혹은 잼 등을 넣는다.

넓지 않단다. 꿀단지야 당연히 있지. 지참금 있고말고! 네 첫 영성체 때 몽티니의 공증인 뫼니에 씨에게 15만 프랑을 맡겨 두었다. 네 어머니, 그래 그 지독한 여자가 남긴 돈이지. 여기 두는 것보다는 공증인에게 두는 게 낫고. 나한테 무슨 일이 일어날지 알 수 없으니까……."

아빠는 가끔 다가가서 키스를 해 주고 싶은 마음이 들 정도로 감동적으로 다정한 말을 한다. 나는 다가가서 키스를 했다. 그런 다음 내 방으로 돌아왔다. 그런데 자꾸 신경이 곤두섰다. 그는 왜 이렇게 늦는 걸까? 나는 귀를 쫑긋 세우고 바짝 조바심을 내며 문에서 초인종 소리가 나는지 살폈다.

7시 반. 이렇게 늑장을 피우다니! 1막은 이미 늦었다. 설마 안 올 건가? 8시 15분 전. 정말 짜증 난다! 최소한 전보를 보내 알려 주든지, 아니면 마르셀이라도 보내야 하는 것 아닌가? 어떻게 이렇게 연락도 없이…….

황급히 초인종을 누르는 소리에 나는 벌떡 일어섰다. 거울에 비친 내 모습, 낯선 흰 얼굴이 거북해서 고개를 돌렸다. 얼마 전부터 내 눈이 나는 알지 못하는 무언가를 알고 있는 것 같다.

현관에서 들리는 목소리에 나는 신경질적인 미소를 지었다. 그 혼자, 그러니까 르노의 목소리만 들렸다. 멜리는 노크도 없이 르노를 내 방에 들여보낸 뒤 말 잘 듣는 암캐같이 아첨하는 눈길로 르노를 따라왔다. 그런데 르노도 얼굴이 창백했다. 눈에 띄게 흥분한 것 같았고, 두 눈이 반짝였다. 밝은 데서 보니 은빛 콧수염이 금색으로…… 끝이 위로 굽은 아름다운 콧수염이…… 어찌나 부드러운지 손을 뻗어 한번 만져 보고 싶었다.

"혼자 있네? 클로딘? 왜 아무 말도 안 하지? 무슨 일이야? 우리 아가씨가 벌써 외출하신 건가?"

(르노가 말하는 아가씨는 그가 어떤 여자 집에서 오는 길이라고 생각했고, 무표정한 미소로 응답했다.)

"아뇨. 이제 외출할 거예요. 같이 갈 거죠? 가서 아빠한테 인사하고 나가요."

아빠는 르노에게 무척 친절했다. 르노는 여자들의 환심만 사는 게 아니었다.

"우리 아이 잘 부탁하네. 섬세한 애라서. 집 열쇠는 가지고 있나?"

"있습니다. 우리 것 가지고 있죠."

"멜리한테 우리 집 열쇠도 달라고 하게. 나는 이미 네 번이나 잃어버려서, 아예 안 가지고 있지. 그런데 아이는 안 보이네……."

"마르셀이요? 그 아이는…… 극장으로 바로 올 겁니다."

우리는 말없이 계단을 내려갔다. 밑에서 기다리는 2인승 이

륜마차를 본 나는 어린애처럼 기뻤다. 멋진 말이 끄는 빈데르[138]의 화려한 마차도 이보다 좋지는 않을 것이다.

"괜찮아? 바람 좀 들어오게 창문 하나 올릴까? 아니, 더우면 둘 다 반씩 올리는 게 낫겠군."

덥든 말든 상관없었다. 어차피 나는 위장이 쪼그라들 만큼 잔뜩 긴장한 상태였다. 신경질적으로 오한이 나면서 이가 덜덜 떨렸다. 나는 간신히 한마디를 꺼냈다.

"마르셀은 극장으로 와요?"

대답이 없었다. 르노(그냥 르노라고만 부르니까 좋다.)는 시선을 아래로 향한 채 가만히 있었다. 그러다 갑자기 고개를 돌리면서 내 손목을 잡았다. 머리가 희끗해지는 나이에도 몸 움직임은 무척 젊었다.

"조금 전에 내가 거짓말을 했어. 옳지 못한 짓이지. 마르셀은 안 올 거야. 올 거라고 거짓말한 거야. 마음에 몹시 걸리는군."

"왜요? 마르셀이 안 와요? 왜?"

"그러면 싫지? 내 잘못이야. 그애 잘못도 있지만…… 어떻게 설명해야 할까? 그래, 어쩌면 대단치 않은 일 같아 보일 수도 있겠지만…… 마르셀이 내가 사는 바사노거리로 왔는데,

---

138　독일 출신의 장자크 빈데르(Jean Jacques Binder, 1743~1815)가 파리에 세운 마차 제작소는 19세기 파리에서 가장 큰 마차 제작소였다.

평소보다 덜 경직된 것 같고 마음도 더 열린 것 같아서 처음에는 좋았지. 그런데 그놈의 크라바트 때문에! 크레이프 드 신이었는데, 여자들처럼 목에 헐렁하게 감아가지고 끝에 진주 구슬이 달린 핀으로 고정시켰으니, 그 꼴이…… 도저히 봐줄 수가 없었어. 그래서 '크라바트를 바꾸면 좋겠다. 내 것을 빌려 줄 테니 골라 보렴.' 했더니 그 애가 오만하고 퉁명스럽게 반항하는 바람에…… 사실 우리 부자 사이는 조금 복잡해. '이 크라바트 그대로 매고 가거나 아니면 안 갈래요.'라길래 그냥 쫓아내 버렸어. 그렇게 된 거야. 내가 잘못했다고 생각하지?"

나는 대답 대신 되물었다.

"그 크라바트 지난번에도 봤잖아요? 지난번에 보드빌 극장 근처에서 모지스 씨하고 같이 만났을 때, 그때도 그 크라바트를 하고 있었는데!"

르노는 정말 놀랐는지 눈썹을 치켜올렸다.

"정말이야? 확실해?"

"확실해요. 한 번 보면 잊기 힘든 크라바트잖아요. 어떻게 못 본 거죠?"

르노는 몸을 등받이 쿠션 쪽으로 젖히고 고개를 저었다. 그러고는 높지도 낮지도 않은 목소리로 말했다.

"모르겠어. 그날 기억나는 건, 클로딘의 눈자위가 푸르스름하고 마치 상처받은 노루처럼 화가 나 있었다는 것, 파란색 블라우스, 가벼운, 이따금 오른쪽 눈썹에 가 닿기도 하는 컬진 머리카락, 그것뿐이야……."

나는 아무 말도 하지 않았다. 살짝 숨이 막혔다. 르노는 말을 끝맺지 못하고 모자를 내려 눈을 가렸다. 하지 말아야 할 말을 내뱉고 나서 너무 늦게 그 사실을 깨달은 사람처럼…… 그는 손을 어색하게 움직였다.

"나 혼자 가는 건, 그래, 정말 별로겠어. 원한다면 집에 다시 데려다줄 수 있어."

이 공격적인 어조는 누구를 향한 걸까? 나는 대답 대신 조용히 웃으면서 장갑 낀 손을 그의 팔에 얹었다.

"아니, 집으로 가지 말아요. 나는 아주 좋아요. 마르셀과 잘 안 맞는 거 알아요. 나도 둘이 같이보다 한 사람씩 따로 보는 게 더 좋아요. 그런데 조금 전에 아빠 앞에선 왜 사실대로 말하지 않았어요?"

르노가 내 손을 잡아 자기 팔 밑으로 꼈다.

"뻔하지. 마음이 상해 있었고, 짜증 났고…… 그나마 클로딘이 같이 가 줘야 내 마음이 좀 달래질 것 같았는데, 혹시 아버지가 안 된다고 할까 봐 겁이 난 거지…… 나는 이럴 자격이 없으니까. 결국 거짓말을 해서 이렇게 함께 있는 거지……."

"걱정할 필요 없어요. 그대로 얘기했어도 아빠는 아무 말 안 했을 거예요. 아빠는 내가 원하는 건 다 허락해 줘요."

르노는 짜증 난 듯 도금 벗겨진 은빛깔의 콧수염을 잡아당 겼다.

"그래, 나도 알아. 그래도 도리에 맞는 것만 원하겠다고 약속할 수 있지?"

"몰라요! 그걸 어떻게 알아요? 내가 원하는 거…… 그래요, 나 원하는 게 있어요. 들어줘요!"

"어떤 바나나를 따와야 하지? 아니면 어떤 아티초크 밑둥을 벗겨야 하나? 한 마디만, 손짓 하나만 해 봐. 당장 크림 초콜릿 사탕을 한 아름 안겨 줄 테니까. 이 마차가 워낙 보잘것없어서 내 고귀한 몸짓을 다 보여 줄 수는 없지만, 고귀한 감정은 얼마든지 펼칠 수 있지!"

글을 쓰는 사람들은 하나같이 조금 허풍스럽다. 하지만 이 사람은 모지스보다 훨씬 멋있고, 파리 외곽 지역 사람들이 쓰는 흉한 말투가 섞이지 않은 것도 좋았다.

"초콜릿 사탕을 거절하는 사람은 없죠. 하지만…… 그래요, 난 절대로 아저씨라고 부르지 않을 거예요."

마차가 상점 앞 밝은 곳을 지나갈 때 그가 체념한 척 일부러 고개를 숙이는 모습이 보였다.

"그래, 이제 나를 할아버지라고 부르려나 보군. 두렵던 그 시간이 드디어 온 거야."

"아니에요, 웃지 말아요. 나이 많은 아저씨이지만 엄밀히 말하면 내 사촌 형부이고, 그러니까, 이제는…… 르노라고 부를래요. 뭐 그렇게 이상하지는 않은 것 같은데……."

마차는 넓은 거리를 지나고 있었다. 르노가 내 얼굴을 보려고 고개를 숙였다. 나는 눈을 깜빡이지 않고 버텼다.

"겨우 그거야? 당장 그렇게 불러 주면 나야 좋지. 그렇게 해줘. 나를 젊어지게 해 주니까. 내가 젊어지고 싶은 만큼까지는 되지 못하지만, 적어도 5년은 젊게 만들어 주겠지. 여기 내 구레나룻을 좀 봐. 갑자기 금발로 돌아간 것 같지 않아?"

나는 자세히 보기 위해 고개를 숙였지만, 곧바로 몸을 다시 뒤로 뺐다. 그렇게 가까이 다가가니 위장이 다시 쪼그라드는 것 같았기 때문이다.

우리는 아무 말도 하지 않았다. 이따금 밝은 곳을 지날 때 나는 그의 옆모습을, 크게 뜬 그의 두 눈을, 주의 깊게 무언가를 바라보는 그의 눈길을 힐끗거렸다.

"어디 살아요, 르노?"

"이미 말했는데, 바사노거리."

"집 좋아요?"

"내게는…… 좋지."

"나도 가 봐도 돼요?"

"말도 안 돼!"

"왜요?"

"그야…… 너무…… 그러니까 네 눈에는 18세기 그림을 보는 기분일 거야."

"칫! 그게 무슨 상관이라고!"

"내게는 상관이 있지…… 자, 다 왔네."

아쉽다!

「블랑셰트」 전에 한 「홍당무」[139]도 아주 좋았다. 쉬잔 데프레[140]의 소년 같은 매력과 절제된 동작이 매혹적이었다. 짧은 빨간 머리 가발을 쓴 그녀의 눈동자가 뤼스처럼 초록빛이었다. 쥘 르나르의 예리한 대사들도 좋았다.

그렇게 꼼짝 않고 턱을 내민 채 무대에 귀를 기울이고 있는데, 갑자기 나를 쳐다보는 르노의 시선이 느껴졌다. 나는 고개를 휙 돌렸다. 하지만 그의 눈은 정면의 무대를 향해 있었고 표정도 너무 태연했다. 그렇다고 무죄가 증명되지는 않는다.

중간 휴식 시간 동안 르노가 나를 데리고 나갔다.

"이제 조금 진정됐어? 잔뜩 긴장하더니."

내가 날선 어조로 대답했다.

"그런 적 없어요."

"마차에서 그 가녀린 손이 내 팔을 잡을 때 분명 잔뜩 굳어 있고 차갑던데? 안 그랬다고? 그렇다면 내가 긴장한 건가?"

"맞아요…… 둘 다…….."

나는 들릴락 말락 하게 말했다. 르노의 팔이 살짝 움직이는 것으로 보아 내 말을 제대로 들은 게 분명했다.

---

139   1894년 발표된 쥘 르나르(Jules Renard, 1864-1910)의 소설로, 1900년에 연극으로 공연되었다.

140   쉬잔 데프레(Suzanne Després, 1875-1951)는 프랑스의 배우로, 앙드레 앙투안의 자유 극단 소속이었다. 남장을 하고 「홍당무」에서 주인공 역할을 맡았다.

「블랑셰트」가 시작되었다. 극중 블랑셰트를 보면서 나는 마드무아젤이 총애하던 에메의 하소연을 떠올렸다. (이미 오래전 일이다.) 우리가 막 서로 좋아하기 시작했을 때, 에메는 고향집 얘기를 했다. 이미 교사가 되어 상대적으로 편안한 학교 생활에 익숙해진 그녀에게 고향집은 너무도 끔찍하다고 했다. 남은 가족이 그곳에서 가난하게, 하나같이 악을 써 대고 옷도 제대로 챙겨 입지 못한 채 살아간다고 (지금 무대 위의 저 블랑셰트보다 더 노골적으로) 털어놓았다. 에메가 찬바람이 들이치는 냄새 나는 교실 입구에 서서 추위에 떠는 암고양이처럼 웅크린 채 끝없이 이야기를 이어가는 동안, 마드무아젤은 말없이 질투를 감춘 채 지나갔다.

르노가 내 생각을 읽었는지 나지막하게 물었다.

"몽티니도 저랬어?"

"저렇죠, 훨씬 심해요."

그는 더 말하지 않았다. 나란히 앉은 우리는 둘 다 아무 말 하지 않았다. 르노의 든든한 어깨에 기대고 보니 조금씩 긴장이 풀렸다. 고개를 든 내 눈은 나를 내려다보는 그의 눈과 마주쳤다. 나는 진심으로 미소를 지어 보였다. 다섯 번째 만나는 그가 마치 오래전부터 알던 사람 같았다.

마지막 막이 상연되는 동안 내가 먼저 벨벳 팔걸이에 팔꿈치를 괴었고, 금방 눈치챈 르노도 똑같이 했다. 그 순간 내 위장이 완전히 쪼그라들어 버렸다.

극장 밖으로 나오니 자정이 되기 15분 전이었다. 하늘은 어두웠고, 바람이 제법 시원했다.

"르노, 부탁이에요. 곧바로 마차를 타고 싶지 않아요. 조금만 걸어요. 시간 있죠?"

"원한다면 내 평생을 다 써도 돼."

르노가 빙그레 웃으면서 팔짱을 꼈다. 내 다리가 긴 덕에 나란히 보폭을 맞추어 걸을 수 있었다. 전등 불빛 아래를 지날 때 함께 걷는 우리의 모습을 볼 수 있었다. 나는 야릇한 흥분에 휩싸여 고개를 들었고, 거의 새까만 눈동자는 하늘의 별을 향했다. 바람이 르노의 긴 콧수염을 쓸고 지나갔다.

"몽티니 얘기 좀 해 봐, 클로딘. 네 얘기도 해 보고."

나는 그러고 싶지 않다고, 그냥 걷는 게 좋다고 했다. 굳이 얘기가 필요 없었다. 우리는 빨리 걸었다. 그날 밤 내 두 발은 팡셰트의 발이 되었다. 땅 위를 걷는 게 아니라 흔들리는 점프대 위에 서 있는 느낌이었다.

불빛, 강렬한 불빛과 채색 유리창이 나타났다. 사람들이 테라스에 나와 술을 마시고 있었다.

"저게 뭐예요?"

"술도 파는 식당이야, 로그르."

"좋아요! 나 목말라요!"

"좋은 생각이야. 하지만 저 집은 안 돼……."

"싫어요, 저기 갈래요. 정말 환하네! 재미있을 것 같아요!"

"저 집은 글쟁이들, 한량들, 시끄러운 인간들이 득실대는 곳이라고."

"그러면 더 좋죠! 꼭 저기서 마시고 싶어요."

르노가 콧수염을 잡아당기며 잠시 생각하는 것 같더니, 손짓을 했다.

"그래, 안 될 건 없지!"

르노가 나를 데리고 들어갔다. 그의 말처럼 사람이 많지는 않았다. 무더운 날이었지만 그런대로 숨 쉴 만했다. 초록색 타일이 장식된 기둥들을 보며 나는 목욕이 하고 싶어졌고 시원한 물 생각이 더욱 간절했다.

"목말라요! 목말라!"

"자. 자, 이제 곧 마실 수 있어. 급하기는! 남편이 꼭 필요하겠어!"

"내 생각도 그래요."

대답하면서 나는 웃지 않았다.

우리는 기둥 옆 작은 테이블에 앉았다. 오른쪽으로 바쿠스의 무녀들이 나신(裸身)으로 혼란스럽게 그려진 벽 아래쪽에 거울이 걸려 있었다. 나는 볼에 잉크가 묻지 않았고 모자도 비뚤어지지 않은 것을 확인했다. 목마름을 호소하는 붉은 입술 위로 두 눈이 초롱초롱하게, 아마도 약간 열에 들떠서 반짝이는 것도 보았다. 맞은편에 앉은 르노는 흥분했는지 손을 떨었고 관자놀이가 축축해 보였다.

웨이터가 들고 가는 가재 요리 냄새가 나를 사로잡았다. 너무 먹고 싶어서 나도 모르게 신음을 내뱉었다.

"가재도 먹을까? 가재! 자! 몇 마리?"

"몇 마리? 몇 마리까지 먹을 수 있는지 잘 모르겠어요. 일단 열두 마리요."

"마실 건? 맥주로 할까?"

나는 아랫입술을 내밀었다.

"그럼 포도주? 아니면 샴페인? 모스카토 다스티 스푸만테?"[141]

나는 맛있는 음식을 기대하며 얼굴이 벌겋게 달아올랐다.

"좋아요! 좋아!"

우리는 음식이 나오기를 기다렸고, 그사이 반짝이 장식이 달린 얇은 여름 망토를 걸친 여자들이 계속 들어왔다. 다들 예뻤다. 괴상한 모자들, 너무 진한 황금빛으로 염색한 머리카락, 번쩍거리는 반지들…… 매번 내가 저기 좀 보라면서 여자들을 가리켰지만 르노는 별다른 관심을 보이지 않았다. 나에게는 상당히 충격적인 일이었다. 르노의 여자들은 저보다 더 아름다운가? 그러자 갑자기 우울해졌고 사나워졌다. 놀란 르노가 작품의 대사를 찾아 읊었다.

---

141 이탈리아 피에몬테 지방 아스티에서 생산되는 모스카토 포도주는 달고 알코올 함량이 낮아 후식용으로 많이 마신다. 그중 '스푸만테'는 거품이 많이 난다.

"무슨 일인가? 바람의 방향이 바뀌었는가? 힐다, 너의 고통은 어디에서 오는가?"

나는 아무 말도 하지 않았다.

아스티 포도주가 나왔다. 나는 마음도 달래고 갈증을 풀기 위해 커다란 잔에 따라 벌컥 들이켰다. 여러 여자를 거느린 남자는 지금 내 앞에 앉아 자기는 배가 많이 고파서 살짝 구운 로스트비프를 먹겠다고 했다. 사향 냄새가 나는 아스티 포도주는 보기와 달리 삼키는 순간 목구멍이 뜨거워졌다. 그 맛이 퍼져 나가면서 귓바퀴에서 열이 나는 것 같았고, 목구멍이 다시 갈증으로 타올랐다. 나는 잔을 앞으로 내밀었고, 희열에 젖은 듯 두 눈을 반쯤 감은 채 이번에는 홀짝거리며 마셨다. 르노가 웃었다.

"아기가 젖을 빠는 것 같군. 너에게는 야성적인 매력이 있어, 클로딘……"

"팡셰트가 새끼를 낳았어요. 알죠?"

"아니, 몰랐어. 나한테도 보여 줄 거지? 분명 하늘의 별처럼 아름다운 새끼 고양이겠지!"

"그보다 훨씬 아름다워요…… 아! 이 가재 좀 봐요! 그거 알아요, 르노? (그는 내가 자기를 르노라고 부를 때마다 고개를 들어 나를 쳐다보았다.) 몽티니에서는 가재가 이렇게 안 커요. 아주 작죠. 리카르천(川)의 여울에서 손으로 잡거든요. 맨발로 물에 들어가서요. 이건 정말 향신료가 맛있네요."

"이제 절대로 아프지 않을 거지?"

"물론이죠! 이제부터 내가 할 말이 있어요, 아주 중요한 얘기예요. 오늘 내가 평소랑 다른 것 같지 않아요?"

나는 이미 포도주로 상기된 얼굴을 내밀었다. 눈길을 내려 갈색 눈꺼풀에 잡힌 미세한 주름살이 보일 정도로 가까운 자리에서 나를 보던 그가 고개를 돌리며 대답했다.

"아니, 다른 날과 비슷한걸……."

"눈이 삔 것 아니에요? 답답하기는! 그저께, 그러니까 바로 이틀 전에, 오전 11시에, 청혼을 받았어요. 청-혼!"

"어…… 어떤 바보 같은……?"

르노의 반응에 나는 너무 기뻐서 웃음이 터졌다. 점점 음을 높여 가던 나의 웃음소리가 정점에서 뚝 멈췄다. 소리 나는 곳을 향해 고개를 돌린 다른 손님들이 우리를 쳐다보고 있었기 때문이다. 당연히 르노도 불편해했다.

"나를 가지고 놀다니 못 쓰겠군……! 사실 한 마디도 안 믿었지만……."

"이 자리에서 침까지 뱉어 확인하진 못하겠지만, 정말 명예를 걸고 맹세해요. 청혼 받았어요!"

"누가?"

나에게 청혼한 남자를 확인하는 질문에 호의가 조금도 실려 있지 않았다.

"아주 괜찮은 젊은 남자예요. 마리아 씨, 아빠의 비서죠."

"당연히…… 거절했지?"

"당연히…… 거절했죠."

르노는 별로 좋아하지 않는 아스티 포도주를 큰 컵에 가득 따른 다음 한 손으로 머리카락을 쓸었다. 내 눈앞에서는 난생 처음 보는 이상한 현상이 벌어지고 있었다. (나는 집에서는 물밖에 마시지 않는다.) 우리가 앉은 테이블에서 흐릿한 안개가 넝쿨나무처럼 천장으로 올라가서는 샹들리에 주위로 번져 나갔다. 사물들은 뒤로 물러났다 가까이 다가왔다. 어찌 된 일인지 알아보려는 찰나, 입구 쪽이 왁자지껄해졌다.

"켈네르! 먹으면 속이 쓰린 그 슈크루트[142]하고 자네가 경솔하게도 뮌헨 맥주라고 부르는 그 맛없고 시큼한 코코아 좀 가져다주겠나? 라인토흐터[143]의 벨벳처럼 부드럽고 풍성하고 향기로운 머릿결이 흘러 넘치는군. 이자들을 용서하소서, 자기들이 뭘 마시는지 모르나이다. 바이가 바가 바가 라 바이아……."

역시 땀에 흠뻑 젖은 서정적인 음악 평론가 모지스가 모든 것을 바그너로 연결시켜 떠들고 있었다. 그는 조끼 단추를 풀고 테두리가 납작한 실크해트를 머리 뒤쪽에 걸친 채 친구 셋

---

142 양배추를 가늘게 썰어 절인 음식. 독일 국경 지역인 알자스, 로렌 지방의 전통 음식이다.

143 라인강의 처녀들. 바그너의 「니벨룽겐의 반지」의 서극(序劇) 「라인의 황금」에서 라인강의 황금을 지키는 세 요정을 말한다.

을 끌고 들어왔다. 르노는 난감해서 어쩔 줄 몰라 했다. 그는 콧수염을 잡아당기며 뭔가 불평하듯 웅얼거렸다.

바그너의 「라인골트」 얘기로 신나게 떠들던 모지스가 우리가 앉은 자리 쪽으로 오다 갑자기 입을 다물었다. 안 그래도 튀어나온 눈이 더 커졌다. 그런데 잠시 망설이던 모지스가 한 손을 들어 올리더니 인사도 없이 그냥 지나갔다.

"이런!"

르노가 화난 목소리로 내뱉었다.

"왜요?"

"네 잘못은 아니야, 내 잘못이지. 여기는 네가 와 있을 곳이 아니야. 나와 단둘이 말이야. 저 멍청한 모지스가…… 하기야 누구라도 그렇게 했을 테지만…… 사람들이 너에 대해, 그리고 나에 대해 굳이 나쁘게 생각하게 만들 필요는 없었는데……."

걱정과 불만이 가득 찬 그의 눈길 때문에 나는 그동안 가라앉았던 흥분이 되살아나 다시 즐거워졌다.

"겨우 그거예요? 말도 안 돼, 그래서 그 난리였어요? 눈썹을 잔뜩 찌푸리고 잔소리를 늘어놓으면서? 정말 모르겠네. 그게 나랑 무슨 상관이죠? 술이나 더 줘요."

"내 말 모르겠어? 나는 이렇게 늦은 시간에 정숙한 어린 여자애들하고 나다니지 않는다고! 너처럼 예쁜 애가 나하고 단둘이 이러고 있으면 남들이 뭐라고 생각하겠어?"

"그리고 또 뭐요?"

술기운에 자꾸 히죽거리며 웃고 눈길이 마구 흔들리는 내 모습을 보면서 르노는 문득 깨달았을 것이다.

"클로딘, 지금…… 혹시…… 취한 거 아냐? 오늘 너무 많이 마셨어. 집에서……."

나는 상냥하고 자신 있는 목소리로 대답했다.

"집에선 에비앙[144]을 마시죠."

"맙소사! 정말 돌겠군! 네 아버지한테 뭐라고 말하지?"

"어차피 아빠는 지금 자요."

"클로딘, 이제 그만 마셔. 자, 지금 가득 찬 그 잔부터 나한테 줘, 당장!"

"손만 대 봐, 때려 버릴 거야!"

조심스러워하는 그의 두 손으로부터 안전하게 내 잔을 지켜 낸 나는 계속 마셨다. 행복해하는 내 마음의 소리가 들렸다. 조금 힘들기는 했다. 천장의 샹들리에 불빛이 마치 비 오는 날의 달처럼 윤곽이 흐릿해졌다. 몽티니에서는 저런 달을 보고 '달이 술 마신다.'고 했다. 어쩌면 파리에서는 샹들리에가 술을 마시면 비가 온다는 신호인 걸까…… 야, 클로딘, 정신 차려! 너야, 네가 술 마셔서 그런 거라고. 아스티 포도주를 큰 잔으로 세 잔이나 가득 마셨잖아. 멍청하기는! 아, 너무 좋

---

144 프랑스 알프스 지역의 에비앙레뱅에서 생산되는 생수.

아!…… 귀에서 슈, 슈, 소리가 들리고…… 저기 두 자리 건너 테이블에서 식사 중인 뚱뚱한 두 남자 정말 사람 맞지? 저 사람들이 소리 없이 가까워지네…… 손을 내밀면 닿을 것 같아…… 아니, 아주 멀리 있어. 정말 이상하게 사물들 사이에 공간이 없었다. 샹들리에는 천장에 달라붙었고, 테이블은 전부 벽에 달라붙었고, 뚱뚱한 두 남자는 더 멀리 앉은 반짝이 망토들을 배경 삼아 달라붙었다. 나도 모르게 소리를 질렀다.

"이제 알겠어! 일본식 그림[145]이 이런 거네!"

르노가 속상한 듯 한 팔을 들어 올렸고, 이어 이마를 닦았다. 오른쪽 거울에 너무도 우스꽝스러운 클로딘이 보였다. 머리카락은 꼭 부풀어 오른 깃털 같고, 두 눈은 혼란스러운 희열에 젖어 있고, 입은 축축하다! 진짜 클로딘과 또 다른 클로딘, 몽티니에서 맛이 갔다고 말하는 그런 상태의 클로딘이 있다. 맞은편에는 머리가 희끗거리는 남자가 앉아 맛이 간 클로딘을 쳐다보고 있다. 그는 더 이상 먹지 않는다. 오, 알 수 있다. 클로딘을 취하게 만든 것은 아스티 포도주도 가재에 뿌린 향신료도 아니다. 클로딘은 바로 저 사람이 눈앞에 있다는 사실 때문에, 거의 새까만 색으로 빛을 발하는 그의 눈 때문에 취한

145　일본 에도시대에 유행한 '우키요(浮世繪)' 판화는 도자기의 포장지로 유럽에 전해지자 서양의 원근법과 다른 평면적 구성과 강렬한 색채로 인상주의 화가들에게 큰 영향을 끼쳤다. 19세기 프랑스에 '쟈포니즘'이라는 일본풍이 유행했다.

것이다.

두 클로딘이 완전히 나뉘었다. 나는 내가 움직이는 것을 보았고, 내가 말하는 것을 들었다. 내 목소리는 조금 먼 곳에서 들려왔다. 신중한 클로딘은 사슬에 묶인 채 유리방 안에 있고, 날뛰는 클로딘이 미친 듯이 수다를 떤다. 유리방에 갇힌 클로딘은 아무것도 할 수가 없다. 머리 위로 무너질까 봐 내내 두려워했던 굴뚝이 마침내 와지끈 무너져 내리고, 그 먼지가 천장의 등불 주위로 후광을 만들어 낸다. 신중한 클로딘, 그냥 보기만 해, 움직이지 말고! 날뛰는 클로딘은 아무것도 눈에 들어오지 않는 광인처럼 거침없이 달려 나간다!

클로딘이 르노를 바라보았다. 황홀한 듯 그녀의 속눈썹이 떨렸다. 르노는 저항을 포기한 채 클로딘에게 빨려들어 그대로 끌려갔다. 그는 아무 말도 하지 않았고, 클로딘을 바라보는 눈에 기쁨보다 슬픔이 어렸다.

"아! 여기 정말 좋아요! 아! 들어오기 싫다고 했죠? 아! 아! 난 좋은데…… 여기 계속 있을 거죠? 사실은…… 지난번에 말을 잘 들은 건, 그때까진…… 그러니까 일부러 말 듣는 척할 때 말곤…… 당신 이전엔 그 누구한테도 복종한 적 없는데…… 어쩔 수 없이 무릎을 꿇고 보니 무릎이 아프면서도 좋네요. 아! 이래서 뤼스가 그렇게 맞으면서 좋아했나 봐요. 뤼스 알아요? 내가 엄청 때렸거든요. 뤼스가 잘못이건 아니건 상관없이 때렸죠. 개는 창틀에 머리를 대고 비비는 걸 좋아했어요. 쉬는 시간에 우리가 마름[146]을 벌려서 거기다 가져다 놓아 창틀이 다 낡았는데…… 마름이 뭔지 알죠? 난 마름을 건지러 바르 연못에 갔다가 열병에 걸린 적도 있어요. 열두 살이었죠. 그땐 머리카락이 아주 아름다웠는데…… 내 머리가 길면 더 좋겠죠?…… 이상하게 손가락 끝이 떨리네. 정말 자꾸 떨려요. 지금 압생트[147] 냄새 나는 거 알아요? 저기 저 뚱뚱한 남자가 자기 샴페인 잔에 압생트를 부었어요. 학교에선 압생트 향이 나는 막대기 모양 보리엿 사탕을 먹었는데…… 계속 빨면서 끝이 뾰족해지게 갈아요. 먹을 거 좋아하는 격다리 아나이스가 참을성도 많아서 제일 잘했죠. 저학년 애들이 뾰족하게 만들어 달라며 사탕을 들고 왔다니까요. 에그, 더럽게…… 안 그래요? 꿈에 당신이 나왔어요. 얘기 안 하려고 했는데…… 아주 고약한 꿈이지만 너무 좋았어요…… 이젠 뭐, 꿈에서 깨서 다른 곳에 와 있으니까. 얘기해도…….”

“클로딘!”

르노가 나지막한 목소리로 거의 애원하다시피 했다.

정신 나간 클로딘은 양 손바닥을 펴서 냅킨 위에 대고 몸을 앞으로 내민 채 르노를 바라보았다. 클로딘의 눈이 완전히 풀

---

146 습지에서 자라는 수생식물로, 열매는 밤처럼 생긴 검고 딱딱한 견과이다. ‘물에서 나는 밤(water chestnut)’이라고 불린다.

147 쑥의 일종으로 쓴쑥, 웜우드 등으로 불린다. 유럽에서는 오랫동안 우려내서 차로 마시기도 하고 향신료로 쓰였고, 압생트라는 독주를 만들기도 했다.

렸다. 비밀이 없는 눈…… 컬진 가벼운 머리카락 한 올이 오른쪽 눈썹을 간질였다. 원래 말이 없고 속내를 잘 드러내지 않는 클로딘의 입에서 지금은 마치 단지의 물이 넘치듯 말이 쏟아져 나왔다. 마주 앉은 르노의 얼굴이 벌게졌다가 창백해졌다. 숨결도 빨라졌다. 그런데 지켜보는 클로딘에게는 그 모든 것이 자연스러웠다. 저 남자는 어째서 나만큼 흥분하지 않고 나처럼 마음껏 얘기하지 않는 걸까? 클로딘은 질문을 막연히 던져 보았고, 한숨과 함께 큰 소리로 대답했다.

"앞으로 내게 슬픈 일 같은 건 절대 안 일어날 거야."

르노가 지배인에게 손짓을 했다. 더 이상 안 되겠다고 생각했는지. 격렬할 정도로 힘찬 손짓이었다.

두 볼이 상기된 클로딘은 여전히 횡설수설하면서 가슴에 단 월계화 꽃잎을 뜯어먹었다.

"당신은 참 바보예요."

"그래?"

"그래요. 거짓말쟁이. 오늘 일부러 마르셀을 못 오게 만들었잖아요."

"아니야, 클로딘."

부드럽게 내뱉는 이 '아니야.'가 클로딘을 사로잡았다. 그리고 그녀의 불길을 조금 누그러뜨렸다. 클로딘은 몽유병 환자처럼 르노가 이끄는 대로 자리에서 일어나 출구를 향해 걸음을 옮겼다. 그런데 마룻바닥이 마치 굳지 않은 아스팔트처럼 물컹했다. 르노가 간신히 그녀의 팔꿈치를 잡았고, 거의 짐을 옮겨 싣듯 덮개를 친 마차에 태웠다. 두 사람은 나란히 앉았다. 마차가 달리기 시작했다. 클로딘은 머릿속이 텅 빈 것 같았고, 그저 윙윙대는 소리만 들렸다. 르노의 든든한 어깨에 머리를 기댔다.

"힘들어?"

르노가 걱정스럽게 물었지만 클로딘은 아무 말도 하지 않았다.

"괜찮아요. 그래도 날 좀 꽉 잡아 줘요. 지금 막 물 위에 떠다니는 것 같으니까. 온 세상이 전부 흔들려요. 당신도 그래요?"

르노가 불안한 듯 깊은 한숨을 내쉬더니 한 팔을 뻗어 클로딘의 허리를 감쌌다. 그의 어깨에 머리를 기댄 클로딘은 한 손을 뻗어 자꾸 거슬리는 모자를 벗어 무릎에 놓은 뒤 다시 기댔다. 마침내 먼 여정의 목적지에 이른 사람처럼 망설임 없는 행동이었다. 그 모습을 신중한 클로딘이 지켜보고 있었다. 그리고 다른 클로딘에게 이따금 다가갔다. 정말 다가갔다! 이제 신중한 클로딘마저 제정신이 아니다.

클로딘의 동반자, 클로딘이 사랑하는 남자는 몸을 가누지 못하는 클로딘의 상체를 잡을 수밖에 없었다. 그가 애써 마음을 가라앉힌 뒤 클로딘을 흔들었다.

"클로딘, 클로딘! 이제 다 왔어…… 이 상태로 계단 올라갈 수 있겠어?"

"무슨 계단?"

"자코브거리야. 다 왔다고……."

"날 두고 가겠다는 거예요?"

모자도 쓰지 않고 머리가 다 흐트러진 클로딘이 당혹스러운 얼굴로 뱀처럼 고개를 꼿꼿이 세워 들었다.

"참 나, 이것 봐…… 정신 좀 차려. 오늘 밤 우리가 정말 바보 짓을 했어. 모든 게 내 잘못이야……."

"날 두고 가겠다는 거잖아!"

클로딘은 앞쪽에 앉아 등 뒤에서 일어나는 일에 귀를 기울이고 있을 마부를 아랑곳하지 않고 소리를 질렀다.

"나더러 어디로 가라고! 난 당신을 따라가고 싶은데, 당신을!"

클로딘은 벌겋게 충혈된 눈, 힘을 꽉 준 입으로 거의 악을 쓰다시피 했다.

"왜 그러는지 다 알아! 나도 안다고. 그 여자들, 당신 여자들에게 가려는 거잖아요! 마르셀이 다 말해 줬어, 그런 여자가 적어도 여섯 명은 된다고! 그 여자들은 당신을 사랑하는 게 아닌데, 다들 늙었고, 당신을 떠날 거라고요. 전부 못생겼고! 당신은 그 여자들하고 자죠? 키스를 하겠지, 입에다 할 거잖아! 그러면 나는, 누가 나한테 키스해 줘? 아! 왜 내가 싫어요? 최소한 딸이라 생각하고 받아들이면 될 텐데! 딸이고, 친구고,

277

아내고, 다 될 수 있는데……."

그러면서 클로딘은 르노의 목에 달려들었고, 눈물을 흘리며, 흐느끼며, 그렇게 매달려 있었다.

"나는 세상에 당신밖에 없는데, 당신밖에! 그런데 나를 버려두다니!"

르노가 그녀를 품에 안았고, 목깃 속을 헤집으며 그녀의 목덜미를, 미지근한 목을, 눈물로 짭짤해진 두 뺨을 찾았다.

"너를 두고 가다니, 그럴 리가……."

말을 멈춘 클로딘이 눈물범벅이 된 얼굴을 들어 르노를 뚫어져라 바라보았다. 르노는 숨을 거칠게 몰아쉬었고, 희끗해지기 시작한 머리카락 아래 얼굴이 창백하면서도 젊었다. 클로딘은 자기를 감싸 안은 굵은 팔의 근육이 떨리는 것을 느꼈다. 상체를 세워 뒤로 젖힌 클로딘의 뜨거운 입술 위로 르노가 고개를 숙였다. 몸을 뒤로 젖힌 것이 입술을 내주기 위해서인지 못하게 피하려는 것이지 그녀 스스로도 알지 못했다. 갑자기 마차 바퀴가 인도에 부딪히는 바람에 두 사람의 몸이 떨어졌다. 그들은 취했고, 심각했고, 몸을 떨었다.

"자, 잘 가, 클로딘."

"갈게요……."

"나는 같이 올라가지 않을 거야. 촛불만 켜 줄게. 열쇠 있지?"

"있어요."

"내일은 못 올 거야. 지금이 이미 내일이니까. 그러니까, 모레 올게. 정확히 오후 4시에."

"4시에."

르노가 클로딘의 손에 키스를 했다. 그가 그렇게 몸을 숙이고 있는 동안 클로딘은 얌전히 키스를 받으면서 그가 지니고 있는 연한 빛깔 담배의 옅은 냄새를 들이마셨다. 클로딘은 백일몽에 빠진 사람처럼 취한 상태로 계단을 올라갔다. 이어 침대에 누웠고, (이제 시간이 되었으니까.) 정신 나간 클로딘과 신중한 클로딘이 만났다. 하지만 신중한 클로딘은 곧 또 다른 클로딘에게 찬탄과 경의를 보내며 얌전히 사라졌고, 다른 클로딘, 운명의 여신이 미는 곳을 향해 주저 없이 달려갔던 클로딘만 남았다. 원하는 것을 얻은 정복자처럼, 혹은 형을 선고받은 죄수처럼⋯⋯.

15

아프다. 온몸이 다 아프다. 주먹으로 혹은 애무로 마구 얻어 맞은 듯한 감미로운 통증이다. 허벅지가 떨리고, 손이 차갑고, 목덜미에 감각이 없다. 그런데 심장은 쿵쾅거리고, 내 손목시계의 똑딱 소리에 맞추기라도 할 기세로 빨라지다가…… 멈추고, 그러다 쿵! 다시 뛰기 시작한다. 이게 진짜 사랑인 걸까? 진짜 사랑? 그렇다. 그의 어깨, 내 입술이 그의 목에 거의 닿도록 고개를 기댈 수 있는 그 어깨는 나에게 세상에서 가장 감미로운 자리다. 머릿속으로 르노의 주름진 관자놀이를 마르셀의 고운 두 뺨과 비교해 보면 연민으로 미소 짓게 된다. 그렇다, 그는 젊지 않다! 나의 진짜 아버지, 고귀하고 괴상하기까지 한 아버지 때문에 나는 아빠가 필요하고, 친구가 필요하고, 연인…… 그렇다! 연인이 필요하다! 그동안 사랑의 기술(전적으로 이론적인 기술이다.)에 관해 워낙 많은 책을 읽은 허세 탓인지, 연인이라는 단어가 뇌리를 스치는 순간 그것만으로도 나도 모르게 이를 악물게 되고 발가락이 오그라든다. 지금 이렇게 생각하는 것만으로 힘들면 그가 정말 곁에 있을 때는 어쩌란 말인가…… 그가 다 보게 될 거고, 그 역시 생각하게 될 텐데…… 살려 줘, 살려 줘!…… 목말라 죽을 것 같아.

창문을 열고 물을 마시니 좀 괜찮아졌다. 벽난로 위에는 여전히 촛불이 밝혀져 있었다. 거울 앞으로 가서 보니, 놀랍게도, '그것'이 사라졌다. 새벽 4시, 동이 트기 시작할 무렵 나는 기진맥진해서 다시 잠에 들었다.

"배고프지? 7시 반에 코코아 타 놨는데, 벌써 9시네. 세상에, 얼굴이 왜 이 모양이래?"

"어떤데?"

"우리 애기가 완전히 딴사람이 됐잖아!"

뚱쟁이 기질이 농후한 늙은 하녀의 정확한 육감이 피로에 지친 나의 주위를 맴돌았다. 멜리가 안락의자에 던져 놓은 내 모자의 구겨진 깃 장식을 살폈다. 멜리는 내가 머리가 아프다는데도 좋아했다. 짜증스러웠다.

"계속 그렇게 젖을 받쳐 들고 다닐 거야? 어느 쪽 멜론이 더 무거운지 재 보기라도 해?"

내가 그러거나 말거나 멜리는 조용히 웃음 짓더니 자기가 아는 이상한 노래를 흥얼거리며 부엌으로 향했다.

몽티니의 아가씨들은

잉걸불처럼 뜨겁지

너희들은 정말 좋을 거야

누군가……

멜리의 노래는 여기까지만 옮기는 게 낫겠다.

아침에 나를 깨운 것은 그 비현실적인 밤이 그저 꿈이었나 생각되는 야릇한 불안감이었다.

원래 중요한 일들은 이런 식으로 일어나는 걸까? 아스티 포도주에 축복을, 가재에 뿌린 향신료에 축복을! 그것들이 없었다면 나는 절대 용기를 내지 못했을 것이다.

그렇다, 절대 용기를 내지 못했을 것이다. 물론 다른 어느 날 밤에 결국 내 심장이 터졌을 테지만…… 그도 나를 사랑한다! 얼굴이 창백했고, 똑같이 당황했다! 공교롭게도…… 아니 다행히…… 아니, 분명히 말하자면, 공교롭게도 마차 바퀴가 자코브거리의 인도에 부딪히지만 않았더라면…… 지금껏 내 입에다가 키스를 한 사람은 없었다. 그의 키스…… 동그랗고 단단한 아랫입술…… 그는 밀착해서 뜨거운 키스를 했다. 오! 클로딘, 클로딘! 여자가 되어 간다고 느끼면서 오히려 다시 어린애가 되다니! 나는 자꾸만 그의 입, 흐려진 그의 두 눈 속 흔들림이 떠올랐고, 그 순간 감미로운 무력감에 빠져 두 손을 모았다.

또 다른 생각이 나를 사로잡았지만, 지금 그 얘기를 하고 싶지는 않다.

많이 아프고말고! 뤼스의 목소리가 노래했다. 아니, 아니야, 뤼스는 돼지 같은 늙은이와 잤다. 그러니까 그건 헛소리다! 그리고 설령 그렇더라도 상관없다! 중요한 건, 그가 언제나 내 곁에 있다는 거다. 내가 너무도 좋아하는…… 내가 언제든 기댈 수 있는 그의 따스한 어깨가 옆에 있고, 그 큰 팔이 나를 감싸 안고 있다. …… 이제 나는 자유가 무겁게 느껴지고, 홀로 서는 것도 힘겹다. 그러니까 몇 달 전부터, 아니 그전부터, 스스로 깨닫지 못하는 채로, 나는 나를 이끌어 갈 주인을 찾고 있었던 거다. 자유로운 여자는 진짜 여자가 아니다. 그는 내가 모르는 걸 전부 다 알고, 내가 아는 것들을 약간 경멸하기도 한다. "이런, 어리석기는!" 이러면서 내 머리를 쓰다듬겠지…….

꿈이 너무나 생생했다. 나는 팡셰트가 손톱으로 긁어 달라고 그 납작한 머리를 나에게 내밀 때처럼 고개를 숙이고 발꿈치를 들어 내 머리가 그의 손에 닿도록 내밀어 보았다. "너에게는 야성적인 매력이 있어, 클로딘……." 나는 손거울을 들고 머리를 관자놀이 쪽으로 쓸어 올린 뒤 그가 내 뾰족한 귀를 좋아할지 생각하느라 점심 시간이 된 것도 몰랐다.

나는 오렌지마멀레이드와 감자튀김으로 재빨리 배를 채운 뒤, 커피를 마시는 아빠를 남겨 두고 식탁에서 일어섰다. (아빠는 매일 커피에 설탕 일곱 조각과 파이프 담뱃재를 조금 넣는다.) 아직도 스물일곱 시간을 더 기다려야 하다니, 엄청난 좌절감이 밀려왔다. 책을 읽을까? 아니다, 절대 아니다. 황금빛이 어린 은색의 머릿결이 책 위에 어른거려 어차피 한 글자도 눈에 들어오지 않을 것이다. 외출을 할 수도 없다. 밖에 나가 봤자 르노라 불리지 않는 남자들만 우글거리고, 그자들은 내게 건방지기 이를 데 없는 눈길을 던질 것이다. 멍청한 남자들!

크라포 의자 위에 돌돌 말아 놓은 속옷이 눈에 들어왔다. 나도 모르게 미소가 나왔다. 아주 오래전부터 입던 내 슈미즈…… 좀 꿰매야 한다. 앞으로 슈미즈가 많이 필요할 것이다. 르노가 저 슈미즈를 좋아할까? 예쁜 레이스와 흰 어깨끈이 달린 하얗고 가벼운 슈미즈. 내 눈에도 내가 유난히 예뻐 보이는 날이면 나는 저녁에 슈미즈 차림으로 긴 거울 앞에 선다. 넘실대는 머릿결을 코까지 내리고 거침없는 귀부인'[148]이 된다. 르노가 나를 밉다고 생각할 리 없다. 아! 세상에! 이렇게 얇은 슈미즈만 입고 그의 곁에 있게 되면…… 지나치게 가까이…… 손이 떨려 바느질이 삐뚤어졌다. 그 순간 얄궂게도 마드무아젤의 에메가 재봉 시간에 가녀린 목소리로 하던 말이 떠올랐다. "클로딘, 제발, 그 홈질 좀 제대로 해. 엉망이잖아. 아나이

---

148 극작가 빅토리앵 사르두(Victorien Sardou, 1831-1908)의 작품으로 1893년 보드빌 극장에서 초연된 「거침없는 귀부인(Madame Sans-Gêne)」에서 나온 표현이다. 나폴레옹 휘하의 장군이던 르페브르의 아내 카트린 휩셔는 남편이 폴란드 단치히를 점령한 공로로 공작 작위를 받은 뒤 '단치히 공작부인'으로 사교계의 주요 인물이 되었고, 거침없고 솔직한 어법 때문에 '거침없는 귀부인'이라는 별명을 얻었다.

스 하는 것 좀 보란 말이야!"

초인종 소리. 숨을 쉴 수 없고 심장도 그대로 멎는 것 같았다. 골무를 던져 버리고 귀를 쫑긋 세웠다. 그가 왔어, 그가 왔다고. 더 기다릴 수가 없었던 거야! 달려가기 위해 일어서려는 순간, 멜리의 노크 뒤에 마르셀이 들어왔다.

나는 너무 놀라 일어서지도 못했다. 마르셀? 정말 까맣게 잊고 있었다! 얼마 전부터 마르셀은 나에게 아예 죽은 사람이었다. 세상에, 마르셀이라니! 왜 르노가 아니라 마르셀이 왔지?

마르셀은 유연한 동작으로 말없이 내 손에 입을 맞춘 뒤 의자에 앉았다. 나는 여전히 넋이 나간 얼굴로 바라보았다. 마르셀은 창백했고, 역시 인형처럼 예뻤다. 설탕으로 만든 소년 인형 같았다.

나의 침묵이 거북했는지 마르셀이 독촉하듯 말했다.

"자, 자, 어서?"

"어서, 뭐?"

"어제저녁에는 재밌었어? 내가 왜 안 왔다고 해?"

나는 간신히 입을 열었다.

"네가 도저히 봐줄 수 없는 크라바트를 맸다고 했어."

멍청이 마르셀! 내 얼굴을 보면서도 그토록 경이로운 것을 정말 모른단 말인가? 저절로 눈에 띌 텐데! 어쨌든 나는 굳이 서둘러 마르셀에게 상황을 알리지는 않았다. 그가 웃음을 터뜨렸다. 웃음소리가 너무 날카로워서 나는 전율했다.

"아! 아!…… 도저히 봐줄 수 없는 크라바트라고! 그래, 바로 그 단어에 진실이 송두리째 들어 있어. 너는 어떻게 생각해? 크레프 드 신으로 된 내 크라바트 너도 봤잖아. 샤를리가 준 거야."

"다른 크라바트로 바꾸지 않기를 잘한 것 같아. 내가 보기에는 아주 아름다워."

내 말은 진심이었다.

"그렇지? 헐렁하게 두르고 진주 핀으로 고정하다니, 정말 멋진 생각이잖아! 나는 너의 심미안을 믿었어, 클로딘. 그렇긴 하지만……."

마르셀이 예의 바른 탄식과 함께 덧붙였다.

"아버지 때문에 너와 함께 외출하는 시간을 빼앗긴 건 아쉬웠어. 내가 꼭 널 데리고 가고 싶었는데…… 마차 타고 갈 때 그 즐거운 순간을 잔뜩 기대하고 있었는데……."

놀라워라, 정말 기가 막힌다! 저 정도로 눈이 멀다니, 마르셀이 불쌍하기까지 했다. 마르셀은 어제 아버지가 한 말에 너무 큰 상처를 받은 것이다. 지금도 그 생각을 하면 얼굴이 굳고 입을 꽉 다물지 않는가.

"말해 봐, 클로딘. 우리 아버지가 평상시처럼 멋지고 재치 있었어? 내게 하듯이 너를 쓰레기나 추잡한 아이 대하듯 하지는 않았어?"

마르셀은 아버지에 대한 원한이 솟구치는지 거의 으르렁 거리듯 말했다. 아무리 그래도…… 어떻게 저렇게 버릇없이…… 어떻게…….

"아냐!"

나는 참지 못하고 벌떡 일어서며 그의 말을 끊었다.

마르셀은 그대로 얼어붙은 듯 나를 응시했다. 이내 상황을 파악했는지 얼굴이 창백해졌다. 그도 일어섰다. 방 안에 한동안 침묵이 흘렀다. 팡셰트가 가르랑거리는 소리와 내 시계가 똑딱이는 소리, 그리고 마르셀의 숨소리와 내 심장이 쿵쾅거리는 소리밖에 들리지 않았다. 아마도 족히 2분 동안 그러고 있었을 것이다.

마침내 마르셀이 조롱이 담긴 목소리로 말했다.

"너도야? 아빠가 어린 여자애까지 건드는 줄 몰랐군…… 보통은 결혼한 여자나 창녀들만 상대하는데."

나는 아무 말도 하지 않았다. 아니, 할 수가 없었다.

"언제부터지? 그래, 어제저녁부터인가? 정말 그렇다면 나한테 고마워해야겠군. 내 크라바트 덕에 행운이 찾아온 거니까!"

얇고 가느다란 그의 코는 치아만큼이나 하얬다. 나는 여전히 입을 열지 못했다. 무언가가 내 입을 막고 있었다.

마르셀과 나 사이에는 의자가 놓여 있었다. 마르셀은 의자 너머에 서서 나를 조롱하고 있다. 나는 두 손을 늘어뜨리고 고개를 숙인 채 슬그머니 그의 모습을 살폈다. 심장이 뛸 때마다 슈미즈 위에 걸친 덧옷의 레이스가 흔들렸다. 다시 침묵이 이어졌다. 끝나지 않을 듯이 긴 침묵이었다. 그러다 한순간, 그가 아주 야릇한 목소리로 천천히 말했다.

"네가 아주 영리하다는 건 알고 있었어, 클로딘. 그런데 지금 보니 좀 더 깊은 경의를 표해야겠는걸, 너의 그…… 교묘한 재주에 대해서 말이야."

놀란 내가 고개를 들었다.

"다시 한번 말하지만, 아주 놀라워, 클로딘. 그리고 축하해, 정말 진심이야. 아주 잘 해냈어."

무슨 말이지? 이해가 가지 않았지만, 일단 나는 우리 사이에 놓여 있던 의자를 살며시 밀어냈다. 조만간 저 의자가 방해가 되리라는 막연한 느낌 때문이었다.

"그럼, 그렇고말고. 내가 무슨 말을 하는지 넌 이미 잘 알 거야. 그래! 우리 아빠가 돈을 꽤 날려 먹기는 했지만, 그래도 아직은 주변 사람들이 봉이라고 부르지……."

그 순간 나의 손톱이 말벌보다 더 잽싸게 마르셀의 얼굴로 날아갔다. 나는 1분 전부터 이미 그의 눈을 노리고 있었다. 마르셀이 날카로운 비명을 지르며 두 손으로 얼굴을 감싼 채 몸을 뒤로 젖혔고, 이내 몸을 다시 세우더니 벽난로 위의 거울로 달려갔다. 아래쪽 눈꺼풀이 찢어져서 피가 흘렀고, 옷깃에도 핏방울이 떨어졌다. 흥분한 나는 나도 모르게 알아들을 수

조차 없는 희미한 비명을 내질렀다. 마르셀 역시 흥분해서 나를 돌아보았다. 나를 공격할 무기를 찾는 것 같았다. 나는 정신없이 반짇고리를 뒤졌다. 내 가위, 내 가위!…… 하지만 마르셀은 나를 때릴 생각이 없는 것 같았고, 오히려 나를 밀치고 세면대 쪽으로 달려갔다. 그는 손수건을 물에 적셨다. 얼굴을 이미 세면대 위에 바짝 숙이고 있었다. 저 침착함이라니! 나는 순식간에 달려가 세면대 위로 고개를 숙인 그의 두 귀를 잡아당겼다. 그러고는 내가 들어도 낯선 목 쉰 소리로 악을 쓰면서 그를 끌어냈다.

"안 돼, 하지 마! 여기서 말고 네 샤를리한테 가서 해!"

손수건을 한쪽 눈에 댄 마르셀은 모자를 주워 들었고 장갑은 미처 챙기지 못한 채 내 방을 나섰다. 나는 앞장서서 문을 열어 주며 그를 집 밖으로 내몰았다. 계단에서 그가 휘청거리며 내려가는 소리가 들렸다. 나는 방으로 돌아온 뒤에도 머릿속이 텅 빈 채 가만히 서 있었다. 시간이 가는 것도 느끼지 못했다. 다리에 힘이 없어서 앉아야 했을 때, 그렇게 의자에 앉는 순간 다시 머리가 돌아가기 시작했다. 나는 그대로 무너졌다. 돈이라니! 돈! 어떻게 내가 돈을 탐낸다고 생각할 수 있단 말인가! 물론 나도 그냥 당하기만 하지 않고 눈밑 살점이 너덜거리도록 할퀴어 주었으니 비긴 거다. 아니 내가 이겼다. 애석하게도 1센티미터 차이로 눈을 빗나갔다. 마르셀은 비겁해서 나를 때리지도 못했다. 얼굴부터 닦았다. 돈이라고? 돈! 내가 돈이 왜 필요한데? 팡세트와 내가 쓸 돈은 충분히 있는데! 오, 르노! 르노한테 다 얘기하고 그의 품에 안기고 싶었다. 그가 다정하게 달래 주면 그대로 울음이 터질 것 같았다.

내가 얼굴을 할퀴어 버린 그 애, 그렇다, 마르셀은 질투 때문에 괴로운 거다! 계집애처럼 속 좁은 인간!

아니다. 그 순간 나는 모든 것을 깨달았다. 관자놀이가 쑤셔 왔다. 르노의 돈은 마르셀의 돈이니…… 내가 르노의 아내가 되면 바로 그 돈을 갖게 되는 것이다. 그러니까 마르셀은 돈 때문에 벌벌 떠는 것이다! 어떻게 해야 내가 그 돈에 관심 없다고 믿게 할 수 있을까? 그런 생각을 하는 게 마르셀 혼자는 아닐 것이다. 다른 사람들도 모두 르노에게 그렇게 말하지 않겠는가. 어린 클로딘이 위험한 사십 대를 살아 내는 남자를 농락했다고…… 어떻게 하지? 어떻게 하지? 르노를 만나야 한다. 마르셀의 돈 따위는 정말 필요 없다. 아빠에게 도움을 청해 볼까? 소용없다!…… 머리가 지끈거렸다…… 오, 나에게 너무도 소중한 것, 그의 어깨, 그 자리를 포기해야 할까? 그럴 수는 없다! 그러느니 차라리 전부 부숴 버릴 테다! 마르셀을 여기 내 방에 묶어 놓고 죽여 버리자! 그런 다음 경찰한테는 그가 나를 해치려 했다고, 정당방위로 죽인 거라고 하자. 그래, 그러자!

팡셰트가 배고프다고 울며 깨울 때까지 나는 두 눈과 두 귀를 손가락으로 가린 채 낮은 안락의자에 웅크려 잠들어 있었다. 거친 꿈을 꾸었고, 슬픔에 허우적거렸고⋯⋯ 사랑에 매어 있었다.

"저녁? 안 먹어. 머리가 아파. 그냥 시원한 레몬수만 만들어 줘, 멜리, 목말라 죽겠어. 가서 좀 누울래."

아빠의 얼굴에 불안이 번졌고, 멜리도 전전긍긍했다. 9시가 되도록 둘이 내 침대 주위를 맴돌았다. 나는 더 이상 참지 못하고 애타는 목소리로 말했다.

"제발 나 좀 혼자 내버려 둬. 너무 피곤해."

불을 끄고 누워 있는 동안 안마당에서 하녀들이 문을 세게 닫는 소리와 설거지하는 소리가 들렸다. 나는 르노가 필요하다! 당장 전보를 보낼까? 너무 늦은 시간이다. 하지만 내일이 영원히 오지 않을 것만 같았다. 오 르노, 내 생명처럼 소중한 그대, 사랑하는 아빠 품에 안기듯 그의 품에 안길 것이다. 그의 곁에서 나는, 마치 그의 정부(情婦)라도 된 것처럼, 가슴이 고뇌와 수치심 사이를 오간다. 그리고 나서는, 그가 어린 소녀인 나를 품에 안고 달래 주기라도 하듯, 나는 환하게 꽃피어나고 하찮은 정숙함을 내던져 버린다.

몇 시간 동안 열이 나면서 머리가 지끈거렸다. 나는 너무 멀리 있어서 내 말을 들을 수 없는 누군가를 소리 없이 불렀다. 새벽 3시경에 그때까지 미친 듯이 날뛰던 상념들이 정리되면서 한 가지 생각으로 정리되었다. 날이 밝아 오고, 참새들이 깨어나고, 여름 낮을 앞두고 아주 잠시 시원한 기운이 퍼져 나갈 때였다. 나는 스스로 그 생각에 감탄했고, 침대에서 천장을 쳐다보며 꼼짝 않고 누워 눈만 크게 뜨고 있었다. 너무도 간단한 문제를 두고 쓸데없이 걱정하다니! 이러다 정작 르노가 찾아올 때 눈이 퀭하고 뺨이 수척해 보이면 어쩌려고…… 왜 진작 이 이 방법을 생각하지 못했을까?

마르셀이 내가 자기 돈을 탐낸다고 생각하는 건 안 된다. 그렇다고 르노에게 이제 헤어지자고, 나를 더 이상 사랑하지 말라고 말하는 건 더 안 된다. 오, 말도 안 된다! 절대 그런 말은 하지 않을 것이다! 하지만 그렇다고 그의 아내가 되지는 않을 것이다! 골치 아픈 내 생각을 잠재우기 위해서는, 그렇다, 나는 그의 아내가 아니라 정부가 되기로 했다.

다시 기운이 났다. 상쾌한 기분으로 팔짱을 껴서 베개로 삼은 채 엎드려서 잠이 들었다. 늘 찾아오는 늙은 거지가 밖에서 외치는 소리에 잠이 깼다. 나른하게 누워 있다가 깜짝 놀랐다.

10시다!

"멜리! 거지한테 동전 좀 던져 줘!"

내 목소리가 멜리한테까지 가지 않았다. 나는 가운을 걸치고, 머리카락이 치커리처럼 헝클어진 상태로, 맨발로 거실 창문으로 달려갔다.

"자, 여기, 10수! 거스름돈은 가져요!"

늙은 거지는 하얀 턱수염이 멋졌다. 아마도 파리의 거지들 대부분 그렇듯이 시골에 집과 땅이 있을 것이다. 뭐, 잘된 일이다. 그런 뒤 방으로 돌아오다가 막 들어오는 마리아 씨와 마주쳤다. 옷을 제대로 차려입지 않는 나의 아침 모습에 마리아 씨는 멈춰 서서 눈도 제대로 뜨지 못했다.

"마리아 씨, 오늘이 세상 마지막 날 같지 않아요?"

"아뇨, 그렇지 않은데요."

"나는 그런데…… 두고 보면 알 거예요."

나는 따듯한 목욕통 안에 앉아서 내 몸을 하나하나 살폈다. 여기 이 솜털은 다리 털하고는 다르지? 이런, 젖꼭지가 뤼스처럼 분홍색이네. 다리는 내가 더 길고 아름답지. 허리가 날씬하게 쏙 들어갔고…… 루벤스 그림 속 여자는 아니야.[149] 나는

---

149 플랑드르의 화가 페테르 파울 루벤스(Peter Paul Rubens, 1577-1640)는 풍

어차피 푸주한의 아름다운 아내, 뭐 이런 부류는 싫어. 르노도 마찬가지일 거고…….

너도밤나무 목욕통 안에 아무것도 안 입고 앉아서 르노라는 이름을 내뱉는 순간 나는 덜컥 겁이 났다. 11시다. 아직 다섯 시간을 더 기다려야 한다. 괜찮아, 자, 머리를 빗고, 양치질을 하고, 손톱을 다듬자! 화사하게 빛나야지! 고운 스타킹을 찾고, 새 슈미즈와 어울리는 속바지를 입고, 핑크색 코르셋을 하고, 움직일 때마다 사각사각 소리가 나는 두 가지 색 줄무늬 페티코트까지…….

나는 학교에서처럼 즐거웠고, 활기찼고, 부산스러웠다. 앞으로 일어날 일에 대해 최대한 생각하지 않기 위해 일부러 이리저리 걸어 다녔다. 아, 내가 오늘 그에게 나를 줄 생각이니, 그는 오늘, 원한다면, 나를 가질 수 있다. 내 전부가 그의 것이 되리라…… 하지만, 오 하느님, 그가 너무 빨리, 너무 급작스럽게, 곧바로 원하지는 않기를. 그답지 않은 모습이다. 나는 그를 믿는다. 물론이다, 나 자신을 믿는 것보다 더 믿는다. 몽티니에서 사람들이 쓰는 말대로 하자면, 나는 나 자신에 대해 통제권을 잃어버렸다.

만한 여인들을 많이 그렸다.

16

오후가 지나가기를 힘겹게 기다렸다. 그가 안 올 리는 없다. 3시가 되자 나는 우리 속 표범처럼 조급하게 서성였고, 쫑긋 세운 귀가 잔뜩 늘어났다.

4시 20분 전에 희미한 초인종 소리가 들렸다. 나는 알 수 있다. 그가 왔다. 침대 발치에 기대고 선 나는 허공에 붕 뜬 기분이었다. 문이 열리고 르노가 들어왔다. 모자를 쓰지 않은 얼굴이 조금 말라 보였다. 콧수염이 보일락 말락 하게 떨렸고, 푸른 두 눈이 희미한 빛 속에서 반짝였다. 나는 움직이지도 않았고 아무 말도 하지 않았다. 그는 어제보다 더 커 보였다. 안색도 창백했다. 얼굴에 그늘이 졌고, 피곤해 보였고, 더없이 아름다웠다. 르노는 나에게 다가오지 않고 계속 문 곁에 가까이서서 나지막하게 말했다.

"안녕, 클로딘."

그의 목소리가 나를 끌어당겼다. 나는 그의 곁으로 가서 두 손을 내밀었다. 그가 두 손 모두에 입을 맞춘 뒤 곧 내 손을 놓았다.

"나를 원망하고 있나? 우리 아가씨?"

나는 어깨를 크게 들썩이고는 안락의자에 앉았다. 그도 따라 낮은 의자에 앉자, 나는 품에 안길 태세로 곧바로 다가갔다. 하지만, 나쁜 사람 같으니! 그는 나를 이해하지 못했다. 르노가 겁에 질린 사람처럼 아주 작은 소리로 말했다.

"자, 정신 나간 아가씨, 어제 내게 한 그 많은 말들은 자고 일어나 아침이 되니 다 사라졌을 테지…… 조금만 기다려 봐, 나를 너무 쳐다보지는 말고. 클로딘의 두 눈은 너무 감미롭거든. 절대 잊지 못할 거야. 지난 밤 나는 정신 나간 우스꽝스러운 희망과 아주 힘들게 싸웠어…… 내가 마흔 살이라는 것도 잠시 잊었지."

그가 힘들게 말을 이어 갔다.

"그래, 오늘이 아니라면 내일, 내일이 아니면, 아무튼 머지 않아…… 클로딘은 결국 그 사실을 자각하게 될 거라는 생각도 했어. 두 눈이 너무도 아름다운, 곱슬머리 목동 같은……."

그의 목소리가 더 작아졌다. 목이 메고 눈가도 촉촉해진 것 같았다.

"나를 더 이상 유혹하지 마. 나는 너한테 넋이 나간, 너의 포로가 된 불쌍한 남자일 뿐이야. 너 자신을 지켜, 클로딘…… 맙소사, 정말 끔찍한 일이지. 다른 사람들 눈에 너는 차라리 내 딸이 맞아……."

내가 팔을 뻗으며 말했다.

"딸도 맞아요! 내가 딸이라는 거 못 느껴요? 당신을 처음 보던 때 이미 난 말 잘 듣는 온순한 아이였어요. 나 자신도 놀랐다고요. 얼마 후에는 더 많이 놀랐어요. 한 번에 정말 여러 가지가 되잖아요. 아버지와 친구와 주인과 연인이 함께 오다니! 아! 아니라고 말하지 말아요! 날 막으려 하지 말라고요! 연인도 왔어요! 그냥 연인은 쉽게 볼 수 있지만, 내가 말한 모든 것에 해당되는 사람은 그 어디에서도 찾아볼 수 없는 기적이 아닐까요? 연인이 떠나 버리면 연인만 잃는 게 아니라 고아가 되고 과부가 되고 친구 없는 사람이 되잖아요! 그래요, 당신은 기적이에요! 난 당신을 너무 사랑해요!"

그가 눈길을 내렸지만, 너무 늦었다. 이미 그의 콧수염 위로 눈물이 흘러내렸다. 나는 미친 듯이 그의 품에 달려들었다.

"당신은 지금 슬퍼요? 내가 나도 모르게 당신을 힘들게 했나요?"

기다렸던 그의 커다란 팔이 마침내 나를 꽉 껴안았다. 눈물에 젖은 그의 검푸른 눈이 내가 알고 싶어 하는 것을 말해 주었다.

"오, 너는 내가 꿈도 꾸지 못했던 여자야! 내가 감히 이런 짓을 한다는 수치심을 느낄 틈도 없게 하지! 너를 놓아주지 않을 거야! 그럴 수가 없어. 너는 내게 온 세상에 꽃피어난 그 모든 것보다 아름다운 여인이야…… 너와 함께라면 나는 절대 완전히 늙지는 않을 거야. 사랑스러운 한 마리 새 같은 너는 내 사랑을 받을 유일한 여인이지…… 나는 젊은이처럼 질투도 할 거야. 다른 그 어떤 남자도 용납하지 않는 그런 남편이 될 거라고……."

남편! 르노에게 어서 말해야 한다! 정신을 차린 나는 소중한 어깨에 살짝 입을 맞춘 뒤 고개를 들면서 내 몸을 감싸고 있는 그의 손을 떼어냈다.

"아니, 남편은 안 돼요."

르노는 두 팔을 여전히 벌린 채, 취한 듯 다정한 눈으로 나를 바라보았다.

"중요한 얘기예요. 당신이 오자마자 말해야 했는데…… 당신을 보는 순간 결심이 무너졌나 봐요. 너무 오래 기다리기도 했고. 그래서 말하지 못했어요. 자, 거기 앉아 봐요. 내 허리를 잡지 말아요. 팔도, 손도, 다 안 돼요, 부탁이에요. 날 쳐다보지도 말아요."

나는 크라포 의자에 앉았고, 내게 남아 있는 확신을 총동원해서 그의 손을, 길게 뻗어 무언가를 갈구하는 듯한 그 손을 밀어냈다. 그가 아주 가까이, 정말 가까이, 브르타뉴식 의자에 앉았다.

"어제 오후에 마르셀이 왔었어요. 그래요. 그저께 저녁 외출이 어땠는지 물었죠. 그날 일이 얘기할 수 있는 종류의 일이라 생각한 거죠! 그러면서 크라바트 얘기를 했어요. 당신에 대해 해서는 안 될 말도 했어요."

"아! 난 이미 익숙해."

르노의 목소리가 노기를 띠었다.

"그러느라, 내가 당신을 사랑한다는 걸 마르셀도 알게 되었어요. 그러더니 나더러 재주가 참 좋다고 칭찬을 했죠! 당신이 아직 꽤 부자이고, 내가 당신의 아내가 된다면 자기 것이 될 재산을 내가 가로챘다고 생각하는 것 같았어요……"

르노가 벌떡 일어섰다. 콧구멍을 추하게 벌렁거렸다. 서둘러 나의 결론을 알려야 했다.

"그래서, 나는 당신과 결혼할 수 없어요."

르노가 떨리는 한숨을 내뱉었다. 빨리 끝까지 다 말해야 했다.

"그 대신, 당신의 정부가 될 거예요."

"오! 클로딘!"

"왜요?"

그가 두 팔을 늘어뜨린 채 멍하니 나를 바라보았다. 나는 찬탄과 절망이 동시에 담긴 그의 눈앞에서 어찌 해야 할지 알 수가 없었다. 좋은 방법을 찾았다고, 르노가 좋아하며 나를 와락 껴안아 줄 거라고, 그도 당연히 동의하리라고, 어쩌면 내 생각을 지나치게 반겨 주리라고 생각했는데……

"왜요? 좋은 방법 아닌가요? 그러면 사람들이 내가 당신을 최고로 사랑한다고 생각하지 않겠어요? 돈은 나도 있어요. 나도 15만 프랑이나 있다고요. 당신 생각은 어때요? 나는 굳이 마르셀의 돈이 필요 없어요!"

"클로딘……"

나는 좀 더 다정한 얼굴로 르노에게 다가갔다.

"다 말할게요. 사실은 내가 마르셀의 얼굴을 할퀴었어요. 볼에 살갗이 좀 벗겨졌죠. 그래도 그냥 계단으로 쫓아내 버렸어요."

나는 일어섰고, 그 일을 생각하며 신이 났다. 전사(戰士)처럼 호기로운 내 모습을 바라보는 르노의 콧수염 밑으로 미소가 번졌다. 저 사람은 지금 뭘 기다리는 걸까? 왜 어서 내가 좋은 해결책을 찾아냈다고 말하지 않는 걸까? 내 얘기를 제대로 이해하지 못한 걸까? 나는 몹시 당혹스러웠다.

"그러니까…… 그래요. 당신의 정부가 되겠다고요. 어려울 거 없어요. 우리 집에서 나는 뭘 하든 자유라는 거 알잖아요. 그 자유를 당신에게 줄게요. 내 생명도 줄 수 있어요. 당신은 밖에서 일도 해야 할 테니까, 일할 거 하고 시간 날 때 내게 와요. 내가 당신 집에 갈 수도 있고…… 그래요, 당신 집! 그래요, 클로딘이 온전히 당신 것이 되고 나면, 당신의 방이 나한텐 18세기 그림 같다는 그런 말은 더 안 하겠죠?"

나는 다리가 조금 떨려서 다시 앉아야 했다. 르노는 무릎을 꿇고 바닥에 앉았고, 그의 얼굴과 내 얼굴이 같은 높이가 되었다. 그가 잠시, 겨우 1초 동안, 힘주어 누르지는 않고 가볍게 내 입술에 입술을 가져다 대면서 내 말을 막아 버렸다. 하지만 내가 막 키스의 황홀함에 젖으려는 순간…… 애석하게도 그가 두 팔로 나를 껴안으며 입을 열었다. 목소리가 흔들렸다.

"오, 클로딘! 나쁜 책을 많이 읽은 아가씨, 이 세상에 클로딘보다 더 순수한 사람이 있을까? 아니야, 클로딘, 나의 보물, 나의 사랑, 막무가내로 그런 말도 안 되는 짓을 하게 두지 않을 거야! 너는 내 여자가 될 거야. 나의 마지막 여자이고, 영원히 내 여자야. 사람들을 모두 모아 놓고, 남들이 하듯이, 제대로, 그렇게 너를 아내로 맞을 거야."

"안 돼요! 결혼은 안 한다니까!"

사실 이 말을 하기 위해 나는 힘껏 용기를 내야 했다. 조금 전 그가 나의 보물, 나의 사랑이라고 부를 때 온몸의 피가 빠져나가고 뼈가 말랑말랑해진 것 같았기 때문이다.

"당신의 정부가 되든가, 아니면 끝이에요!"

"내 아내가 되든가, 아니면 끝이야!"

기이한 언쟁이었다. 나는 결국 신경질적인 웃음을 터뜨렸다. 고개를 젖힌 채 입을 벌리고 크게 웃는 나에게 다가온 그가 고개를 숙였다. 욕정으로 고통스러워하는 그의 얼굴을 보면서 떨렸지만…… 나는 그가 내 말을 받아들인다고 생각하고 용감하게 팔을 뻗었다.

하지만 그는 고개를 저으며 목쉰 소리로 외쳤다.

"안 돼!"

어떻게 할까? 나는 두 손을 모았다. 그러고는 애원했다. 이어 눈을 반쯤 감고 입을 내밀었다.

그는 숨이 막힌 듯한 목소리로 다시 한 번 말했다.

"안 돼! 내 아내가 되든가, 아니면 끝이야."

나는 맥이 빠져서 무력하게 몸을 일으켰다.

르노는 무슨 생각이 떠올랐는지 갑자기 거실 문을 향해 갔다. 내가 그 의중을 알아차렸을 때 이미 르노는 아빠의 서재 문을 잡고 있었다. 안 된다! 아빠에게 가서 나하고 결혼하겠다고 말하려는 거다!

나는 차마 목소리를 높이지 못한 채 그의 팔에 매달려 애원했다.

"아! 나를 사랑한다면 그러지 말아요! 제발! 원하는 대로 다해 줄 게요…… 지금 당장 클로딘을 갖고 싶어요? 아빠한테 물어보지 말고, 며칠만 기다려요…… 생각해 봐요, 그 돈 얘기, 정말 끔찍하잖아요! 마르셀이 화가 많이 났어요. 가는 데마다 얘기할 거라고요. 내가 당신을 억지로 유혹했다고…… 나는 당신을 사랑해요…… 사랑해요……."

그는 비겁하게도 나를 껴안았고, 나의 뺨에, 볼에, 머리카락에, 귓볼 밑에, 그의 입술이 닿으면 소스라치는 자리마다 계속 키스를 했다. 그러니 그의 팔에 안긴 내가 무엇을 할 수 있었겠는가!

그가 마지막으로 한 번 더 키스를 한 후 소리 없이 문을 열었다. 나는 재빨리 르노와 떨어져 섰다.

아빠는 양복 차림으로 바닥에 앉아 있었고, 잔뜩 늘어놓은 종이를 살피던 중이었다. 턱수염이 헝클어지고 콧수염도 엉망이었다. 아빠는 우리를 보더니 곧 매서운 눈길을 던졌다. 때를 잘못 고른 것이다.

"뭐야? 왜? 아! 르노! 반갑네!"

(아니, 절대 그럴 리 없다!)

그나마 냉정을 되찾은 르노가 모자도 장갑도 없이 어쨌든 예의를 차려 인사했다.

"중요한 문제가 생겨서 잠시 얘기를 나누었으면 합니다."

하지만 아빠는 옆에서 열심히 뭔가를 쓰고 있는, 지나치게 급하게 써 내려가고 있는 마리아 씨를 가리키며 단호하게 말했다.

"지금은 안 되네! 내일까지는 절대 안 돼! 시급한 일이 있어서……"

"제 얘기도 시급합니다."

"그렇다면 지금 빨리 말해 보게."

"그러니까…… 그게…… 제가 너무 이상한 사람이라고 생각하시지는 말기를…… 클로딘과 결혼하고 싶습니다."

아빠가 벌떡 일어서며 천둥처럼 큰 소리로 말했다.

"또 결혼! 이런 이런! 맙소사! 빌어먹을!…… 모르나 본데, 저 고집 센 애가 결혼 같은 건 안 한다고 우긴다네. 제길! 보나 마나 사랑하지 않는다고 우길 거라고!"

아빠가 마구 내뱉는 욕설을 들으며 르노는 오히려 용기를 얻었다. 그는 갓처럼 드리운 속눈썹 아래 아름다운 눈으로 나를 내려다보면서, 아빠의 말이 끝나기를 기다렸다.

"사랑하지 않을 거라고요? 자, 클로딘, 말해 봐. 나를 사랑하지 않는다고 말할 수 있어?"

(맙소사, 그럴 수는 없다. 나는 내 진심을 모아 나지막하게 말했다.)

"물론, 당신을 사랑해요……."

아빠는 넋이 나간 표정이었다. 딸을 쳐다보는 표정이 마치 화성에서 떨어진 달팽이를 보듯 듯했다.

"도대체 어떻게 된 거야? 르노, 자네도 이 애를 사랑하나?"

르노가 고개를 끄덕이며 대답했다.

"물론 사랑합니다."

"어떻게 이런 일이!"

아빠는 너무 놀라 어리둥절한 상태에서도 본능적인 고상함을 되찾았다.

"뭐, 그렇다면야, 나는 좋네! 그래도 나라면, 저 아이와 결혼할 것 같지는 않은데…… 내가 좋아하는 여자는 좀 더……."

그러면서 아빠는 손짓으로 유모처럼 풍성한 젖가슴을 그렸다.

어쩌겠는가. 내가 졌다. 르노가 속임수를 썼다. 나는 그의 귀에 닿도록 까치발로 서서 속삭였다.

"알죠? 나는 마르셀 돈 싫어요."

희끗거리는 머리카락 아래 젊음을 간직하고 눈부시게 빛나는 르노가 나를 거실로 데려가면서, 마치 고소하다는 듯 경쾌하게 말했다.

"마르셀은 할머니 것만 해도 먹을 게 많아!"

우리는 내 방으로 돌아왔다. 마치 나를 훔쳐 들고 가는 것처럼 그의 팔이 나를 꽁꽁 묶다시피 했다. 우리는 둘 다 연애시에 등장하는 연인들처럼 날개를 달고 허공을 나는 듯했고, 바보 같았다. 어서 나가자. 마리아 씨의 슬픈 뒷모습을 보지 않아도 되도록 서두르자. 마리아 씨는 조금 전 보드빌에나 나올 법한 대화가 이어지는 동안 단 한 번도 돌아보지 않았고, 웃지 않았고, 그저 종이에 묻은 축축한 얼룩을 열심히 닦기만 했다. 그렇다, 얼룩만 닦아냈다. 불쌍한 남자!……

아빠 방을 나온 우리는 말없이 내 방 문 앞으로 갔고, 그대로 서서 르노가 나에게 키스를 하고 또 하고…… 계속했다. 그런데 갑자기 문이 열리면서 팡셰트에게 줄 톱밥 접시를 든 멜리가 나타났다. 안 돼, 르노의 얼굴 조심해!

멜리는 철학적인 한 마디를 남기고 갔다.

"건강하시길!"

나는 급히 멜리를 따라갔다.

"멜리! 멜리! 내 말 좀 들어 봐! 저 사람이야, 저 사람이라고! 내가 저 사람의 아내가 될 거야. 저기 저 나이 많은 남자가 나 혼자만의 남편이 될 거라고!"

"혼자? 난 널 알아. 많을수록 좋지. 어쨌든 나이 많은 쪽을 선택한 건 잘했어."

"그렇지?"

"그렇고말고. 물건이 마음에 안 들면 어린 쪽으로 바꿀 시간이 있을 테니까!"

콜레트가 일곱 살 때 가족사진(1880년)

윌리와 콜레트 부부

Georges WAGUE et Colette WILLY
dans le mimodrame "LA CHAIR" Musique de A.Chantrier

무대 위에서 콜레트

노년의 콜레트

투명한 감수성의 언어로 그려 낸 여성의 삶과 사랑

시도니 가브리엘 콜레트(Sidonie-Gabrielle Colette)는 1873년 프랑스 부르고뉴 지방의 생소뵈르앙퓌제에서 태어났다. 아버지 쥘 조제프 콜레트는 툴롱 출신 퇴역군인으로 생소뵈르의 세무관으로 일했고, 파리 출신의 어머니 시도니 랑두아는 사별한 첫 남편과의 사이에서 얻은 남매 쥘리에트와 아쉴을 데리고 조제프 콜레트와 다시 결혼한 뒤 레오와 시도니 가브리엘을 얻었다. 그녀는 특히 첫 아들 아쉴을 각별히 사랑했고, 콜레트가 열여덟 살이 되던 해 경제적 어려움 때문에 부르고뉴의 넓은 집을 팔고 떠나야 했을 때 가족은 아쉴이 의사로 일하던 루아레 지방의 샤티옹쉬르루앵으로 터전을 옮기게 된다. 콜레트는 고향을 떠난 뒤에도 평생 그곳의 자연을 그리워했고, 그러한 그리움은 어머니로부터 물려받은 자유로운 기질, 자연과 교감하는 감수성과 함께 훗날 그녀의 문학적 원천이 된다.

1893년 스무 살의 콜레트는 아버지의 친구 아들로 열네 살 연상이던 앙리 고티에 빌라르와 결혼하면서 파리로 간다. 영향력 있는 음악 비평가이자 출판업자이던 빌라르는 때로 대필 작가를 고용하면서 '윌리(Willy)'라는 필명으로 가벼운 대중소설을 쓰기도 했다. 또한 그는 당대 유명한 바람둥이로, 콜레트와 결혼하기 전 이미 내연 관계의 여자에게서 얻은 사생아가 있었다.

어린 아내의 글솜씨를 알아본 빌라르는 유년기의 추억을 바탕으로 책을 써 보라고 권유하고, 그렇게 남편 윌리의 이름으로 출간된 첫 작품 『학교의 클로딘(Claudine à l'école)』(1900) (재판부터는 '윌리와 콜레트' 이름으로 나왔다.)이 큰 성공을 거둔다. 이에 고무된 빌라르가 계속 글을 쓰도록 아내를 부추기면서 『파리의 클로딘(Claudine à Paris)』(1901), 『가정의 클로딘(Claudine en ménage)』(1902), 『클로딘 떠나가다(Claudine s'en va)』(1903)가 연달아 세상에 나왔다.

클로딘 이야기는 모두 불티나게 팔려 나갔고, 특히 『파리의 클로딘』은 1902년 당시 인기 배우이자 가수이던 폴레르

(Polaire)를 주인공으로 연극으로 만들어져 사랑을 받았다. 심지어 빌라르는 흥행을 위한 화제를 만들어 내기 위해 아내를 폴레르와 똑같이 분장시켜 파리 사교계에 소개시키기도 했다. 이후 콜레트는 계속해서 윌리의 이름으로 『민느(Minne)』(1904)와 『민느의 방황(Égarement de Minne)』(1905)을 썼고(이 두 권은 나중에 『천진난만한 탕녀(L'Ingénue libertine)』(1909)로 묶여 다시 출간된다.), 콜레트 윌리의 이름으로 『동물들과의 대화(Dialogue de bêtes)』(1905)도 썼다.

빌라르와 별거 생활에 들어간 콜레트가 생계를 위해 팬터마임을 배운 뒤 무대에 서게 되면서 1906년에서 1912년까지 이른바 '뮤직홀' 시기가 시작된다. 이 시기는 또한 콜레트가 당시 파리의 루브르 백화점을 소유한 사업가 에리오의 아들로 열세 살 연하이던 오귀스트 올랭프 에리오와의 연애, 미국의 여류 작가 내털리 클리포드 바니, 일명 '아마존(Amazone)'을 비롯한 파리의 유명한 레즈비언들과의 친분으로 이목을 끌던 시기이기도 하다.

모르니 공작의 딸로 벨뵈프 후작과 이혼한 뒤 남장을 하고 다니던 레즈비언 '미시(Missy)'(본명은 마틸드 드 모르니다.)는 콜레트와 동거하면서 물질적인 도움을 주었고, 두 사람이 함께 물랭 루즈에서 공연한 「이집트의 꿈(Rêve d'Egypte)」은 대담한 동성애적 암시 때문에 파리 경찰까지 개입하는 스캔들을 일으키기도 했다. 이 시기의 작품으로는 클로딘 시리즈의 결말이라 할 수 있는 『쓸쓸한 은거(La retraite sentimentale)』(1907) 외에 『방황하는 여인(La Vagabonde)』(1910)과 『뮤직홀의 이면(L'Envers du music-hall)』(1913)이 있다.

1912년에 마흔 살의 콜레트는 코레즈 지방 출신의 귀족으로 정치가이자 기자이던 앙리 드 주브넬과 두 번째 결혼을 한다. 그해는 또한 어린 시절 기성 관습과 윤리보다 욕망에 충실한 삶과 자연과의 교감을 가르쳐 주었던 어머니가 세상을 떠난 해이기도 하다. 이듬해인 1913년에는 벨가주(Bel Gazou)라는 애칭으로 불리던 딸 콜레트 르네 드 주브넬이 태어났고, 어머니가 극진히 사랑했던 큰오빠 아실이 어머니에 뒤이어 사망했다. 이 시기 콜레트는 무대 활동을 그만두고 주브넬이 편집장이던 《마탱(Le Matin)》에 기사를 쓰면서 창작에 전념했다. 하지만 주브넬은 여성 편력이 심했고, 그들의 결혼 생활은 오래가지 못했다. 콜레트 역시 1920년 사십 대 후반에 열여덟 살이던 의붓아들 베르트랑 드 주브넬의 연인이 되기도 했다. 이들의 관계는 콜레트가 열여섯 살 연하의 연인이자 마지막 동반자가 된 모리스 구드케를 만나고, 베르트랑 드 주브넬이 결혼하게 되는 1925년까지 이어졌다.

이후 1920년대에 독자들에게 가장 널리 알려진 콜레트의 대표작들이 태어난다. 우선 타락한 청년 셰리와 연상의 여인과의 관계(콜레트 자신과 베르트랑 드 주브넬의 관계를 연상시킨다.)를 다룬 『셰리(Chéri)』(1920)와 『셰리의 종말(La fin de Chéri)』(1926), 파리의 두 청소년이 겪는 사랑과 성을 그린 『청맥(Le Blé en herbe)』(1923) 등이 있다. 또한 유년기의 추억을 회고한 자전적 작품들로 『클로딘의 집(La Maison de Claudine)』(1922), 『여명(Naissance du jour)』(1928), 『시도(Sido)』(1930)를 통해 콜레트는 고향 부르고뉴와 어머니의 존재를 자신의 문학 속에 본격적으로 불러 온다.

1935년 콜레트는 주브넬과 완전히 이혼하고 10년 전 만나 인생의 마지막 동반자가 된 모리스 구드케와 결혼한다. 이후 콜레트는 상대적으로 평온한 생활을 이어 가고, 작품들도 주제 면에서 좀 더 다양해진다. 그렇게 『암고양이(La Chatte)』(1933), 『이중주(Duo)』(1934), 『순수와 불순(Le pur et l'impur)』(1941), 『지지(Gigi)』(1944) 등이 세상에 나온다. 특히 벨에포크 시절 파리를 배경으로 어머니, 할머니와 함께 살아가는 열다섯 살 소녀의 사랑과 성을 그린 『지지』는 1942년에 연재를 시작한 뒤 콜레트가 일흔한 살이 되던 1944년에 책으로 출간되어 독자들에게 큰 사랑을 받았고, 연극과 영화로도 만들어졌다.

'윌리' 혹은 '윌리 콜레트' 혹은 '윌리와 콜레트'의 이름으로 발표된 초기 작품들부터 여러 번의 스캔들로 화제가 되고 또 작가로서 인정받은 뒤 세상에 나온 말년의 작품들까지, 콜레트의 소설들은 대부분 여주인공의 내면을 중심으로 사랑의 기쁨과 슬픔을 담아낸다. 그 속에는 전통적인 관습대로 살아가는 여성들, 반대로 기성 도덕관념에 얽매이지 않고 자유로운 삶을 사는 여성들, 그리고 세속적인 욕망을 추구하는 여성들까지, 모두가 칭송이나 비판의 목소리 같은 화자의 개입 없이 담담하게 그려져 있다.

중요한 것은 콜레트 소설의 가장 큰 매력이 여자들의 삶과 사랑이라는 주제 그 자체가 아니라 바로 그러한 전통적 주제를 그려 내는 '새로운 글쓰기'에 있다는 사실이다. 콜레트는 무엇보다 자유로움, 너그러움, 아름다움이라는 여성성을 색과 향기와 맛과 같은 감각을 통해, 화려한 수사나 관념에 눌리지 않은 투명한 감수성의 언어를 통해 표현한다. 콜레트의 소설 속에 그려진 여성들의 삶이 가부장 사회에서 여성의 주체적 삶이라는 페미니즘적 가치와 거리가 있어 보임에도 불구하고 그녀가 페미니즘 작가로 언급되는 것은 바로 그 때문일 것이다. 콜레트는 1954년 파리의 아파트에서 사랑하는 고양이들에 둘러싸여 삶을 마쳤고, 가톨릭교회는 종교식 장례를 거부했지만, 국장(國葬)의 영예와 함께 페르라셰즈 묘지에 잠들었다.

『파리의 클로딘』은 '클로딘 3부작'으로 불리는『학교의 클로딘』,『파리의 클로딘』,『가정의 클로딘』중 가운데 이야기다.(이어진『클로딘 떠나가다』는 사실상 새로운 주인공이 등장하는 다른 이야기다.) 이 클로딘 시리즈는 본격적인 자전적 소설로 분류되기는 어렵지만, 이후 발표되는 콜레트의 자전적 소설『클로딘의 집』과 주인공 이름이 같고, 클로딘의 고향 몽티니앙프레누아라는 가상의 마을은 콜레트의 고향 생소뵈르앙퓌제를 연상시킨다. 또 책 속에 이야기된 사건들에서 부분적으로 자전적 요소들이 발견된다. 전작인『학교의 클로딘』이 부르고뉴 시골에서 들판과 숲과 학교를 야생마처럼 쏘다니는 클로딘의 이야기이고,『가정의 클로딘』이 제목 그대로 클로딘의 결혼 생활을 그린다면, 가운데 놓이는『파리의 클로딘』은 연체동물을 연구하는 괴짜 학자인 아버지 때문에 갑자기 파리로 이사를 오게 된 클로딘이 고향을 그리워하면서 파리의 삶에 적응해 나가고, 특히 나폴레옹 3세 시절의 외제니 황후를 닮은 빌렐민 고모와 그 손자(클로딘에게는 조카가 된다.) 마르셀을 통해 파리 사교계를 발견해 가는 모습을 그린다.

『파리의 클로딘』은 학교에서 농촌의 '현명한 주부'가 되는 법을 가르치던 19세기 말 부르고뉴 시골의 풍속도를 흥미롭게 보여 준다는 점에서 사회 현실을 재현하려 한 사실주의적 특성을 지닌다고 말할 수 있다. 마찬가지로 파리 부르주아 사교계를 환유적으로 드러내는 의상과 장신구, 가구 등에 할애

된 상세한 묘사는 정치적인 불안 속에서도 산업자본주의가 꽃피면서 물질적으로 번성하던 벨에포크 시대 파리의 문화사를 담아냄으로써 이 소설을 읽는 재미를 더해 준다.

　주인공 클로딘은 열일곱 살 소녀로, 시골에서 적나라한 사랑의 생물학적 현실을 자연스럽게 받아들이며 자라났고, 동시에 실제로 콜레트가 그랬던 것처럼, 어릴 때부터 독서에 심취한 탓에 소설 속 사랑의 환상을 익혔다. 그래서 클로딘은 스스로 다 안다고 믿는 것과 달리 순진하고, 하지만 사회의 도덕으로부터 자유롭기에 뻔뻔할 정도로 대담하다. 무엇보다 클로딘은 정신적인 것보다는 물질적인, 정확히는 감각적인 것에 지배된다. 파리에서 향수병에 시달릴 때에도 가장 알고 싶어 하는 것은 몽티니의 호두나무가 잘 자라는지, 제비꽃이 때이르게 피어났는지다. 또한 파리에서 처음 만난 마르셀은 그녀에게 "메꽃의 속살처럼" 부드러운 피부로 각인된다. 고향친구인 뤼스에 대해 알려 달라는 마르셀에게도 뤼스의 내면에 대한 묘사 대신 클로딘은 "눈이 초록빛이고 살결이 부드럽다."고 설명한다.

　이십 대의 콜레트가 남편을 위해 일종의 대필 작가로 쓴 클로딘 3부작에는 이처럼 아직 서툴기는 하지만 이후 꽃피어날 콜레트 문학 세계의 싹이 그대로 담겨 있다. 사랑의 기쁨과 슬품이라는 주제, 작품 곳곳에 드러나는 동성애와 관련된 묘사, 인간들과 거의 똑같은 비중으로 등장하는 고양이와의 교감 등이 그렇고, 무엇보다 인물들의 생각과 감정을 냄새, 맛, 촉감, 색깔 같은 감각을 통해 형상화하는 글쓰기가 그렇다. 풋과일처럼 싱싱한 십 대 소녀의 성과 사랑에 대한 욕망은 그처럼 감각적인 문체와 어우러져 독자의 선정적인 호기심과 관음증적인 쾌락을 도발하게 된다.

성의 철학에서 보자면, 인간은 '사랑하는 동물'이다. 사람은 사랑에 온 마음을 쓰고, 사랑하고 사랑받고자 한다. 성을 통해 절대적인 자유를 누리고자 하는 이도 있고, 성의 주체가 됨으로써 윤리적 주체가 되려는 이도 있다. 콜레트의 작품이 그러한 혁명적 사유를 담고 있다고는 말할 수 없겠지만, 그녀의 많은 작품이 연극, 오페라, 영화로 각색되면서 대중적인 인기를 얻은 것은 20세기에 활짝 피어난 성 담론을 투명한 감수성의 언어로 솔직하게 그려 내고 있다는 특성과 무관하지 않을 것이다.

옮긴이 윤진

아주대학교와 서울대학교 대학원에서 프랑스 문학을 공부했으며, 프랑스 파리3대학에서 박사학위를 받았다. 옮긴 책으로 쥘 베른의 『80일간의 세계일주』, 볼테르의 『불온한 철학사전』, 쇼데를로 드 라클로의 『위험한 관계』, 비톨트 곰브로비치의 『페르디두르케』, 에밀 졸라의 『목로주점』 등이 있다. 출판 기획 및 번역 네트워크 '사이에' 위원으로 활동 중이다.

파리의 클로딘

1판 1쇄 펴냄 2019년 3월 25일
1판 2쇄 펴냄 2019년 12월 5일

지은이 시도니 가브리엘 콜레트
옮긴이 윤진
발행인 박근섭, 박상준
편집인 양희정
펴낸곳 (주)민음사
출판등록 1966. 5. 19. (제16-490호)
주소 서울시 강남구 도산대로1길 62
      강남출판문화센터 5층 (06027)
대표전화 02-515-2000 팩시밀리 02-515-2007
www.minumsa.com

ISBN 978-89-374-3985-8 (03860)